W0411736

Collection dirigée par Glenn Tavennec

L'AUTEUR

Heather Anastasiu, jeune auteur de vingt-neuf ans, a déjà été publiée dans plusieurs journaux américains. Elle vit actuellement au Texas avec son mari et son fils. Parallèlement à l'écriture de la trilogie *Glitch*, elle poursuit une thèse en littérature jeunes adultes.

HEATHER ANASTASIU

GLITCH

traduit de l'anglais (États-Unis) par Madeleine Nasalik

roman

Titre original : GLITCH
© Heather Anastasiu, 2012
Traduction : © Éditions Robert Laffont, S.A., Paris, 2012

ISBN 978-2-221-12718-6
(édition originale : ISBN : 978-1-250-00299-0)
St. Martin's Press, New York, N.Y.
ISSN 2258-2932

Pour Cherie Haggard, ma professeur de 6e.
Vous avez lu des passages de mon premier roman et,
même si je n'avais que onze ans, vous m'avez dit
que je pourrais être publiée un jour. Vous m'avez aidée
à y croire, et après toutes ces années, nous y voilà !
Ce livre vous est dédié.

Au sein de la Communauté, il nous est strictement défendu d'avoir des secrets. Et jusqu'ici, bien entendu, cela n'a posé problème à personne, étant donné que nous ne sommes pas censés savoir les garder pour nous. Ce sont les secrets qui ont déclenché les guerres, qui ont mis la planète à feu et à sang. Les secrets, les mensonges et les passions destructrices. Nous, nous avons réchappé au cataclysme. Nous, nous sommes méthodiques. Disciplinés.

Un secret, c'est malsain. Et détenir un secret, encore plus. Pourtant, les secrets dangereux, ce n'est pas ce qui manque chez moi. Ils s'empilent aussi vite que les mensonges inventés pour les camoufler.

1.

Cette fois-ci, hors de question d'être prise au dépourvu. Je glisse le dessin dans la fente que j'ai ouverte à l'arrière du matelas puis, la main posée sur le cadre en métal, je me redresse lentement et mon cerveau se reconnecte avec le Lien.

Le cadran rétinien fait à nouveau défiler à la périphérie de mon champ de vision une colonne d'informations numérisées. Mon programme auditif se rebranche lui aussi, une rumeur sourde imposée de l'extérieur remplace mes propres pensées. L'un après l'autre, mes sens s'émoussent, mon lien au monde extérieur s'évapore et ma connexion au Lien reprend le dessus. En un clin d'œil, les rares taches de couleur que je parviens à distinguer dans ma zone individuelle virent au gris monochrome. Prenant une profonde inspiration, j'essaie de préserver dans mes narines un vestige de l'odeur qui flotte autour de moi – poussière mêlée à du produit désinfectant – mais elle se volatilise elle aussi, presque instantanément.

La panique vrille ma poitrine tandis que je me laisse submerger par la déferlante du Lien, une panique dissimulée aussitôt derrière une façade imperturbable. Concentrée, je joue habilement avec les muscles de mon visage pour donner à celui-ci une expression d'apathie qui ne trahit rien de la tempête qui se déchaîne dans mon cœur.

Aujourd'hui j'ai glitché un peu plus d'une heure dans la tranquillité de ma zone individuelle. Une heure durant laquelle j'ai pu savourer le silence qui s'est fait dans mon esprit. Tandis que tout s'éteint en moi, le rapport avec le monde réel est peu à peu supplanté par ma dépendance au Lien.

J'arrive parfois à lutter contre cette torpeur qui se propage irrémédiablement, mais perdre du temps n'est pas un luxe que je peux me permettre aujourd'hui. Et si je n'accélère pas, je vais être en retard.

Malgré tout, je m'autorise à marquer une pause devant la porte de ma zone et j'affiche un sourire de défi avant que le Lien ne m'engloutisse pour de bon. Je me recoiffe à la va-vite et frôle du bout des doigts le port USB installé à la base de ma nuque. Il ne m'en faut pas plus pour que mon sourire s'évanouisse. On implante à la naissance ce connecteur chez tous les sujets qui composent notre Communauté : très discret, l'appareil mesure moins de deux centimètres de longueur pour quelques millimètres à peine en largeur. De part et d'autre, des câbles équipés de micro-filaments lumineux tracent des motifs que l'on discerne sous la peau. Ce port est relié à la puce anti-violence, la puce A-V, logée à la base du cerveau ; c'est cette puce qui nous connecte tous au Lien.

Inquiète, je laisse courir mes doigts sur les arêtes du port USB. Le mien serait-il différent, puisque je me suis mise à glitcher sans raison ? Aucun moyen de m'en assurer par moi-même. Les miroirs sont une denrée rare ici – la coquetterie est bannie de la Communauté. Et si les filaments avaient arrêté d'émettre de la lumière, ou changé de couleur ? Pire encore, ils ont peut-être été abîmés. Il doit bien y avoir une explication à ces bugs constants… Je laisse flotter mes longues boucles sur mes épaules, au cas où (inutile de prendre des risques en dévoilant d'éventuelles anomalies de mon port USB), puis j'ouvre la porte, je m'avance de cinq pas dans le couloir et j'entre dans la salle principale de notre unité-logement. Des indications spatiales à la lisière de mon champ de vision me livrent un plan des lieux – à croire que j'ai besoin d'être guidée, alors que je connais cet endroit comme ma poche ! C'est une pièce de trente mètres carrés à l'aménagement spartiate – une table et quatre chaises entre quatre murs en béton – qui nous sert de cuisine, de salle à manger et, le soir venu, de salle de sport. « Un corps sain pour une Communauté saine. » Cette phrase tirée du *Credo de la Communauté* s'impose soudain et semble se répercuter sur les parois de mon crâne.

Mon père est occupé à préparer le petit déjeuner. Je glisse derrière mon oreille une mèche de cheveux partie à l'aventure. La discipline avant tout.

— Salutations, Père.

— Salutations, Zoel. Tu es de corvée de Rationnement ce matin, je me trompe ?

— Exact, Père.

Sans m'accorder un seul regard, il extirpe de l'unité-thermale les quatre petits pâtés de protéines, les distribue sur quatre assiettes blanches et complète ce repas de portions de pain-dur.

Je me charge des assiettes, que je place à distance égale sur notre petite table carrée, dans l'alignement des chaises. Markan, mon frère, est déjà assis à sa place. Il fixe le mur d'un regard absent, sans doute hypnotisé par le bulletin du Lien, diffusé dans les millions de cinémas silencieux que représentent nos cerveaux. Il a déjà sorti les couverts et plié les serviettes en triangles irréprochables. Discipline partout, discipline toujours. J'étudie ses traits et je cherche dans son visage une trace des sourires que j'ai dessinés dans le secret de ma zone individuelle ce matin. Du haut de ses treize ans, il compte quatre ans de moins que moi. Nous n'avons aucun trait en commun mais je repère, disséminés dans son visage – un visage créé en laboratoire et combinant les gènes de partenaires parfaitement assortis –, des éléments physiques empruntés à nos parents. Il ressemble beaucoup à Père, avec son nez épaté et ses lèvres fines ; ses joues rebondies trahissent sa jeunesse.

Il n'exprime rien, ni plaisir, ni inconfort. Pas d'émotion identifiable. À le voir ainsi, je sais qu'il n'est qu'une enveloppe corporelle, une coquille vide qui n'abrite pas la vie, et je me demande si j'apparais aussi apathique que lui. J'ai à chaque fois l'impression, lorsque je me reconnecte au Lien, de refermer une porte sur mon esprit et de couper toute interaction avec mes propres pensées. À force d'entraînement, en me focalisant au maximum sur certains détails, il m'est devenu possible de laisser cette porte entrouverte et de me détacher du Lien, d'une certaine manière. Mes tentatives ne font pas mouche à tous les coups mais j'ai la ferme intention de trouver un équilibre parfait entre ma propre personnalité et l'influence du Lien. Grâce à ces efforts, il arrivera un jour où je pourrai contrôler mes glitchs et les garder pour moi, loin des regards inquisiteurs.

Ce matin, la séance d'entraînement a été très fructueuse. Cela fait plus de dix minutes que je me suis reconnectée au Lien, mais je distingue encore le chuchotis de mes idées parmi la cacophonie du Lien. Je pose le regard sur mon frère et mon estomac se tord sous l'effet d'un mélange d'émotions que je n'arrive pas à démêler – chagrin, douleur et joie combinés, à l'intensité variable. Markan éveille chez moi ce genre de sentiments depuis que je me suis mise à glitcher.

Petit à petit, je comprends la portée de certains mots – « frère », « sœur », « famille » – qui m'échappaient auparavant. Au plus profond de moi, je me raccroche à l'espoir qu'un jour, peut-être, je verrai mon frère me lancer un sourire aussi chaleureux, aussi vibrant que celui que je lui ai dessiné ce matin.

Le Corridor de Ravitaillement représente l'artère principale de notre cité souterraine. Un immense tunnel aux plafonds gris et voûtés sous lesquels résonnent le bruit de milliers de semelles martelant le trottoir et les bruits stridents des machines. La rame du métro s'est immobilisée dans un crissement de freins pour déverser son chargement, ainsi qu'elle le fait tous les quarts d'heure. Dans le Corridor bondé, les sujets s'appliquent à rester disciplinés. Discipline d'abord, discipline toujours. Marquages et symboles numériques s'impriment en caractères vert clair au bord de ma rétine. Je sors du métro, je pivote comme un automate, j'avance de vingt pas pour intégrer la file d'attente du Stock des Suppléments Protéinés. Les différentes officines proposent à la vente les denrées nécessaires à un sujet en parfaite santé : vêtements, produits d'hygiène, pain-dur, haricots, riz. Quelques kiosques présentent des légumes et des fruits frais, mais ils sont rares. Trop rares.

Au cours du trajet en métro, je suis devenue fade et grise. Mes pensées personnelles, celles qui sortent des sentiers battus, s'effilochent. Les sensations uniques qui m'agitent quand je glitche sont battues en brèche par une uniformité morose. La porte du Lien s'est refermée hermétiquement sur mon esprit : elle a gagné. Elle gagne toujours.

Je me dirige vers les chariots et j'en déplie un, léger comme une plume. Du coin de l'œil, je repère plusieurs Régulateurs à la silhouette massive postés au pied du mur de la plate-forme. Impossible de les rater, avec leur uniforme bleu. Leurs prothèses bioniques les rendent plus intimidants encore. Chez les sujets ordinaires, les ajouts électroniques restent discrets. Les Régulateurs, pour leur part, ont les bras et le cou protégés par de gigantesques plaques en métal, à la façon d'une armure. Une armure contre quoi, je l'ignore.

Auparavant, je ne leur accordais qu'une attention modérée mais depuis mes bugs à répétition, j'ai découvert qu'ils me terrorisent. Sans doute parce qu'ils traquent les comportements déviants, les anomalies qui leur semblent sortir de l'ordinaire. Et je suis une anomalie ambulante.

Détournant le regard, j'adopte une attitude aussi passive que les sujets qui m'entourent. Les Régulateurs étudient la foule de leur regard froid : leur tête tourne par degrés grâce à des mouvements précis et calculés. Ce sont de vraies machines. Ils n'ont pas l'air de s'intéresser le moins du monde à moi.

Trois sonneries résonnent crescendo dans ma tête et signalent le début du Bulletin. L'espace de quelques secondes, la vie se fige. Les sujets s'immobilisent, les vendeurs se pétrifient, les bras chargés de cartons de nourriture et de marchandises. Un silence total s'installe, troublé seulement par la chute d'un haricot qui fait ricochet au pied d'un homme. Puis la vie reprend son cours normal, comme si de rien n'était, et le Bulletin peut débuter. La litanie se déroule mécaniquement : *Les vaccins contre la grippe 126 seront disponibles la semaine prochaine au dispensaire du Secteur Six. La pénurie d'eau se poursuit au Secteur Trois. Le Chancelier Suprême du Secteur Cinq est venu négocier de nouveaux accords commerciaux. Méfiez-vous des comportements déviants : une anomalie observée, c'est une anomalie dénoncée. Discipline d'abord, discipline toujours.*

La dernière partie du message me donne la chair de poule. « Des anomalies… » Ils parlent de moi, je suis prête à le parier.

Quelque chose s'est détraqué à l'intérieur de moi. J'ai déjà vu des sujets afficher un comportement aberrant. Je me souviens d'une fois, à l'Académie, une fille s'est mise à hurler à pleins poumons et des filets d'eau ont coulé de ses yeux. Ni une ni deux, les Régulateurs l'ont emmenée et elle est revenue une semaine plus tard en parfait état de fonctionnement. Flambant neuve. Si je me dénonçais, mon anomalie serait réparée. La solution, je le sais, serait de me livrer aux Régulateurs. Ce qui compte avant tout, c'est de tourner rond, pas vrai ?

Je me rappelle un autre garçon qui multipliait les anomalies et les déviances. Son sort avait été moins enviable. Je revois son visage et ses cris résonnent encore dans mes oreilles. Les Régulateurs l'avaient pris en chasse et plaqué à terre, ils lui avaient cassé le nez par la même occasion. Un vrai bain de sang. Celui-là a disparu à tout jamais de la circulation…

Ce souvenir effrayant surgit à la surface de ma conscience et franchit la barrière du Lien qui met mes émotions en sourdine. Encore un peu et je perds toute contenance. D'ordinaire, lorsque le Lien a les pleins pouvoirs, je ne ressens plus rien. C'est donc en proie à une panique totale que j'essaie de contrôler mes muscles faciaux, de maîtriser les mouvements de mes globes oculaires alors que la peur s'abat sur moi par vagues. Le moniteur qui contrôle mon rythme cardiaque – un implant sphérique en aluminium fixé sur mon sternum – vibre légèrement, en réponse aux battements accélérés de mon cœur.

J'étudie aussi discrètement que possible mes voisins dans la file, sans tourner la tête. Aucun n'a remarqué que mon moniteur s'est mis à vrombir. Si je n'agis pas très vite, l'alarme va se déclencher et attirer tous les regards en me désignant comme un sujet déviant, potentiellement défectueux. Aussitôt, les Régulateurs devant lesquels je viens de passer m'embarqueraient sans ménagement. Cela ne fait qu'ajouter à ma frayeur.

Le Bulletin s'achève et trois sonneries annoncent le Credo Communautaire. Je récite ma leçon : *Le Lien de la Communauté, c'est la paix. Nous, la Sublime Lignée, nous vivons au sein de la Communauté et chérissons la discipline, l'ordre et la paix. La Communauté d'abord, la Communauté toujours.*

Je répète ce message en mon for intérieur, à la façon d'une comptine, et je me perds dans ce refrain hypnotique. Mon pouls finit par ralentir, au prix d'efforts surhumains. Je sais que je peux y arriver, je me suis longuement entraînée pour cela. Et ce n'est pas la goutte de sueur qui perle à ma tempe qui va me contredire.

À force de ressasser le Credo, je retrouve mon calme. Si j'avais déclenché mon moniteur une fois encore – la fois de trop –, cela aurait mis les Systèmes Centraux en alerte. Les dérèglements du rythme cardiaque se produisent souvent parmi la population, en raison d'un matériel défaillant ou d'une impression pénible. La souffrance physique demeure la seule sensation qu'il nous est encore permis d'éprouver, car elle garantit notre sécurité : sans douleur, les ouvriers métallurgistes se brûleraient irrémédiablement les doigts en touchant un four brûlant, par exemple. Mais des dysfonctionnements répétés ou une anomalie qui sort de la norme, et c'est la désactivation assurée.

— Sujet, lance alors une voix douce dans mon dos, avance.

Pendant que je tentais de contenir ma peur, comme statufiée, la file a avancé de plusieurs pas. Je jette un coup d'œil par-dessus mon épaule à celui qui m'a adressé la parole et j'obtempère.

Le garçon a l'air d'avoir mon âge, à peu près. Grand et maigre, la peau mate, des yeux extraordinaires. D'un bleu aigue-marine très clair, presque transparent, ils pétillent sous la lumière terne des spots fixés à la voûte du Corridor. Je savoure le caractère unique de cette couleur qui danse au bord de ses pupilles malgré le filtre que m'impose le Lien, mais le miracle ne dure qu'un instant : le garçon a déjà détourné le regard et fixe le vide – un sujet formaté parmi tant d'autres. Je pivote sur mes talons, affolée par la bouffée de chaleur qui monte à mes joues. Je me demande ce que ce trouble signifie, et j'espère que ma réaction est passée inaperçue.

J'avoue que je suis incapable de mettre un nom sur les émotions qui me submergent en plein glitch, même si j'ai consulté les archives de la Communauté.

La plupart des textes historiques racontent que les émotions humaines ont conduit à l'apocalypse nucléaire qui a éradiqué toute vie à la Surface, dans l'Ancien Monde. Pour l'instant, les sensations qui se bousculent en moi ne me semblent pas aussi sinistres que ce qu'ils prétendent. Sauf la peur, peut-être. La peur, c'est la première sensation que j'ai réussi à identifier et, au fil du temps, j'ai appris à distinguer la peur de la non-peur, les sensations désagréables des autres.

J'ai commencé à faire des rêves, aussi. Il ne se passe pas une nuit ou presque sans que je revoie ce garçon emporté par les Régulateurs – ses hurlements, ses traits tordus en une grimace insoutenable, la violence avec laquelle il s'est écroulé par terre, de toute sa masse. Ce garçon hante mon sommeil. Dans certains rêves, je l'entends même crier mon nom. On ne l'a jamais revu à l'Académie. Il a été désactivé… La désactivation, cela ne fonctionne ni comme une mesure d'intimidation ni comme un châtiment, puisque les sujets sont censés être imperméables à la peur et à la culpabilité. C'est une réalité, ni plus ni moins, un fait objectif. Quand un membre de la Communauté est irréparable, ou trop défectueux pour lui être utile, la désactivation devient l'unique solution de bon sens.

Mon contrôle technique approche à grands pas. Deux fois par an, des praticiens passent au peigne fin mes implants et analysent mes cartes mémoire.

Tout mon entraînement s'est fait en prévision de ce moment : je dois être en mesure de me contrôler pendant les examens, pour ne pas révéler mes bugs. Ce n'est qu'une question de temps – deux semaines – avant qu'ils ne scannent mes souvenirs et n'en déterrent la preuve irréfutable de mes moments de confusion, les dessins et… mon autre secret. Un secret beaucoup trop lourd, beaucoup trop terrible pour que j'arrive à le cacher très longtemps.

— Salutations, me dit l'homme posté derrière le comptoir du Stock de Pain.

Plongée dans mes pensées, je n'avais pas remarqué que j'ai atteint le kiosque plus vite que prévu.

— Salutations. Rationnement bimensuel.

Le vendeur hoche la tête et va chercher trois cartons au sommet d'une pile. De la main, il indique le petit lecteur incrusté dans la vitrine. Je lève le bras, j'agite mon poignet, et j'entends le bip qui signifie que la transaction a été enregistrée. Le montant va être soustrait du compte de ma famille archivé dans les Systèmes Centraux. Je fais glisser les trois cartons sur le comptoir et je les place avec mille précautions dans mon chariot.

Je m'éloigne en prenant soin de ne rien laisser paraître de mon sourire intérieur. Le papier qui sert à emballer le pain est parfait pour dessiner. Trois cartons, cela donne douze feuilles. Dessiner sur ma tablette digitale présente trop de risques – la moindre marque est enregistrée dans sa mémoire.

Le papier, en revanche, cela peut se cacher. Rester secret. Comme la liasse mise à l'abri dans mon matelas.

Le chariot dans mon sillage, je rejoins la file suivante, celle du Stock de Suppléments Protéinés. J'observe la couleur sombre des petits pâtés à forte teneur nutritive. Ah, la couleur… mon premier glitch s'est produit à l'Académie. La tignasse orange vif d'un autre étudiant m'a explosé en plein visage. Cette tache colorée est apparue dans le paysage comme une bouée surnageant à la surface d'une mer de têtes grises qui remontaient le couloir. Le choc n'a duré qu'un instant, trente secondes tout au plus, mais il a réveillé quelque chose en moi. Quelque chose de nouveau.

Les semaines passant, ces épisodes ont augmenté en fréquence et en longueur. Depuis, je suis devenue sensible au vert éclatant d'une feuille d'épinard, aux nuances de bruns et de beiges qui composent la carnation des gens, à leurs cheveux, à leurs yeux… Je lance un coup d'œil derrière moi, par inadvertance, mais le garçon s'est volatilisé. L'aiguemarine, une nouvelle couleur à ajouter à ma courte liste.

Les émotions vont à l'encontre du bon sens. Par exemple, au sortir d'un rêve particulièrement éprouvant, j'ai pris l'habitude de traverser l'unité-logement plongée dans l'obscurité, de faire coulisser la porte de mon frère, sans un bruit, et de le regarder dormir, les traits détendus, le bras enroulé autour de la tête. Lorsque je l'observe, je sens monter un picotement derrière mes yeux et ma poitrine se serre, j'ai le plus grand mal à respirer. Comme tiraillée entre bonheur et chagrin. Je ne sais toujours pas quel nom donner à cette sensation. La conclusion que j'en tire : je dois être forte pour Markan, je dois le protéger. Mais le protéger de quoi ? La Communauté est un endroit on ne peut plus sûr. Markan n'a rien à craindre ici, rien à part sa sœur, sa propre sœur qui représente un grand danger…

À cette pensée, la culpabilité me submerge. Plus que toute autre émotion, c'est la culpabilité qui m'est la plus familière. Elle s'est enchaînée à moi à la façon d'une ombre, elle met ses pas dans les miens et instille dans mon cœur une douleur permanente. L'Ancien Monde était peuplé à une époque de gens comme moi. Il existait une race d'humains qui a succombé aux émotions et aux désirs que j'éprouve, une humanité barbare qui a failli détruire la Terre par cupidité, par haine et par indifférence. La guerre a éclaté par leur faute et les nuages ont déversé sur la Surface une cendre toxique. Les victimes de ce conflit ont vu leurs yeux brûler dans leurs orbites, leur peau se détacher par lambeaux entiers, comme s'ils avaient été plongés dans l'eau bouillante. Les manuels d'histoire regorgent de dessins détaillés qui montrent ce processus à l'œuvre, une façon de graver dans les esprits les horreurs de l'Ancien Monde.

Ceux qui avaient prophétisé le cataclysme ont creusé les tunnels qui nous abritent à l'heure actuelle et planifié méthodiquement l'avenir de leur espèce. Seule une poignée d'entre eux ont survécu. Cet événement explique notre discipline et notre méthode : nous sommes les descendants de ceux qui ont assisté au pire de ce que peuvent produire les émotions humaines. Nous avons retenu les leçons du passé, nous avons muselé notre part animale, effacé les passions qui nous rendaient si dangereux, et nous avons reconstruit une civilisation. Le Premier Chancelier nous appelle la Sublime Lignée. La rigueur et la discipline président seules à nos vies. La rigueur, la discipline, et la Communauté.

Moi, je connais un traître qui pourrit cette Communauté idyllique de l'intérieur. Un lâche qui cède aux émotions qui ont rendu la Surface invivable. Ce traître, ce lâche, c'est moi. Une bombe à retardement qui risque d'exploser à tout instant. M'arrêteront-ils avant que je sème la désolation autour de moi ? Il faut que je me dénonce.

Tout de suite.

Sans attendre une seconde de plus.

Les Régulateurs, qui ne sont qu'à dix pas de moi, pivotent lentement sur eux-mêmes, chaussés de bottes renforcées de métal, scrutant la foule. Il me suffit d'aller les voir et adieu les secrets, adieu les mensonges. Rien de plus facile. Échanger quelques mots avec eux me déchargerait de tous mes fardeaux, me libérerait de ces secrets pesants. Je redeviendrais un membre à part entière de la Communauté. Ce serait la solution à tous mes problèmes... Je lâche la poignée du chariot. Mes pieds esquissent quelques pas en direction du Régulateur le plus proche, machinalement, comme mus par une volonté propre.

Peut-être ai-je tort d'agir ainsi, à la réflexion... J'hésite un instant. Qu'est-ce qui te retient, Zoel ? Il y a une raison bien précise pour laquelle je refuse de me livrer aux Régulateurs. Une raison capitale... mais laquelle ? Je cligne des yeux à plusieurs reprises. Ah, oui, cela me revient... je dois leur dissimuler ces choses à tout prix, de peur qu'ils me détruisent, qu'ils me désactivent... Mais la Communauté a en toutes circonstances la priorité...

Stop ! Je ferme les yeux et je contiens un hurlement. Je suis une anomalie, un aléa pour la Communauté. Un technicien doit me réparer au plus vite. Je pivote vers les Régulateurs afin d'attirer leur attention. Un murmure de protestation s'élève en mon for intérieur, mais l'afflux d'informations que m'impose le Lien l'étouffe. Un Régulateur en patrouille inspecte une file d'attente et tourne lentement la tête dans ma direction. Encore quelques pas et je le rejoins, je peux me dénoncer sans faire de vagues. Plus que quelques mètres... Soudain, le fil du Lien se brise, le voile qui ternit ma conscience se déchire, le cadran rétinien se détraque et me voilà en train de glitcher. J'ai alors l'impression de sortir la tête de l'eau, de respirer à nouveau. Les couleurs, les sons et les odeurs entrent à flots dans mon corps.

À côté de moi retentit un fracas assourdissant.

J'ouvre les yeux, alarmée. Deux chariots remplis à ras bord ont basculé, un mur entier de cartons s'est écroulé, répandant du riz sur les chaussures d'un sujet qui passait à proximité. Il observe les dégâts un instant avant de reprendre sa route, imperturbable.

Personne ne manifeste d'étonnement. Moi, je suis glacée d'effroi, trop instable, trop faible pour contrôler mes émotions. Tout arrive trop vite. Une chose est sûre : je risque ma vie en restant dans le Corridor. Quelqu'un finira forcément par me remarquer, par remarquer mon visage trop expressif et me dénoncer. Il faut partir d'ici, le plus tôt sera le mieux. Tant pis si je n'ai pas récupéré toutes nos rations. Je ne peux pas rester une minute de plus cernée par cette masse grouillante de corps vêtus de gris. Si je ne me prends pas en main, je vais suffoquer.

Le Régulateur s'approche pour mener son enquête. Il parcourt la foule du regard mais la plupart des sujets sont déjà retournés à leurs activités habituelles, ils piétinent le riz renversé sans s'en soucier une seule seconde. Je les imite, histoire de donner le change, et décide de mettre le cap sur le métro. Je me rends compte que j'ai glitché à l'instant précis où les chariots se sont renversés. Les chariots électromagnétiques tombent sans cesse en panne, je le sais. Je ne vais pas pousser la paranoïa jusqu'à croire que je suis personnellement responsable de cette chute.

La rame de métro, un véhicule noir aux lignes pures, s'immobilise à l'instant où j'aborde le quai. Je monte à l'intérieur et me trouve une petite place tout au fond du wagon. L'interface tactile glissée sous la peau de mon avant-bras s'éclaire lorsque je l'effleure et j'envoie un message à mes parents : je ne me sens pas très bien, je n'ai pas pu récupérer toutes les rations. À mon retour, j'expliquerai que j'ai oublié de prendre mes vitamines ce matin, ce qui m'évitera un bilan de santé trop intrusif. Je tire les vitamines en question de ma poche et les jette, ni vu ni connu, dans une poubelle. Le mensonge sortira de ma bouche sans aucune difficulté. Mentir me vient de plus en plus facilement. Au début, j'avais toutes les peines du monde à travestir la vérité. À braver les ordres du Code Communautaire, à leur désobéir sciemment, même sans prononcer le moindre mot. *Une anomalie observée, c'est une anomalie dénoncée.*

Ma gorge se serre et j'observe les voyageurs, plongée dans un silence inhabituel qui prouve que le

Lien ne me parasite plus. Tout ce que captent ma vue, mon ouïe, mon odorat, est beaucoup plus intense et j'ai envie de couleurs. Envie de connaître le bonheur, même s'il est contrebalancé par le poids de la terreur et de la culpabilité. Envie de vivre. Mais je ne me berce pas d'illusions. Que cela me plaise ou non, le mensonge et le secret sont devenus mon mode de vie.

2.

Le lendemain matin, tandis que je remonte les couloirs de notre unité-logement, je suis sous l'influence complète du Lien. Une cellule photoélectrique lit la puce implantée sous la peau de mon poignet et la porte principale s'ouvre aussitôt. Avec un bip, la porte glisse sur son rail et disparaît dans l'épaisseur du mur. L'air emprisonné dans le sas s'échappe avec un sifflement. La qualité de l'air que nous respirons est sous surveillance constante dans la cité souterraine constituée de bâtiments creusés dans la roche et de tunnels labyrinthiques.

Deux pas vers l'avant et je m'immobilise dans le sas de sécurité. La porte se referme derrière moi, une autre coulisse et découvre à mon regard le réseau de couloirs obscurs. De la main, je vérifie si la lanière de l'étui qui contient ma tablette éducative est bien fixée par-dessus mon épaule. Trois sonneries indiquent le démarrage du Bulletin, mais je ne me pétrifie pas sur place. Au contraire, un flot de sensations s'empare de moi et je vibre comme un diapason. Plus aucune annonce officielle qui parasite ma vision. Plus de voix étrangères qui résonnent sous mon crâne.

Je suis en plein glitch.

Avec un soupir de soulagement, j'étire les muscles de ma nuque. Même si cela implique de redoubler de prudence, je suis ravie de retrouver ma lucidité.

J'en profite pour inspecter mon environnement. Les murs qui se dressent autour de moi sont en béton et en acier – rien de très original –, mais j'arrive à présent à percevoir les innombrables nuances des couleurs, des textures. J'inspire les relents âcres de la peinture et de la poussière. J'écoute mes semelles battre le sol et l'étoffe de mon pantalon froufrouter dans cette galerie large d'à peine un mètre. Un boyau, plutôt. Du bout des doigts, j'explore les murs rugueux, en m'attardant sur les portes en aluminium qui signalent l'entrée des autres unités-logement.

Je ne peux flâner trop longtemps, même si j'en meurs d'envie. Les bras ballants, je me redresse et je franchis, très droite, un petit passage qui donne accès à un tunnel aux dimensions plus imposantes. Notre unité-logement se trouve sur la Plateforme –2, presque au même niveau que le métro. Des sujets vêtus de complets gris débouchent d'un passage annexe et s'engagent dans le tunnel en file indienne, auréolés d'un silence de mort.

Le claquement de leurs chaussures noires se répercute contre les parois et me renvoie au jour de l'orage, qui remonte à deux mois. Une canalisation avait éclaté et inondé les étages inférieurs de l'Académie, obligeant les élèves à déménager dans l'une des quelques salles aménagées au niveau 0, juste en dessous de la Surface. Des trombes de pluie toxique mêlée de cendres s'abattaient sur le bâtiment. Autrefois, la Surface se résumait dans mon esprit à une idée abstraite ; soudain, elle m'a paru réelle. Beaucoup trop réelle.

Ensuite a grondé le tonnerre. Pour la première fois j'ai éprouvé de la terreur – une peur puissance mille. Pour la première fois, aussi, mon moniteur cardiaque s'est déclenché en public. Je me suis forcée à retrouver mon calme en me bouchant les oreilles et, depuis cet épisode, je n'ai plus aucun doute sur le destin qui nous aurait attendus à la Surface. Un endroit épouvantable, c'est certain.

J'essaie d'étouffer la peur que provoque le simple souvenir de l'orage en me concentrant sur le rythme mécanique de la marche. J'observe les gens qui me précèdent et je tente de retenir le détail de leurs cheveux. Cela m'occupe tout au long du kilomètre que dure le trajet et le temps passe plus vite.

Je me rends compte que je suis arrivée sur le quai du métro quand ils ralentissent.

Je parcours du regard le quai et le haut plafond voûté qui surplombe les rails. Le fait que les stations de métro soient ouvertes à tous les vents m'a toujours mise mal à l'aise : on dirait que l'oxygène se fait plus rare et je doute fort que la qualité de l'air puisse être garantie dans un espace aussi immense. Les murs s'élèvent à plus de dix mètres.

Les sujets attendent, changés en pierre, l'arrivée de la rame qui les conduira au travail ou à l'Académie – tous, à l'exception notable d'une fillette blonde qui tire, impatiente, sur la main de sa mère. Je dirige un regard inquiet vers les Régulateurs postés près des colonnes. La petite fille sautille et éclate de rire chaque fois que ses pieds frappent le béton. Ses mouvements débridés et sa joie de vivre contrastent avec sa blouse au tissu gris et rêche. Ses piaillements ricochent sur les parois du tunnel. J'essaie de graver son visage dans mon esprit, afin de la dessiner plus tard. Elle est si jolie, si vivante. Rien qu'à la regarder, je me sens plus légère.

Les manuels que nous étudions à l'Académie définissent les émotions de l'Ancien Monde comme « puériles ». Voilà pourquoi seuls les enfants sont encore capables de les éprouver. Les puces implantées à la naissance n'arrivent pas à suivre le rythme effréné de leur développement. Un contrôle trop strict, et le cerveau humain s'atrophie. De simples téléchargements ont transformé certains sujets en légumes et il a fallu les désactiver. Les neurones doivent rester actifs si l'on veut éviter la décrépitude cérébrale. C'est pour cette raison que nous devons fréquenter l'Académie jusqu'à nos dix-huit ans, l'âge où nous intégrons le marché du travail et où est installée la version adulte de la puce A-V, la puce qui nous accompagnera tout au long de notre vie.

À l'approche de la rame, que l'on entend gronder dans le dédale souterrain, tout le monde est sur le qui-vive. Je vérifie l'heure à la grande horloge fixée au mur – en retard ! – et j'essaie de me rapprocher, aussi discrète que possible, du bord du quai. Sans le faire exprès, je bouscule un homme qui m'observe avec une curiosité trop marquée. Ralentissant le pas, j'efface toute expression de mon visage afin de me donner l'apparence d'un sujet comme les autres qui attend docilement son métro. Il se fige, puis il détourne le regard.

Du coin de l'œil, je vois la petite fille cabrioler à qui mieux mieux alors que la rame entre dans la station. Sa mère lui fait signe de la rejoindre. Lorsque la petite ne réagit pas, la femme l'appelle par son prénom. Sa voix est inaudible, noyée par le vacarme du moteur et des freins. La fillette ne l'entend pas non plus. Elle continue à virevolter, très près du quai.

Je me tourne imperceptiblement vers les Régulateurs, qui restent impassibles. Peut-être ne sont-ils pas programmés pour éviter les accidents et un enfant qui glitche, ce n'est pas un problème à proprement parler. Je sens une vague d'affolement monter en moi. La petite exécute une pirouette, les yeux fermés, bras tendus.

La rame négocie la courbe du quai. La mère tente de rattraper la petite danseuse par le col de sa blouse. D'un bond, l'enfant lui échappe et atterrit sur le quai, en équilibre précaire. Soudain, elle vacille et bascule en arrière. D'un instant à l'autre, elle va s'écraser sur les rails en contrebas. Son sourire innocent ne trahit aucune crainte.

— Non !

C'est moi qui ai poussé ce cri, moi qui me suis projetée vers elle, éperonnée par l'instinct. La mère réagit elle aussi, mais trop tard. Le fracas en provenance de la rame me déchire les tympans.

Et c'est à cet instant précis que je fais ce que je m'étais promis de ne jamais refaire, ce secret que j'essaie de cacher au monde entier, et d'abord à moi-même. Parce qu'il défie tout bon sens, toute logique. Et pourtant, sans réfléchir, sans penser aux conséquences, j'obéis à ma pulsion et je romps mon serment : je tends mentalement le bras vers l'enfant, j'analyse sa silhouette durant les millisecondes que dure sa dégringolade, je me concentre sur les lignes de son visage, la coupe géométrique de sa blouse, ses petits pieds, j'enveloppe chaque centimètre carré de son corps dans le champ invisible de ma volonté. Et je tire. Aussi fort que possible.

La petite pivote en pleine chute et elle atterrit sur le quai une seconde, à peine, avant que la rame ne s'immobilise dans un hurlement de freins. Sa mère la rattrape et lisse les pans de sa blouse, comme si de rien n'était. J'éprouve un soulagement immédiat. J'ai évité un accident. J'ai sauvé la petite fille. Elle ne risque plus rien.

Malheureusement, je me rends compte que je suis devenue le point de mire. Plusieurs sujets m'étudient désormais d'un regard méfiant et, lorsque la rame s'immobilise complètement, l'alarme de mon moniteur cardiaque résonne dans le silence. Je garde les yeux rivés au sol et je me conforme au comportement des autres usagers, histoire de donner le change. En attendant, les plaintes suraiguës de mon alarme tranchent avec la discipline des sujets qui s'engouffrent dans la rame. Je retrouve les réflexes de mon entraînement : respirer lentement, répéter le Credo, me composer un visage impassible.

Certains d'entre eux pianotent sur leur interface tactile. Sûrement pour me dénoncer, rapporter mon comportement déviant : mon cri, la panique qui a déformé mes traits quand j'ai voulu sauver la fillette, mon mouvement spontané. Les Régulateurs sont-ils déjà lancés à ma recherche ?

J'en aperçois un, justement, à deux ou trois mètres. Immobile dans cet océan mouvant et monochrome, il semble m'observer, non sans intérêt, et il esquisse quelques pas dans ma direction. Que faire ? Où fuir ? Acculée, je me décide à monter dans la rame et je m'éloigne des portes. Je tente de retrouver le Régulateur dans la foule mais la marée humaine fait écran entre lui et moi, et je m'efforce de reprendre contenance. Le Régulateur n'a aucune raison de me capturer. Personne ne peut établir de lien entre moi et cette petite fille sauvée in extremis. Impossible. Moi-même, j'ai du mal à le croire. Cela défie toute logique, et c'est pour cela que je refuse de l'admettre. Pourtant, ce petit miracle s'est déjà produit à maintes reprises. Des exemples ? Ma brosse, qui a traversé ma chambre pour atterrir dans ma main en flottant dans les airs ; le verre tombé de la table de la cuisine, que j'ai retenu mentalement avant qu'il ne se fracasse par terre ; et pas plus tard qu'hier, les chariots…

Les portes se referment hermétiquement et le système de filtration de l'air se met à ronronner lorsque la rame démarre sans heurts. J'observe mes voisins à la dérobée tout en m'efforçant d'avoir un visage impénétrable. Aucune trace du Régulateur. Les sujets, qui ont retrouvé leur inertie, se tiennent debout à intervalles réguliers et s'agrippent aux barres verticales disposées dans la rame. Je suis maintenant en sécurité. Tout va bien. Je prends une profonde inspiration, les nerfs tendus à bloc. Et parmi les faces atones qui m'entourent, mon regard croise celui d'une personne qui m'observe dans son coin – et je réalise, comme frappée par l'éclair, que je connais cette personne. C'est le garçon que j'ai croisé hier dans le Corridor. Le garçon aux yeux aigue-marine.

Aussi grand et aussi mince que dans mon souvenir, couronné d'une chevelure presque noire, il pose sur moi un regard qui me brûle la peau. Qu'a-t-il vu ? Pourquoi s'obstine-t-il à m'observer, quand plus personne ne se préoccupe de moi ?

Je ne bouge pas d'un centimètre, fermement agrippée à ma barre, ma concentration fixée sur le hublot obscurci de la rame. J'espère que ma mine apathique va le convaincre de m'oublier car, dans mes veines, le sang bouillonne.

Les yeux fermés, je tente de résister au raz-de-marée émotionnel qui menace avant d'en conclure que mon attitude s'écarte de la norme et je scrute à nouveau le hublot, fébrile jusqu'au bout du trajet. Je meurs d'envie de sortir du métro, d'oublier ce qui s'est passé sur le quai, de laisser derrière moi ce garçon au regard pénétrant. Lorsque la rame entre dans la station, je le vois se diriger vers la porte. J'écarquille les yeux, bien malgré moi. Est-ce qu'il me suit ? Impossible de dire si je l'ai déjà croisé à l'Académie, dans le métro. J'ai passé trop de temps à surveiller mon comportement, si bien que j'ai oublié de m'attacher à ce qui m'entoure. Je quitte la rame et je m'insère dans le flot des étudiants qui empruntent le tunnel communiquant avec l'Académie. C'est avec une délivrance indicible que j'accueille le retour du Lien qui grignote peu à peu mes sens, et ma peur s'enfonce dans le néant.

À l'heure du déjeuner, je glitche à nouveau. Je cligne des yeux puis j'examine mon assiette, le temps que ma vue s'ajuste. J'ai passé toute la matinée dans un état de léthargie bienvenu en me soumettant de mon plein gré au Lien. Maintenant que je suis redevenue moi-même, la peur que j'ai réussi à mater des heures durant revient à la façon d'un boomerang, plus intense que jamais.

Je me trouve seule au réfectoire de l'Académie, l'un des espaces les plus vastes de notre Secteur, un large rectangle bas de plafond, gris et fonctionnel, comme partout ailleurs. Des colonnes sont dressées tous les cinq mètres. Des conversations assourdies s'élèvent de petits groupes, en majorité des étudiants qui travaillent pendant leur pause déjeuner. Plusieurs cubes luminescents posés sur des tables projettent des images mobiles. Un groupe se penche sur la mécanique interne des nanodes bioniques, un autre examine la représentation d'une tête humaine qui tourne sur son axe. L'un des étudiants clique sur le crâne translucide, un zoom révèle les lobes du cerveau. Un nouveau clic fait apparaître le lacis complexe des nerfs, des tissus et des vaisseaux sanguins, dans lequel s'enchevêtrent les filaments du Lien. Tout est parfaitement normal.

J'ai du mal à me remettre de l'incident de ce matin. Il me faut d'urgence trouver une méthode efficace pour contrôler mes dysfonctionnements. Rien ne peut m'assurer qu'une rame de métro providentielle viendra la prochaine fois à ma rescousse, comme aujourd'hui. Autre souci : et si le garçon dans le métro, celui au regard aigue-marine, incarnait un danger plus grand encore ? Cela voudrait dire que j'ai déjà été dénoncée, à de multiples reprises.

Lorsqu'une dénonciation parvient aux oreilles des Systèmes Centraux, une Sentinelle se charge de vérifier si l'état du sujet dénoncé justifie une intervention avant son bilan technique. La Sentinelle a également pour mission de localiser et d'identifier les sujets au comportement déviant. Ce sont de véritables experts dans leur domaine, plus observateurs et plus fins que le sujet moyen, plus sensibles à certains symptômes qui échappent aux Régulateurs. Rien ne les distingue de leurs semblables, ni leur attitude, ni leurs implants. Ce sont des fantômes qui se mêlent à la foule, dotés du don d'ubiquité.

Il se peut que mon attitude ait éveillé les soupçons d'un Académicien. Il se peut aussi que mes parents, ou Markan, aient trouvé mes dessins.

Seraient-ils capables de me livrer aux autorités ? Bien sûr, rien ne les en empêcherait. Notre loyauté, nous la devons à la Communauté, pas à notre famille. Au nom d'une logique froide et implacable. Aucune émotion n'entre en jeu. *Une anomalie observée, c'est une anomalie dénoncée.*

Je regarde en catimini les quatre Régulateurs postés aux coins du Réfectoire, plus jeunes que ceux que l'on voit patrouiller dans le Corridor et les galeries du métro. À l'Académie, nous sommes surveillés par des novices, des stagiaires en quelque sorte. La peur étreint mon cœur alors même que je n'ai rien à craindre. Si l'on m'avait livrée aux Systèmes Centraux, je ne serais pas là, tranquillement assise à ma place. Enfin, j'en ai l'intime conviction. J'essaie de ne pas négliger mon repas mais c'est plus fort que moi, les Régulateurs détournent à tout instant mon attention.

Je mâchonne ma salade sans un mot, en comptant jusqu'à cinq entre chaque bouchée. Lentement. Méthodiquement. Je croque dans une tomate dont le jus gicle sur ma langue. Si seulement je pouvais m'abandonner tout entière à cette saveur hors du commun, pas tout à fait sucrée. Je sais que tous ces produits sont cultivés dans des serres souterraines mais j'ai du mal à croire qu'à partir d'une simple graine on puisse obtenir des objets si beaux et si complexes. De ma fourchette, je pique une fleurette de brocoli et je mords dedans, savourant sa texture et son croquant. J'aimerais tant dessiner cette sensation pour la tenir entre les mains !

— Zoel, me permets-tu de réclamer ton aide sur les exercices de biotechnologie qui nous ont été attribués aujourd'hui ?

Je sursaute, mais la vue de Maximin m'arrache un sourire discret. Tous deux destinés à une carrière de biotechnicien, nous sommes dans la même classe depuis trois ans. Le problème, c'est que Maximin a une mémoire de poisson rouge. Il a sollicité les renforts d'un tuteur il y a deux mois et nos déjeuners d'étude font partie de ma routine quotidienne. Je lui ai conseillé je ne sais combien de fois de suivre un programme de mnémo-développement, mais il s'obstine. Il se croit capable de tout retenir, à condition de travailler assez dur. Têtu comme une mule, c'est ainsi qu'on le qualifierait dans l'Ancien Monde. « Têtu », c'est un mot que j'ai appris en consultant les archives contenues dans la base de données de la librairie centrale. En même temps que « joyeux », « triste », « coupable », « solitaire », « furieux », « apeuré »... Le visage du garçon aux yeux aigue-marine traverse soudain mon esprit. Que signifiait son expression ? Était-il furieux ? Apeuré ? Peut-être n'affichait-il aucune expression, d'ailleurs. Peut-être que je m'acharne à débusquer une chose qui n'existe que dans mon imagination.

— Je t'accorde volontiers mon aide, Maximin. Attends que je prenne mes affaires.

Je sors ma tablette de sa housse, je la pose sur la table et pendant que le cours de neurochimie se charge, j'essaie d'effacer le garçon aux yeux aigue-marine de ma mémoire. En vain. Il devait être hypnotisé par le Lien, perdu dans sa bulle, et le hasard a fait que son regard s'est attaché à moi au moment où je tournais mes yeux vers lui. Il faut vraiment que je me le sorte de la tête.

— Nous commençons ? demande Maximin.

— Oui.

Je tâche de lui parler sur un ton égal. Ses cheveux blonds et sa peau pâle semblent irradier sous les néons, sa carrure athlétique occupe la moitié gauche de mon champ de vision.

Je tire de sa veille mon interface tactile. Le rectangle de six centimètres sur vingt s'éclaire sous la peau de mon avant-bras et, en quelques pressions de l'index, j'ouvre le dossier qui contient mes cours.

— Relis le texte, Maximin. Quand tu auras fini, nous allons parcourir mes notes.

Maximin acquiesce, puis il se plonge dans le texte affiché sur l'interface. Je l'observe un instant avant d'étudier le clavier incrusté sous ma peau. Cet écran fait partie intégrante de moi depuis ma plus tendre enfance (il a été greffé à l'âge de cinq ans et mis à jour à dix, puis à quinze ans). Perdue dans mes pensées, je tire un projecteur de mon étui – une petite pyramide noire – que je pose sur la table. Mon interface sous-cutanée établit une connexion et un écran de trente centimètres sur quarante apparaît sous mon nez, en suspens dans les airs. Un clic plus tard, mes notes défilent sur le rectangle luminescent.

Maximin repose la tablette et décrypte les informations exposées sur cet écran virtuel.

— Je peux les télécharger dans ta tablette si tu le souhaites, Maximin.

— Non, il me suffit de les observer un instant.

Il compare mes schémas avec ceux que publie la tablette.

— Au sujet de la tension nerveuse auxiliaire entre le quadrant synaptique un et le quadrant synaptique deux, tu pourrais faire un croquis dans mes notes ? demande-t-il en me présentant son avant-bras.

— Où est ta tablette ?

— Je retiens mieux les choses quand je te regarde dessiner que quand j'ai le résultat tout prêt sous les yeux. Et mon projecteur fait encore des siennes. Tu n'as qu'à dessiner directement sur mon interface.

Là-dessus, Maximin passe du mode clavier au mode tactile.

Convaincue, je me rapproche de lui. Une boucle de cheveux s'échappe de ma barrette, mais je suis trop concentrée sur mon dessin pour m'en soucier. Du bout du doigt, j'esquisse le premier quadrant sur la peau de Maximin, puis je lève la tête pour m'assurer qu'il suit mes explications.

Il est près de moi, si près que je manque de me cogner contre lui. Et ce regard… Comme si les quadrants synaptiques étaient le cadet de ses soucis. Dévorant mon cou des yeux, Maximin saisit ma mèche de cheveux entre le pouce et l'index et la malaxe.

— Qu'ils sont doux, murmure-t-il.

— Maximin.

Maximin délaisse mes cheveux et retourne à son schéma. Je me recoiffe en quelques gestes, les bras raides, paralysée par la peur. Le comportement de Maximin est hautement suspect. Et si une Sentinelle me tendait un piège afin de s'assurer que je dénoncerais une anomalie en présence d'un sujet au comportement déviant ? Et si j'étais surveillée ? Ou alors… L'espoir dilate mon cœur. Et si je n'étais pas la seule à glitcher ?

Je coule un regard inquiet vers Maximin, qui me présente un visage atone. Bien entendu. Une fois encore, j'ai cherché une signification là où il n'y en a pas. Mes épaules s'affaissent imperceptiblement. À nouveau, la solitude me submerge. Maximin n'est pas un glitcher. Il appartient à la Communauté, à une structure supérieure au sein de laquelle chacun représente une brique, minuscule mais nécessaire, reliée par la pensée à toutes les autres. La Sublime Lignée. C'est ce qui me manque le plus lorsque je glitche, cette sensation de plénitude, de fraternité, d'objectif commun. Quel intérêt de m'émerveiller devant des couleurs ou des impressions quand je suis seule à en profiter ?

La Communauté d'abord, la Communauté toujours. La culpabilité me dévore de l'intérieur, associée à la certitude pesante que j'agis mal. Très mal. Sourde à toutes ces leçons sur les méfaits de l'individualisme et de l'égoïsme, je rechigne encore à me dénoncer. Et je me cherche même un compagnon, un camarade d'infortune. Et je souhaite même que Maximin se mette à glitcher. Je dois être cassée, hors service. Sûrement les signes avant-coureurs de ces passions barbares qui ont causé la destruction du monde…

Le déjeuner touche à sa fin et Maximin se colle de toute sa hauteur contre moi lorsque nous remontons le couloir mal éclairé. Je lui jette des regards curieux (le couloir a beau être bondé, nous arrivons malgré tout à circuler sans problème. Pas la peine de se serrer les uns contre les autres), mais son visage ne trahit rien, à part la passivité habituelle. Je m'arrête devant la salle où se déroule mon dernier cours : Conception d'algorithmes. Maximin poursuit sa route, non sans m'avoir adressé un dernier regard, et disparaît dans la cohue.

Au moment où je m'engage dans la classe, la surprise me foudroie. Le garçon aux yeux aigue-marine est là, assis près de la place que j'occupe d'ordinaire.

Les élèves s'installent dans l'ordre et la discipline ; l'un sort sa tablette, l'autre allume son interface afin de prendre connaissance de la leçon du jour. Je m'assieds, non sans avoir remarqué que mon nouveau voisin étire ses longues jambes sous la table et envahit la rangée de devant. L'espace est un luxe superflu dans les bâtiments souterrains, toutes les salles de classe sont exiguës. Les tables en métal couvrent toute la largeur de la pièce et les chaises sont aussi rapprochées que possible pour accueillir un maximum d'étudiants, cinq rangées par salle.

Je me force à respirer normalement. Aucune raison de paniquer. Aucune, vraiment. *Ne pense à rien, concentre-toi sur tes algorithmes, et tout ira bien.* Pourtant, c'est plus fort que moi, j'observe le garçon à la dérobée. Il manipule son interface, le calme personnifié. Il ne me regarde pas, c'est déjà beaucoup, et il reste à bonne distance. Comme s'il voulait éviter tout contact.

Soudain, le professeur se tait et tous les étudiants suspendent leur activité. Sûrement un communiqué du Lien qui vient perturber leur routine. J'espère que je ne rate rien d'important. J'essaie de calquer mon expression sur celle de mes voisins, comme captivée par le chapelet des informations. C'est alors que tous les yeux se braquent sur moi.

— Zoel, me lance le professeur, tu es dans les nuages ? Le Lien te demande de te présenter à la salle A 117 sans perdre un instant !

L'alarme de mon moniteur cardiaque déchire le silence.

3.

Je range ma tablette dans sa housse avec des gestes maladroits. Les pieds de ma chaise raclent le sol en béton et ce bruit strident envahit la salle, où l'on pourrait entendre une mouche voler. Plus personne ne s'intéresse à moi, pourtant, ni aux clameurs de mon moniteur cardiaque : la leçon est prioritaire. Je quitte la pièce aussi vite que le permettent mes jambes et je récite le Credo Communautaire en mettant le cap sur l'ascenseur Sud.

Je payerais cher pour rentrer dans le giron du Lien. Au bout de quelques Credos, l'alarme de mon moniteur finit par s'éteindre. Combien de fois s'est-il affolé aujourd'hui ? J'ai dû déclencher l'alerte dans les locaux des Systèmes Centraux. J'ai envie de me mettre des gifles. Ma bêtise et ma négligence sont impardonnables.

J'hésite avant d'appuyer sur l'écran tactile qui commande les déplacements de l'ascenseur. Je ne vais pas réussir à dissimuler mes secrets très longtemps. Je pourrais filer dans le métro, prendre une correspondance, me fondre dans la foule et tâcher de me perdre dans le labyrinthe de Cité-Centrale. De disparaître, de prendre la fuite. Il me suffit de tourner les talons...

Ma main se met à trembler, une rumeur parasite prend mon crâne d'assaut, des pensées aussi désespérées qu'absurdes. Je me raidis de tout mon corps, tenant en bride la peur qui menace de me tétaniser. Je ne peux pas vivre dans la clandestinité toute ma vie. À Cité-Centrale, tout est géré par puce ou par empreintes digitales. Mon plan d'évasion échouerait très vite. Ce serait pourtant un moyen radical de me débarrasser de ces secrets. Envolés, la dissimulation, la solitude, les cauchemars. Redevenir égale aux autres, enfin, cellule au service d'un organisme gigantesque.

Le doigt sur l'écran de commande, j'appelle vite l'ascenseur, de peur de changer d'avis, et j'entends le ronron de l'appareil qui descend dans les entrailles des souterrains. Je n'ai pas vraiment le choix. Je m'engage à l'intérieur de la sphère blanche dont la porte se referme derrière moi.

— Sous-niveau 1, dis-je, peu rassurée.

L'ascenseur s'ébranle dans un mouvement à peine perceptible. Je fais le bon choix. J'agis comme il convient. Surtout, ne pas penser à mes dessins, à la joie, à toutes ces merveilles que je vais perdre. Lorsque la porte s'ouvre enfin sans un bruit, j'enfile le couloir et je cherche la salle A 117.

La pièce est ouverte, je le devine à la lumière qui se déverse dans le corridor.

— Salutations. Sujet Zoel Q-24. Je réponds à votre convocation.

— Entrez, me répond une voix masculine.

Prenant une profonde inspiration, je franchis le seuil. Quelle n'est pas ma surprise de découvrir que je ne me trouve pas dans une salle d'examen traditionnelle, mais dans une chambre à coucher équipée d'un lit, d'un bureau et de lampes d'ambiance qui remplacent les habituels néons. Il me revient en mémoire que l'Académie comporte un bâtiment entier destiné à héberger les notables de passage. C'est alors que je repère le matériel de diagnostic mobile rangé dans un coin. Auraient-ils fait appel à un spécialiste pour régler mon cas ?

J'ai dû trahir ma confusion en fronçant les sourcils car un petit homme rond embusqué dans l'ombre – la cinquantaine, les tempes dégarnies, le front recouvert d'une fine pellicule de sueur – ajoute :

— Entre donc. J'ai pour tâche d'effectuer un contrôle rapide de tes logiciels.

Il ne porte pas le costume gris réglementaire mais l'uniforme noir des représentants officiels. Des représentants haut placés dans la hiérarchie, les Classes 1 et 2. Ce n'est pas un examen ordinaire.

— Asseyez-vous, m'invite-t-il en désignant une chaise.

J'essaie de lui dissimuler ma peur. Un officiel à l'Académie, pour un examen à l'improviste ? Il y a un problème, un gros problème. L'épisode sur le quai du métro, le garçon aux yeux aigue-marine… quelqu'un a dû être témoin de mes déviances comportementales, un autre ordonné une désactivation immédiate. C'est sûrement le motif de la venue de cet homme. Je m'approche de la chaise et je prends place.

— Ils m'avaient bien dit que tu étais jolie, susurre-t-il.

Un sourire aux lèvres, il se tamponne le front à l'aide d'un mouchoir, s'approche de moi et s'arme d'un petit instrument métallique.

— Pardon, monsieur ? Monsieur ?

Je ne comprends pas ses paroles, je n'arrive pas à décrypter son regard. Consternation.

— « Monsieur » ? Quelle jeune fille respectueuse ! pouffe-t-il.

L'homme lisse ses cheveux plaqués par la sueur et met de l'ordre dans les outils alignés sur la table. Pour une raison que je n'arrive pas à m'expliquer, il me met mal à l'aise. Et son comportement me paraît très déviant, même si j'ignore comment les officiels sont censés se comporter. Au sein de la

Communauté, l'obéissance aux gradés est un devoir que personne n'oserait prendre à la légère. Un officiel qui souffrirait d'anomalies… impossible, non ?

L'envie soudaine me submerge de prendre mes jambes à mon cou et de me réfugier dans l'ascenseur.

— Ne t'inquiète pas, tu n'as rien à craindre. C'est un simple contrôle de routine, je t'assure.

Mon malaise empire lorsque l'homme se place derrière moi et soulève ma queue de cheval. Je sais ce qu'il cherche : le port USB greffé sur ma nuque. Ma poitrine se contracte, mon souffle se coupe net. Si mon système est défaillant, il va le découvrir très vite. C'est sûrement la procédure qui précède toute désactivation. Du coin de l'œil, je le vois s'équiper d'un petit lecteur de disque dur.

— Je veux juste lancer un programme rapide, fillette. Pas d'inquiétude, tu ne te souviendras de rien.

Je n'aime pas son « fillette », je n'aime pas le ton qu'il emploie ni l'expression qui s'affiche sur son gros visage rougeaud. En fait, je n'aime rien chez cet homme. Soudain, j'oublie toute notion d'obéissance et de devoir : je sais qu'il faut que je parte d'ici. Sans perdre un instant. À la seconde où je quitte ma chaise, l'homme empoigne ma queue de cheval et insère le lecteur dans mon port USB.

J'essaie de me débattre, mais l'évidence s'impose aussitôt : je suis immobile. Paralysée, au sens littéral du terme. Je n'ai pas perdu mes sensations mais je n'arrive à mouvoir ni mes jambes ni mes bras.

— Programme 181 à activation vocale, chuchote l'homme.

Il pose une main moite sur mon visage et me caresse lentement le cou. Que se passe-t-il ? Je tente d'établir une distance, de hurler, mais mes lèvres demeurent scellées. Il éclate alors de rire. Ma dernière heure est-elle arrivée ? Il peut me désactiver à tout moment, sans que j'aie mon mot à dire. Il est capable de pirater mes programmes, de m'infliger des dizaines de tortures différentes, des souffrances qui dépassent mon imagination. Un sort horrible m'attend et je suis bâillonnée, incapable de me défendre.

Mon cœur martèle ma poitrine mais le moniteur reste muet, ce qui ne fait que redoubler ma peur. Mes yeux explorent frénétiquement la pièce. Il faut que je trouve une solution, n'importe laquelle, sauf que je suis seule dans un bâtiment désert, entre les mains d'un étranger qui a sur moi un contrôle absolu. Un étranger au regard malsain qui se rapproche désormais, armé d'outils sur lesquels je pose les yeux pour la première fois.

Sous mon crâne ce bourdonnement suraigu qui a précédé la chute de la fillette sur le quai du métro. Mon corps est peut-être pris au piège, mon esprit, lui, reste libre.

Je cède volontiers à la panique qui bouillonne en moi, de toutes les fibres de mon être, et mitraille de mes pensées brouillées par l'épouvante la lampe posée sur le guéridon, même si je n'arrive pas à les contrôler avec précision. Assaillie par mes vibrations, la lampe finit par exploser. L'homme lève la tête, surpris par une obscurité qu'il n'attendait pas, et laisse échapper un cri de douleur. Les battements de mon cœur s'accélèrent, je suis en proie à une terreur indicible. À cet instant précis, la porte s'ouvre à la volée, quelqu'un déboule dans la pièce. Le garçon aux yeux aigue-marine, qui fonce vers le lit, en arrache une couverture, se jette sur l'officiel et l'étrangle, le cou coincé dans l'angle de son coude. L'homme mouline un instant des bras, puis s'effondre sur le lit, inerte.

Une fois mon bourreau mis hors d'état de nuire, le garçon se tourne vers moi et découvre mes yeux agrandis par la peur.

— Excuse-moi d'avoir été si long, lâche-t-il d'une voix précipitée. Je l'ai vu trop tard.

Vu quoi ? La question me brûle les lèvres mais mes cordes vocales sont toujours hors service.

Rougissant jusqu'aux oreilles, le garçon se rue vers moi.

— Ah oui, merde, je suis désolé ! Désactivation du programme 181. Code d'autorisation 5789345.

Mes liens se dénouent enfin. Je suis libre. Les mains plaquées sur le visage, je m'écroule par terre et j'essaie d'arracher l'appareil fixé à ma nuque.

— Non, surtout pas ! hurle l'inconnu avant de me tendre la main. Ne débranche pas le lecteur, sinon on est foutus.

— Pourquoi pas ? Tu travailles avec lui ?

— Non, bien sûr que non ! Dépêche-toi, le temps presse.

Pas la peine de me le répéter deux fois. Que ses motivations soient louables ou non, mon sauveur vient de me libérer de l'emprise foudroyante du programme.

— Qui es-tu ? Comment peux-tu connaître le code d'autorisation ? Qu'est-ce que tu fabriques ici ?

— Je m'appelle Adrien. Et pour l'instant, je ne peux rien te dire.

— Tu travailles pour les Systèmes Centraux, alors ?

— Tu plaisantes ? Je suis venu t'aider.

J'étudie la masse informe que dessine l'homme en uniforme noir sur le lit et commence à prendre conscience de la gravité de ce qui s'est passé dans cette chambre.

— Est-ce que… est-ce que tu l'as désactivé ?

— Non. Ça me tenterait bien, mais la mort d'un officiel déclencherait une enquête beaucoup trop poussée. À le voir comme ça, on dirait qu'il a fait un malaise. Ce qui me rappelle…

Adrien s'accroupit et sort de sa besace un petit cylindre en métal, à peine plus grand que le stylet d'une tablette, en dévisse le bouchon et révèle deux petites aiguilles. Il se redresse, retourne l'homme comme une crêpe et plante le cylindre, côté aiguilles, dans son postérieur.

Détournant le regard, je me masse la nuque. Un frisson d'effroi me court le long du dos lorsque je touche à nouveau le lecteur fiché dans mon port USB et j'interroge celui qui se présente comme mon libérateur :

— Tu peux m'expliquer pourquoi je ne peux pas le débrancher ?

Adrien rebouche précautionneusement le stylet et le range dans son sac.

— Tant que tu restes connectée, le Lien ne peut pas t'atteindre. Tes signes vitaux ne sont pour l'instant pas relevés mais, à la seconde où tu le bazardes, ton taux d'adrénaline et ton rythme cardiaque sont transmis aux médecins des Systèmes Centraux. Dans ce cas, on n'a aucune chance de s'en sortir. D'autant plus qu'ils rebrancheront immédiatement les caméras dans ce bâtiment.

Sur ce, Adrien désigne du doigt les disques noirs fixés au plafond. Je me mets à bafouiller :

— Ce… ce sont des caméras ?

Tous les couloirs en sont équipés. Tous les tunnels. Les rames du métro. La salle à manger de mon unité-logement…

Adrien confirme d'un petit signe de tête et me tend à nouveau la main.

— Viens, sortons d'ici.

— Pour aller où ?

Je suis encore sous le choc : difficile d'accepter que j'aie pu vivre tout ce temps sous l'œil de ces espions numériques. Cela tombe sous le sens, maintenant que j'y pense. Les lecteurs d'empreintes digitales ne suffisent pas à pister les allées et venues de chacun. Une surveillance beaucoup plus étendue est nécessaire si la Communauté veut garder la mainmise sur l'ensemble de ses sujets. Mais qui nous surveille, exactement ?

Je commets l'erreur de regarder, une dernière fois, l'homme inconscient étendu sur le lit, et mes mains se mettent à trembler.

— Avait-il l'intention de me désactiver ?

Soudain, je sens des gouttes couler sur mon visage. Spontanément, je lève les yeux au plafond, certaine qu'il y a une fuite. Rien. Palpant mes joues, je découvre que de l'eau jaillit à flots de mes yeux. Stupéfaction. J'inspecte ma main, abasourdie.

— Viens, Zoe. Il faut qu'on se tire d'ici, en vitesse. Je vais tout t'expliquer plus tard, promis juré, chuchote Adrien.

La tête me tourne. Comment cet Adrien connaît-il mon prénom ? Pire encore, comment peut-il connaître celui que j'utilise dans mes pensées les plus intimes ? Je me suis rebaptisée Zoe après avoir parcouru les archives – Zoe, qui signifiait « vie » dans l'Ancien Monde. Cela, il l'ignore forcément…

— Adrien, pourquoi m'appelles-tu ainsi ?

— Parce que ça te va mieux, répond-il avec un vague sourire.

Cette fois-ci, mon imagination ne me joue pas de tours. Le visage d'Adrien exprime bien quelque chose. Avec son aisance, son aplomb naturel, sa voix vibrante, le vocabulaire étrange qu'il emploie, c'est un être à part et sa personnalité offre un contraste saisissant avec les marionnettes téléguidées par le Lien. Il déborde d'énergie. Il est… vivant.

Je ne le connais pas mais ce que je sais, c'est qu'entre mes anomalies et la liquidation de l'officiel, c'est la désactivation assurée. Cette perspective me fait suffoquer. L'existence monochrome que m'impose le Lien, je la trouve suffisamment horrible, mais qu'y a-t-il au-delà ? À quoi ressemble la mort ? Les yeux fermés, je me laisse aller à mes pires angoisses.

— Zoe ?

J'ouvre les yeux et je m'agrippe à la main d'Adrien. Mon ange gardien officiel.

— Allons-y.

Adrien referme la porte derrière nous sans un bruit, s'assure que le couloir est vide puis m'entraîne vers la droite, tournant le dos à l'ascenseur. Je jette des coups d'œil inquiets par-dessus mon épaule. Qu'arriverait-il si on sonnait l'alarme ? Les minutes s'écoulent et je prends de plus en plus conscience que j'ignore comment fonctionne le monde. La seule chose qui me donne le courage de continuer, de tenir, c'est la main d'Adrien dans la mienne. D'une certaine manière, je me sens en sécurité.

Nous passons devant plusieurs portes – des portes qui peuvent s'ouvrir à tout moment, sonnant le glas de notre expédition – et nous nous engageons dans un cul-de-sac plongé dans la pénombre. Sans me lâcher, Adrien glisse sa main entre deux plaques de béton. À tâtons, il semble chercher quelque chose – un bouton, un interrupteur ? – qu'il trouve très vite. Il murmure alors :

— Ouverture du sous-niveau 1, annulation manuelle du code de vérification 999452385.

Je retiens mon souffle, ignorant tout de ce qui m'attend. Un grincement se fait soudain entendre derrière nous et je sursaute. Un flux d'énergie traverse mon bras, j'éprouve une étrange sensation de picotement dans les doigts.

— Qu'est-ce que c'était ?

— Notre chemin vers la liberté !

Manifestement ravi, Adrien désigne le mur d'un coup de menton. Mon regard suit le sien et ce que je vois me coupe le souffle. Le mur a disparu, tout simplement, pour laisser place à un tunnel. Après examen, je comprends qu'il a coulissé sur un rail pour se ranger contre la paroi.

La galerie qui se déploie de l'autre côté s'enfonce dans une obscurité impénétrable. Je mets un pied devant l'autre, agrippée à Adrien qui referme le panneau derrière nous, avec l'impression que l'air pèse sur moi de tout son poids, qu'il m'oppresse, m'écrase. L'odeur qui circule m'étonne elle aussi, humide et aigre, comme du lait tourné. Rien à voir avec la propreté antiseptique des couloirs de l'Académie.

J'effleure mon interface et une sphère phosphorescente s'élève dans le noir. Grâce à cette faible source de lumière je distingue, à peine, deux murs dressés de part et d'autre d'un étroit boyau.

— Bonne idée, déclare Adrien en faisant de même avec sa propre interface. Suis-moi.

Il ouvre la marche, je lui emboîte le pas. Moi qui suis habituée aux espaces confinés, ce tunnel large d'une cinquantaine de centimètres ne me dit rien qui vaille. La lumière qu'émet ma sphère dessine tout juste les contours de la silhouette d'Adrien.

— Nous en avons pour longtemps ?

— J'ai mémorisé le plan. Il y a une centaine de pas avant d'atteindre le panneau suivant.

— Mais comment… ?

— Je vais te répondre plus tard, je ne veux pas rater la sortie…

Nous nous remettons en marche et, sans réfléchir, je me mets à compter mes pas moi aussi. La nervosité me fait perdre le fil à partir de soixante.

Adrien avance avec régularité, manifestement sûr de lui et de sa mémoire. Soudain, il s'arrête.

— Et maintenant ?

— Maintenant, je dois trouver le photocapteur.

Sa sphère éclaire le mur et en explore chaque centimètre carré. Je lui apporte mon aide – et ma lumière, aussi faible soit-elle.

— Et voilà.

La voix d'Adrien transpire le soulagement et j'en déduis qu'il est moins serein qu'il n'en donne l'illusion. Il marmonne un autre code et me parvient alors un bruit familier, deux parois rocheuses qui entrent en contact dans un raclement. L'inquiétude me saisit : et si une escouade de Régulateurs nous attendait de l'autre côté de cette porte ?

— Notre intrusion ne va-t-elle pas déclencher une alarme ?

— Cet équipement a été installé quand j'ai été envoyé en mission à l'Académie. C'est ma sortie de secours. Je ne pensais pas l'emprunter si tôt... Parfait, c'est ouvert. Allons-y !

La faible lueur que répandent nos sphères n'arrive pas à percer l'obscurité. Je risque un pas tandis qu'Adrien referme l'issue, mais je trébuche aussitôt et manque m'étaler de tout mon long.

— Oh là là ! Ça va ?

— Ça va. Je me suis juste cogné le pied...

— Excuse-moi, j'aurais dû te prévenir. Ce n'est pas un couloir mais un escalier.

— Un escalier…

Je contemple une volée de marches en béton. Vertigineux. Adrien semble prendre la mesure de mon angoisse.

— Oui, tu as l'habitude des ascenseurs, je suppose. Il n'y a pas de rampe, alors mets ta main à plat sur le mur et reste bien derrière moi.

Nous négocions une quinzaine de marches et j'essaie d'évacuer de mon esprit le vide qui s'ouvre derrière moi, la chute mortelle qui m'attend si je tombe en arrière. Je m'appuie alors au mur des deux mains.

— C'est encore loin ?

— Non, répond Adrien, en pleine forme.

Je ne suis pas essoufflée – les membres de la Communauté font de longues séances de cardio-training chaque soir. Un corps sain, après tout, c'est une Communauté saine. Non, le problème, c'est que j'ai des crampes dans les cuisses. J'ai l'habitude de courir sur un tapis de course, pas de gravir des marches à pic.

Qui est ce garçon ? Pourquoi m'apporte-t-il son aide ? Avant que j'aie le temps de répondre à ces questions, nous débouchons sur un palier étroit au sommet de l'escalier. Adrien trouve le photocapteur sur-le-champ et prononce le code. La dernière porte s'ouvre et une lumière brutale m'aveugle. À cet instant précis, je comprends qu'Adrien n'a pas l'intention de m'apporter son aide. Loin de là. Son objectif, c'est me tuer.

4.

Je recule d'un pas en me masquant la figure des deux mains. Toute exposition, même la plus brève, à l'air de la Surface s'avère fatale. Si le sujet exposé aux émanations toxiques n'est pas fauché instantanément, les tumeurs finiront à la longue par le ronger de l'intérieur. Je m'apprête à prendre la fuite et à dévaler les marches que je viens d'escalader quand Adrien me saisit par le bras. Je pousse un cri d'horreur :

— Lâche-moi ! Tu veux donc mourir ?

Des images publiées dans les manuels d'histoire s'impriment dans mon esprit. Des corps calcinés. Une agonie lente et douloureuse… Adrien me retient comme il le peut. Il est sûrement déjà trop tard pour ne pas mourir empoisonné, ou irradié.

— Zoe ! Zoe, calme-toi ou on va se faire repérer !

Je me débats de toutes mes forces, je lui laboure le visage de mes ongles et il lâche un grognement avant de me faire pivoter sur moi-même et de me plaquer contre lui, les bras en travers de la poitrine, à la façon d'une camisole de force.

— Du calme, Zoe ! J'aurais dû te prévenir, mais je savais que tu refuserais de m'accompagner à la surface si je t'avais dit où je comptais t'emmener. Écoute-moi, l'air n'est pas toxique ! Tu ne vas pas mourir, même sans matériel spécial. Tu ne risques rien, en réalité. Ces connards t'ont menti, Zoe ! Ils ont réécrit toute l'histoire de l'Ancien Monde.

— Mais les bombes nucléaires…

— Seules quelques ogives ont été larguées le jour J. Juste assez pour donner le change. Et Community Corp. a tout supervisé. Ce sont eux qui ont déclenché les hostilités. Tu ne vois donc pas ce qui crève les yeux ? La Communauté n'a pas sauvé l'humanité, bien au contraire. Elle a transformé les humains en zombies…

— Tu mens. La Communauté nous protège. Tout le monde sait ça !

— Écoute-moi jusqu'au bout, siffle-t-il en me serrant encore plus fort contre son torse. Community Corp. a provoqué le jour J. Ensuite, ils ont convaincu tout le monde qu'ils étaient les seuls à pouvoir éviter l'apocalypse nucléaire. À sauver les gens d'eux-mêmes. Du coup, au bout de plusieurs générations, plus personne ne connaît la vérité. Les gens ont gobé tout ce qu'on leur a raconté. Ils ont gobé tous les mensonges de ComCorp. Zoe, la plupart des bâtiments administratifs de la Communauté sont situés à la surface !

— Tu… tu es défectueux. Déviant… Tu ne sais pas ce que tu racontes !

Mes yeux s'accoutument petit à petit à cette lumière aveuglante. Combien de temps tiendrons-nous ici, à la merci des rayonnements mortels ?

— Je ne suis pas déviant, Zoe. Et tu n'as aucune crainte à avoir. Les habitants des niveaux souterrains ont toujours beaucoup de mal à accepter cette vérité.

Adrien me relâche et je m'écarte d'un pas. Il n'essaie plus de me retenir.

— Réfléchis, Zoe. Tu sais qu'ils t'ont bernée sur le rôle que joue le Lien. Tu sais que ces implants font plus qu'établir des passerelles entre les gens. Ils ne les protègent pas, ils les contrôlent. Mais ils ne peuvent plus te contrôler, toi, depuis que tu t'es mise à glitcher. Tu présentes un réel danger. Un danger pour les officiels et les Supérieurs qui gèrent la Communauté. Tu incarnes leur plus grande peur.

Mon cœur s'emballe. Adrien m'a espionnée, il sait que je glitche, je n'ai aucun secret pour lui. Ce que je ne comprends pas, c'est qu'il m'ait amenée à la Surface. Il aurait pu m'abandonner entre les griffes de l'officiel et me laisser mourir en s'épargnant tous ces efforts.

— Je ne m'explique pas pourquoi je t'ai suivi, Adrien. Il faut revenir sur nos pas et consulter un médecin.

— Comment peux-tu envisager cette solution ? Comment peux-tu faire machine arrière et accepter qu'ils détruisent ta personnalité ? Sans parler de ton pouvoir ! Déplacer des objets par la simple force de l'esprit. La télékinésie. C'est la première fois que nous croisons quelqu'un comme toi.

Décidément, je vais de surprise en surprise. Il en sait trop. C'est un piège. Je bafouille, épouvantée :

— Je ne vois pas de quoi tu parles ! Mais... qui désignes-tu par « nous » ?

— Tu n'es pas la seule à avoir un don, Zoe. Il y en a d'autres.

Éberluée, je le fixe du regard. D'autres. D'autres comme moi. Je ne serais donc pas seule ?

— J'aimerais beaucoup que tu les rencontres, soupire Adrien, mais pas si tu cries ou si tu résistes. Primo, on va éviter de se faire repérer et, deuzio, jamais je ne t'imposerai quoi que ce soit. Tu es affranchie de l'influence du Lien. Tu as ta propre volonté, tu peux prendre tes propres décisions. Je t'offre ce que la Communauté te refusera toujours : un choix.

Je dégringole quelques marches afin de mettre une distance de sécurité entre moi et la Surface mais je m'arrête très vite, en proie à un violent dilemme et j'essaie de mettre un peu d'ordre dans le capharnaüm de mes pensées.

D'autres comme moi. Cela paraît trop beau pour être vrai. Mes idées se télescopent à la vitesse de la lumière, difficile de formuler une réflexion cohérente. Puis-je vraiment accorder ma confiance à Adrien ?

Il prend une profonde inspiration, comme résigné.

— Viens avec moi, Zoe. Il y a d'autres personnes qui ont un don et qui vivent ici, à la Surface. Je ne les invente pas. Elles existent, j'en fais moi-même partie. Je suis au courant pour tes dessins. Tu représentes le monde comme il apparaît dans tes rêves. Je connais aussi celui que tu as dessiné hier – ton frère, pas vrai ?

— Comment sais-tu… ?

— Je sais aussi que tu l'as figuré comme tu aimerais le voir dans la vraie vie. Le regard qu'il t'adresse, c'est un regard d'amour, n'est-ce pas ? C'est bien ce que tu as dessiné ?

— Mais par quel prodige…

— C'est mon don à moi, explique Adrien en haussant les épaules. Je vois l'avenir.

Je cligne des yeux, dépassée par ce qu'implique sa déclaration. Ce qu'il dit ne tient pas debout. La Surface, sans danger ? Des visions de l'avenir ? De la pure folie ! En même temps, j'arrive à déplacer des objets par la seule force de mon esprit – cela non plus ne tient pas debout. Et pourtant, il dit vrai sur Markan, sur le portrait que j'ai fait de lui. Alors, imposteur ou sauveur ? À moi de tirer les conclusions qui s'imposent.

— Si tu vois l'avenir, dis-moi ce qui se passera si je refuse de te suivre.

— Je n'en sais foutrement rien. Je n'ai pas vu ce qui arrive ensuite mais j'espère que tu vas accepter de venir avec moi. Je fais partie d'un groupe de résistance. Avec nous, tu seras en sécurité.

J'étudie ses traits, ses cheveux bruns et épais coupés court, comme l'exige le règlement communautaire, mais indisciplinés, rebelles. Ses yeux bleu-vert m'éloignent de la porte restée grande ouverte. Ce qu'il vient de m'apprendre va à l'encontre de tout ce qu'on m'a enseigné depuis l'enfance, mais j'ai l'intuition qu'il n'invente rien : la Communauté a trompé tout un peuple en lui prescrivant le Lien et la puce A-V. Quels autres mensonges nous ont-ils servis ? Et quel sort me réserveront-ils s'ils découvrent que j'ai percé leur écran de fumée ?

— Zoe, tu sais quel sort ces escrocs te réserveront si tu réintègres la Communauté, poursuit Adrien, comme s'il avait lu dans mes pensées. Tu vas subir toute une batterie d'examens qui leur montreront que tu glitches, que tu es douée de télékinésie. Et tu vas leur servir de cobaye. J'ai vu le résultat de leurs expériences. C'est ignoble, ce qu'ils font aux gens…

Sa voix se brise, puis il recouvre ses esprits et consulte son interface.

— Merde, on n'a pas le temps. Je t'en supplie, Zoe, il faut qu'on parte d'ici ! Suis-moi.

Et il me tend la main, ce garçon à moitié fou qui dit des choses insensées, il m'invite à joindre mes forces aux siennes et son invitation, je peux la refuser si telle est ma volonté. Je suis au pied du mur. Je repense au garçon qui a essayé de fuir, celui qui hante mes rêves, je repense au sang qui a giclé lorsque les Régulateurs l'ont plaqué au sol. J'étudie l'escalier obscur, aussi sombre que mes perspectives d'avenir – que ce soit au sein de la Communauté ou à la Surface –, que j'entrevois derrière Adrien. Ce qui me frappe avant tout, c'est cette lumière éclatante de la Surface, presque insupportable. Soudain, mon œil est attiré par un élément qui prouve que l'homme a bien vécu ici, à une époque : un bâtiment imposant et solide, qui a l'air d'avoir résisté à l'apocalypse nucléaire.

Je prends ma décision en un clin d'œil et, avant de la regretter, j'attrape Adrien par la main.

— Allons-y.

5.

Adrien pose sa besace par terre et en explore le contenu.

— Que fais-tu ? Je croyais que le temps nous était compté.

— Une dernière chose. Tiens, regarde.

Sûr de ses gestes, il tend un petit instrument métallique de la taille d'un poinçon et marque subitement un temps d'arrêt, comme dérangé par un bruit inattendu. Nous restons immobiles de longues secondes, les yeux dans les yeux. Adrien n'en mène pas large, je le vois à ses traits. Il lui faut quelques instants pour retrouver son calme, puis il enfonce l'aiguille dans son avant-bras, à quelques millimètres de l'interface sous-cutanée. Je laisse échapper un petit cri de surprise. Adrien me plaque une main sur la bouche, les yeux écarquillés par l'inquiétude.

— Chut ! fait-il en me fusillant du regard.

— Mais qu'est-ce que tu fais ?

— Je neutralise ce foutu système de géolocalisation. Maintenant je vais m'occuper du tien. Donne-moi ton bras.

Autant lui faire confiance jusqu'au bout, puisque je l'ai suivi ici, au seuil de la Surface. Je lui présente donc mon bras, pas très rassurée, je ferme les yeux pour éviter de m'évanouir et je me mords la lèvre afin d'étouffer un cri. La douleur ne dure qu'une fraction de seconde.

— Terminé. Comment tu te sens ?

— Pas trop mal.

Sans me laisser le temps de reprendre mes esprits, Adrien me tire par le bras et nous franchissons la porte d'un même pas. Je m'aventure pour la première fois dehors, à l'air libre, aveuglée par la lumière et cramponnée à Adrien.

Il me donne une paire de lunettes qui ressemblent furieusement aux protections que nous portons dans le laboratoire de chimie mais là, les verres sont foncés. Je les chausse sans me faire prier et, tout de suite, la lumière me paraît plus supportable. Ce n'est qu'après avoir pris mes marques que je me sens capable d'observer les alentours.

C'est vaste. Et aéré.

Des bâtiments en béton, beaucoup d'espace. L'air ambiant, chaud et humide, est imprégné d'une odeur étrange que je n'arrive pas à décrire, faute de vocabulaire. Trop de sensations à absorber d'un coup. Nous longeons une place monumentale au cœur d'un ensemble d'immeubles. L'endroit est désert, c'est vrai, mais beaucoup moins sinistre que les amoncellements de ruines et de gravats que nous présentent les manuels d'histoire. Toute ma vie j'ai circulé de salle en salle, de tunnel en tunnel. Certains de ces endroits avaient des dimensions imposantes – je pense aux quais du métro ou au réfectoire de l'Académie – mais là, on passe à une tout autre échelle. En bas, il se trouvait toujours un mur, un plafond, une surface quelconque à portée de main. Ici, j'ai beau tendre le bras, je ne peux m'appuyer à rien. Nous rasons les bâtiments à toute vitesse puis Adrien m'entraîne dans un passage étroit, très semblable aux tunnels auxquels je suis habituée. C'est alors que je lève les yeux et je lâche la main d'Adrien.

Le ciel.

Un spectacle d'une beauté atroce, et je me mets à suffoquer. Le ciel pèse sur moi de tout son poids et me replonge dans mes cauchemars : j'ai soudain la tête qui tourne et ce vertige est suivi, l'instant d'après, d'une sensation d'étouffement. Est-elle causée par les substances toxiques que j'inhale ? Mystère. Ma respiration devient sifflante, mes poumons se compriment et je n'entends même pas Adrien qui m'appelle, inquiet.

— Zoe… Zoe ! Qu'est-ce qui ne va pas ?

— Je manque d'air !

Je m'adosse contre un mur dont le contact froid me rassure et je me saisis la gorge à pleines mains. Il faut que je retourne sous terre, le plus vite possible.

Adrien s'agenouille auprès de moi, préoccupé par mon état.

— Zoe, on ne peut pas s'arrêter ici. Tu paniques, c'est tout. Essaie de te calmer et respire à fond. Je t'ai déjà vue faire ça, quand ton moniteur cardiaque était à deux doigts de se déclencher. Tu vas t'en sortir les doigts dans le nez. Respire, détends-toi. On est presque arrivés au véhicule.

Je suis ses conseils et, contre toute attente, mes poumons arrêtent de brûler. Terreur et instinct de survie s'affrontent en moi. L'air que j'avale à grandes goulées m'inspire la plus grande méfiance. Particules empoisonnées et autres agents pathogènes ne vont pas tarder à attaquer mes organes.

Adrien m'aide à me mettre debout. J'essaie de garder les yeux fixés sur le béton crasseux. Je compte mes pas en calquant mon rythme sur le sien, j'inspire tous les trois pas, j'expire tous les six. *Gauche droite, gauche droite, gauche droite, gauche droite, gauche…*

— Tu t'en sors très bien, Zoe. On y est presque. Accroche-toi. Je vois la voiture.

Quelques secondes plus tard, Adrien ouvre la portière d'un véhicule blanc. J'ai déjà vu ce genre d'engins durant le Bulletin – jamais dans la vraie vie, cela va de soi –, sur les images fournies par le Lien. D'ordinaire ils s'engouffrent dans des tunnels à l'accès réglementé, conduits le plus souvent par des agents vêtus de combinaisons Hazmat.

Adrien m'installe sur le siège passager, referme doucement la portière, fait le tour du véhicule à petites foulées et s'installe sans perdre une minute au volant. Rassurée, je constate que le véhicule semble hermétiquement fermé – en espérant que le système de filtration d'air fonctionne. Adrien étudie l'écran de contrôle avant de me consulter du regard.

— Prête ? Oh, j'oubliai, ta ceinture de sécurité…

Mais que fait-il ? Il se penche au-dessus de moi, il se rapproche, il n'est qu'à quelques millimètres de moi, il… il sent si bon. J'ai la gorge nouée, de délicieux picotis me parcourent le dos. Il trouve enfin ce qu'il cherche – la fameuse « ceinture de sécurité » –, ajuste une sangle en travers de ma poitrine, l'enclenche dans son point d'ancrage, puis il se rassied à sa place et démarre le moteur.

Muette de stupeur, j'essaie de comprendre cette nouvelle expérience. J'ai emprunté le métro des centaines de fois mais là, cela dépasse tout. Le mouvement de la voiture, avec ses accélérations et ses coups de frein, me donne vite mal au cœur, sans parler des choses à peine croyables que j'observe par la vitre.

La Surface a été colonisée par les formes géométriques : partout des bâtiments carrés et rectangulaires, surmontés parfois de triangles qui s'élèvent jusqu'aux cieux. Angoissée par cette immense masse bleue, je préfère me concentrer sur les rues rectilignes et les immeubles à hauteur des yeux. Cette architecture m'évoque des dents monstrueuses jaillissant d'une mâchoire. Un paysage de cauchemar, cruel et peu attrayant. Du béton à perte de vue, aussi gris que sous terre, hormis quelques taches de vert ici et là – des herbes folles qui jaillissent du ciment, plus rarement des arbres ou des arbustes au bord de la route. La propreté règne. Les pavés qui forment le revêtement de la route ne sont ni disjoints, ni inégaux. Les immeubles ont l'air bien entretenus. Opérationnels, pour reprendre le terme d'Adrien.

Il n'y a pas âme qui vive. Dans le monde souterrain, les gens s'entassent – disciplinés, mais contraints à la promiscuité. Le seul havre de paix, ce sont les unités-logement, mais je n'arrive à trouver la quiétude que dans les quelques mètres carrés de ma zone individuelle. Les étendues vides de la Surface me sidèrent. Il nous arrive de croiser d'autres véhicules – les mains d'Adrien se crispent alors sur le volant à chaque fois – mais les vitres teintées m'empêchent de vérifier l'identité du conducteur. Je finis par me détourner du paysage. Nous roulons dans un silence total… Combien de temps ? Vingt minutes, peut-être trente, je ne saurais le dire. Ses traits tendus à l'extrême trahissent sa nervosité, et cela me prend de court. Sait-il vraiment dans quoi il nous engage ? Je ne le connais pas, après tout.

Je finis par risquer une question. Ma voix résonne dans l'habitacle exigu :

— Es-tu dans une condition physique… acceptable ?

— Quoi ? Oui, je vais bien. Excuse-moi, j'ai les nerfs en vrac. Je n'aime pas être à découvert.

— Moi non plus. Il y a tellement d'espace. C'est trop grand !

— Moi, j'adore être à l'air libre. J'ai failli devenir claustrophobe ces dernières semaines. Je déteste les souterrains, là où on ne voit jamais le soleil. Et on a l'impression d'être dans un frigo. Je ne sais pas comment vous faites, vous autres.

— Mais tu viens de dire…

— Je n'aime pas rouler sur des routes que je sais surveillées. Cela me rend vulnérable. On a réussi à fuir sans être repérés et notre véhicule a l'air réglementaire, il devrait berner leurs satellites sans aucun problème. Les membres du Réseau – le Réseau, c'est comme ça qu'on appelle la Résistance – évitent les villes au maximum, tu comprends ? Alors ça me fait tout drôle de rouler dans ces rues en plein jour. Mais tu n'as pas de soucis à te faire. J'ai déjà effectué des opés en ville, ajoute Adrien avec un coup d'œil qui se veut rassurant.

— Tu te rends compte que rien de ce qui sort de ta bouche n'a de sens ?

Il éclate alors de rire, d'un rire qui sonne agréablement à mes oreilles et me met du baume au cœur. J'ajoute, en cherchant mes mots :

— C'est la première fois que je rencontre quelqu'un comme toi... quelqu'un qui...

— Tu n'es plus seule, Zoe, répond-il sans quitter la route des yeux.

— Tu sais parler et conduire en même temps ? Parce que j'aimerais entendre certaines de ces réponses que tu m'as promises tout à l'heure.

— Plus tard. On approche du poste de contrôle. Ma mère saura t'expliquer tout ça bien mieux que moi.

— Ta mère ! Tu veux dire qu'elle n'est pas... ?

— Non, ce n'est pas une esclave à la solde de la Communauté.

Je pense soudain à mes parents. Jamais je n'avais envisagé des adultes capables de réfléchir par eux-mêmes, affranchis de la puce A-V. C'est quelque chose que je n'arrive pas à concevoir dans mon univers. Troublée par les sentiments qui tourbillonnent en moi, j'échoue à mettre de l'ordre dans des réflexions plus incohérentes les unes que les autres. Du coup, je poursuis mon enquête.

— Et ton père, Adrien ?

— Il est mort quand je suçais encore mon pouce. Aussi loin que remontent mes souvenirs, j'ai vécu seul avec maman. C'est une coriace. Enfin… elle est très protectrice avec moi. Papa travaillait pour le Réseau, alors elle n'était pas très contente quand j'ai décidé de leur proposer mes services il y a quelques années, conclut-il avec un petit rire.

— Pourquoi prendre les mêmes risques que ton père ?

— Nous sommes en cavale depuis ma naissance. Je ne connais rien d'autre que cette existence de proscrits et je dois m'accrocher à la conviction qu'on peut changer ce monde. Qu'on peut être en sécurité… et libres.

Soudain, Adrien se redresse, ce qui déclenche en moi une vague de panique.

— Que se passe-t-il ?

— Nous voici aux portes de la ville…

À une centaine de mètres se dresse un mur aux proportions monumentales. La route emprunte bientôt une galerie creusée dans le béton gris. La voiture ralentit, j'avise des gardes armés postés de part et d'autre d'une gigantesque porte en acier. Adrien se tourne vers moi.

— On va voir si ma mère a pu contacter à temps la Résistance. Autrement, on va très vite nous repentir de notre petite escapade…

6.

Adrien regrette ses paroles dès qu'il voit un rictus de terreur déformer mon visage.

— Excuse-moi, Zoe ! Je suis certain que ma mère a transmis le message à ses hommes. Ils n'ont jamais échoué, je t'assure ! Il n'y a rien à craindre. Je vais ouvrir la vitre, n'enlève surtout pas tes lunettes, ne bouge pas et ne dis rien.

D'une main tremblante, je m'assure que les lunettes sont toujours perchées sur mon nez quand un bruit particulier attire mon attention. *Ping, ping, ping…* Il pleut, les gouttes s'écrasent sur le pare-brise, et il n'en faut pas plus pour que resurgisse dans ma mémoire le souvenir de cette tempête qui s'est abattue sur l'Académie. Aussitôt l'épouvante me saisit à la gorge, ma vision se trouble. Adrien peut-il me jurer que cette pluie n'est pas toxique ? Je m'agrippe à mon siège avec le désespoir d'une forcenée – l'effort blanchit mes jointures – et Adrien serre ma main dans la sienne avec compréhension.

— Tout va se passer comme sur des roulettes. Ne t'inquiète pas. La Résistance a l'habitude de ce genre de mission.

Il appuie sur un bouton et la vitre s'escamote dans la portière.

Un homme vêtu d'un uniforme gris s'approche de la voiture. Pas un Régulateur à proprement parler, même s'il arbore un bandeau métallique qui recouvre la partie gauche de son visage et une sorte d'armure complétée d'un casque. Il passe sa tête par la portière et je me détourne. Mon cœur tressaille au rythme des gouttes de pluie qui martèlent le pare-brise. Je les entends murmurer, d'une seule et même voix : *désactive-la, désactive-la !*

— Que venez-vous faire ici ? tonne le garde.

— Contact et Dégagement Alpha Six Gamma Quinze, récite Adrien en découpant chaque syllabe.

Le garde se redresse aussitôt, toute expression effacée de son visage. Il esquisse alors un geste du bras et la porte tourne sans à-coups sur ses gonds. Le plus calmement du monde, Adrien remonte la vitre et nous nous engageons à l'intérieur du tunnel, le moteur tournant au ralenti.

— Que lui as-tu fait ? Par quel miracle nous a-t-il laissés passer ?

— J'ai déclenché grâce à un mot de passe un dispositif dormant que la Résistance a implanté dans ses programmes. Les nôtres ont reçu mon message à temps, du coup ils ont pu pirater le garde de faction aujourd'hui. Du bon boulot, les gars !

— Et il se rendra compte qu'il s'est passé quelque chose d'anormal ?

— Aucun risque. Le dispositif va s'autodétruire d'ici deux minutes et effacer la vidéo enregistrée par sa caméra oculaire sur sa carte-mémoire. Il gardera un souvenir assez flou des deux minutes qui viennent de s'écouler, un souvenir qui ne pourra pas lui servir de preuve.

Je frémis de tous mes membres. Cela ressemble un peu trop à ce que l'officiel voulait me faire subir.

— Mais comment sont-ils parvenus à le pirater ? C'est bien « pirater », le terme que tu as employé ? Ont-ils utilisé un logiciel ?

— Non, répond Adrien, le Réseau utilise une technologie sans fil pour s'insinuer dans les mémoires des uns et des autres. On a développé un programme qui peut contourner le dispositif verrouillé par les Systèmes Centraux, du moins en ce qui concerne les Régulateurs et les gardes…

— Régulateurs et gardes uniquement ? Comment expliques-tu cela ?

L'obscurité du tunnel nous engloutit. Adrien allume les phares du véhicule.

— Des programmes installés dans leur cerveau permettent déjà de gommer des pans entiers de leur mémoire. Ainsi, ils n'ont pas l'esprit pollué par les actes horribles qu'ils sont contraints de perpétrer au nom du Lien – ils ne retiennent rien, et ils ne sont pas affectés sur le plan émotionnel.

— Émotionnel ?

— Oui. La puce A-V n'est pas en mesure de juguler toute trace résiduelle d'humanité. Les émotions qui découlent de certains crimes, de certains forfaits, beaucoup trop intenses pour que la puce les enraye une bonne fois pour toutes. À une époque cela provoquait des bugs ; et crois-moi, un Régulateur qui bugge, ce n'est pas beau à voir ! Du coup, tous les Régulateurs sont équipés d'un système d'effacement à distance. C'est là que le Réseau entre en jeu, avec le piratage.

Je garde mes commentaires pour moi. Je n'ai que moyennement envie de penser aux abominations que les Régulateurs sont poussés à commettre, des abominations qui finissent par les détraquer et les mettre hors service… Et je ne pensais pas que le tunnel serait aussi long. La nervosité a modifié ma conception du temps : chaque seconde semble durer une éternité. Au bout de trois kilomètres parcourus à la seule lumière des phares, Adrien ralentit et stoppe la voiture.

— Que fais-tu ?

— Terminus, tout le monde descend.

Il me libère de ma ceinture de sécurité, contourne à grands pas le véhicule, ouvre ma portière et me tend la main.

— Mais pourquoi descendre ici ?

— Viens, dépêche-toi !

À cet instant, la portière s'ouvre côté conducteur et un inconnu prend la place d'Adrien derrière le volant. D'instinct, je réprime un petit cri et je me compose un masque impassible. Adrien m'aide à sortir de la voiture et m'entraîne dans les ténèbres.

— Tout va bien. C'est Brandon, un complice. Il va prendre le relais, son rôle est de faire croire qu'il conduit un simple véhicule de maintenance. Sur les images satellite, on n'y verra que du feu.

— Et les caméras ? Tu m'as dit qu'elles pullulent à la Surface.

Je progresse aussi vite que possible dans ce tunnel obscur. Je m'y sens aussi fragile qu'en plein jour. L'air me frappe à nouveau par son humidité étouffante, j'ai l'impression de m'asphyxier sous une couverture trop lourde. À Cité-Centrale, les tunnels et les couloirs sont toujours secs – trop secs, même, ce qui occasionne des saignements de nez intempestifs – mais c'est un mal nécessaire si l'on veut un système de filtration efficace. En tout cas, c'est ce que j'ai compris.

— Tu t'inquiètes trop, s'esclaffe Adrien. On fait ça tout le temps, crois-moi. Ils ont aussi neutralisé les caméras.

Il s'arrête enfin devant une grille en métal qu'il ouvre avec un grincement. Un unique rai de lumière éclaire un escalier souillé de boue. J'avance d'un bon pas, ravie de m'enfoncer un peu plus sous terre, hors de portée des particules atmosphériques et de cette pluie angoissante.

Adrien m'aide à négocier les marches et soulève une autre trappe qui révèle une échelle disparaissant dans l'obscurité.

— Après toi. Je suis juste derrière. Il faut que je m'assure que la trappe est bien fermée. Accroche-toi fort, surtout. On peut se faire sacrément mal en tombant et l'échelle glisse.

Perchée au bord du trou béant, je cherche du pied le premier barreau et je plonge dans le noir avec mille précautions. La lueur blême qu'émet mon interface n'arrive pas à percer cette nuit impénétrable. Je jette un coup d'œil au fond du puits et je descends, un barreau à la fois, en éloignant de mon esprit les scénarios les plus sinistres. Il fait plus frais ici mais une puanteur ignoble me prend à la gorge. Mes mains restent collées à une substance visqueuse (des déchets radioactifs ?!). J'entends Adrien s'affairer au-dessus de moi et je lève un court instant la tête, juste à temps pour voir le croissant de lumière s'éclipser lorsqu'il referme la trappe.

— Il reste environ cent cinquante mètres, m'annonce-t-il. Une fois en bas, je récupère une torche électrique. On en a tout un stock en réserve.

Je me concentre sur l'échelle et, quelques minutes plus tard, je lâche le dernier barreau et j'atterris à pieds joints dans une flaque. Adrien se laisse tomber à son tour, à quelques centimètres de moi. Je distingue comme un cliquetis et un flot de lumière inonde soudain le puits.

— Oh !

Nous sommes arrivés dans une salle aussi majestueuse qu'une cathédrale, aux proportions colossales, mais c'est cette eau boueuse qui m'inquiète le plus. Mes chaussettes sont trempées. De gros rats s'égaillent, en quête d'un recoin un peu plus obscur, et je me raccroche à l'échelle en catastrophe.

— Je voulais t'en parler avant, mais je ne savais pas si tu allais accepter de me suivre.

— Tu prends beaucoup de libertés, dis donc ! La prochaine fois, préviens-moi !

— Je te préviendrai, promis. C'est un peu glauque par ici et il y a... une forte population de rongeurs, je ne prétends pas le contraire. Mais tu ne cours aucun danger. Tiens, ajoute Adrien en me présentant une paire de bottes en caoutchouc, mets ça. On les garde ici en réserve avec les torches.

Je vide mes chaussures détrempées de la boue qu'elles contiennent et je glisse une jambe, puis l'autre, dans les bottes. Avec l'aide d'Adrien, j'ose enfin poser le pied dans l'eau noire et huileuse qui m'arrive aux chevilles ; une épaisse écume flotte à la surface. Quelle infection ! Cette odeur pestilentielle m'évoque un mélange d'œuf pourri et de beurre rance.

— Et prends cette lampe, m'ordonne Adrien, une torche électrique à la main.

J'obéis, non sans m'être au préalable essuyé les mains sur mon pantalon, et je l'interroge :

— Quel est donc cet endroit ? Es-tu sûr que nous ne risquons rien ? Pas de caméras ?

— Non, pas ici. C'est une galerie qui servait à l'évacuation des eaux de pluie et des eaux usées. À une époque, on appelait cet endroit l'Abysse. Il s'étend sur des centaines de kilomètres.

— Étrange, je n'en ai jamais entendu parler. Je vis sous terre, pourtant.

— La plupart des galeries ont été démolies ou reconstruites pour être intégrées à l'infrastructure de la ville souterraine. Pas celles-là, heureusement.

Adrien me fait signe de le suivre. Je braque le rayon de ma torche électrique sur le sol, afin de voir où je pose les pieds.

— Adrien, je crois que je vais vomir…

— Essaie de penser à autre chose. Tu respireras mieux une fois qu'on sera sortis de cette salle.

Je m'efforce de me déplacer avec précaution, pour éviter de m'éclabousser à chaque pas. Nous traversons la salle voûtée et je plonge mon regard dans l'une des ouvertures circulaires percées dans le béton, à la façon d'une bouche géante. La lumière crachée par les lampes électriques n'est pas assez puissante pour aller au-delà de trois mètres.

— Troisième tunnel sur la droite. Nous y sommes.

Adrien braque sa torche en direction d'une galerie qui mesure au moins neuf mètres de diamètre et il se hisse à l'intérieur en soulevant des gerbes d'une eau putride. Je l'imite, même si j'essaie de limiter les projections.

— C'est encore loin ?

— Oui, très loin. Il faut marcher deux kilomètres et remonter un tunnel un peu plus étroit qui nous conduira chez ma mère.

— Et tu arrives à te repérer dans ce labyrinthe ?

— J'ai arpenté ces tunnels toute mon enfance. On a passé beaucoup de temps ici quand j'étais petit, à mener des opés à la Surface. Parfois une cellule était démantelée et maman devait me mettre en lieu sûr. Ces tunnels, c'était la cachette idéale. Elle me donnait un plan que je devais apprendre par cœur et un sac rempli de provisions, au cas où elle ne reviendrait pas, raconte Adrien d'une voix étouffée.

— Adrien…

Je l'imagine petit garçon, recroquevillé dans le noir, livré à lui-même, mais les mots me manquent pour exprimer ma sympathie. Je me rappelle que tout à l'heure, quand j'avais peur, Adrien a réussi à me rassurer en me serrant simplement la main. Du coup, je reproduis son geste.

Il semble étonné par mon initiative.

— Merci. Je ne suis pas traumatisé, grommelle-t-il. C'était il y a longtemps. Enfin bref, tu m'as dit que tu avais beaucoup de questions. On a du temps devant nous, alors vas-y, n'hésite pas.

Tous les renseignements qu'Adrien m'a donnés au hasard des conversations se télescopent alors dans mon cerveau. Je décide de dévider méthodiquement la pelote.

— Eh bien, tu m'as dit que le jour J n'est qu'une légende. Comment la Communauté a-t-elle pu forger un mensonge aussi énorme ?

— L'Histoire avec un grand H ne se compose pas de faits objectifs, elle est tissée de contes dont les vainqueurs gavent le peuple pour garder le pouvoir. Et c'est un processus qui s'étire dans le temps. Plus l'événement s'éloigne, plus il devient facile de réinventer le passé.

— Où est la vérité, alors ? Que s'est-il vraiment passé ?

Adrien contourne un amas de boue qui s'est agrégé contre le mur. Je me rends compte qu'il avait vu juste : les miasmes offusquent moins mes narines. Peut-être est-ce une question d'habitude, après tout. Cela m'arrache une grimace de dégoût.

— Les habitants de l'Ancien Monde ont longtemps caressé le projet d'une Communauté Globale, m'explique-t-il. Le temps passant, certaines entreprises établies à l'échelle mondiale sont devenues toutes-puissantes. En particulier Community Corp., une société de haute technologie qui a diversifié ses activités en se lançant dans l'industrie de l'armement. Il y a eu des avancées majeures dans la création de super-soldats bioniques. Une véritable révolution. C'est là que les industriels ont saisi tout le potentiel de la puce A-V. Un petit malin s'est rendu compte que la puce remplissait la fonction d'une amygdale artificielle.

— Le complexe amygdalien du lobe temporal. Un vestige archaïque du cerveau. Aussi inutile que l'appendice. Voilà pourquoi ils implantent la puce dans cet organe : elle ne risque pas de parasiter les activités cérébrales essentielles.

— Faux. Archi-faux.

Adrien contourne une montagne d'ordures. Je distingue un mouvement dans l'obscurité. Des rats. Je frémis et m'écarte d'un pas, contrainte de m'enfoncer encore plus dans la vase.

— L'amygdale est censée faciliter les états affectifs. Mais cette satanée puce A-V a bridé les émotions avant de les supprimer pour de bon. Elle a ensuite été étendue à un usage militaire : à partir de là, l'armée n'était plus constituée d'individus doués d'une volonté propre, mais c'est devenu une masse répondant à un seul et unique commandant. Avec des soldats prêts à obéir au doigt et à l'œil, qui ne s'encombraient ni de loyauté, ni de conscience patriotique, ni de peur, ComCorp. était plus puissante que jamais. Imagine les bénéfices.

» Du coup, ils ont réussi à s'affranchir des gouvernements et à imposer leur puce miraculeuse à l'humanité, qui l'a acceptée sans se poser de questions, ricane Adrien. Ils se sont accaparé ce qu'il y a de plus précieux. L'esprit humain. C'est dans ce contexte qu'ils ont planifié le jour J.

Nos ancêtres ont tiré un trait sur leur liberté, au nom d'un mensonge. Comment est-ce possible ? J'ai du mal à croire que personne n'ait opposé la moindre résistance. Moi, je ne suis qu'une esclave, une marionnette qui vient de se réveiller d'un long sommeil ; eux, ils se sont vendus de leur plein gré, ils savaient ce qu'ils perdaient, à quoi ils s'exposaient.

— Zoe, les gens n'obéissent plus à aucune logique quand ils sont dévorés par la peur. ComCorp. produisait des implants qu'on présentait comme une protection infaillible contre les effets nocifs des bombes. Du délire, je suis d'accord avec toi, mais les hommes se raccrochent à n'importe quel espoir tant qu'il reste une chance que ça leur sauve la vie. Ils ne poussent pas la réflexion plus loin. Ils sont donc allés chercher de l'aide auprès de ComCorp. et sont tous repartis avec la puce.

Un bruit d'éclaboussure se fait entendre dans notre dos et me ramène à l'instant présent. Je pivote sur mes talons, la lampe brandie à bout de bras. Face à moi s'étend l'immensité du tunnel, plus sombre que jamais.

— Est-ce qu'on est suivis ?

— Ne t'inquiète pas, ce sont seulement les rats.

Les rats. Formidable. Reprenons notre conversation :

— Si je comprends bien, ComCorp. a pris le contrôle du jour au lendemain, juste en claquant des doigts ? C'est complètement dingue. Et triste à la fois. J'ai vécu toute ma vie dans l'illusion que nous étions une noble lignée de survivants, une race supérieure qui avait surmonté toutes ses pulsions destructrices. Et tu veux que je te croie sur parole ?

— Zoe, tu as conscience que quelque chose cloche depuis un sacré bout de temps. Depuis que tu t'es mise à glitcher. C'est révoltant, tu le sais. Les officiels et les Supérieurs vous ont réduits en esclavage. Ils vous disent où vivre, où travailler, à quelle heure prendre vos repas, à quelle heure vous mettre au lit. Ils vous accouplent avec un partenaire génétique et conçoivent vos enfants dans un tube à essai et, quand vous ne leur êtes plus d'aucune utilité, ils vous désactivent. Vous n'avez jamais le choix. Vous n'avez pas le droit de penser par vous-mêmes. Votre seul droit, c'est de travailler toujours plus. De travailler si dur que vous finissez par en crever. La Communauté vous considère comme des outils, pas comme des êtres humains.

La voix d'Adrien se met soudain à vibrer, son visage s'éclaire d'un feu que je découvre pour la première fois et qui me galvanise. Au plus profond de moi, une nouvelle émotion s'éveille. Mon chagrin cède la place à la fureur. Mes convictions, mes croyances les plus intimes, commencent à se lézarder et menacent de rompre à tout instant.

Derrière nous, à nouveau, un clapotis confus. Je me retourne et je fouille les ténèbres du regard, anxieuse.

— On dirait que ça se rapproche…

— Sûrement les rats, je te dis. Pas de panique. Pas de panique, répète-t-il d'une voix tendue. Ils ne peuvent pas te mordre, le caoutchouc de tes bottes est trop épais.

— Ça a l'air de te faire rire !

Je me rends compte que je suis cramponnée aux bras d'Adrien et je le relâche, décontenancée par mon audace. Je n'ai jamais touché personne auparavant mais, avec lui, et libérée du Lien, cela me semble tout naturel. J'ai des mondes entiers à explorer, à découvrir.

Un rat détale près de moi et se cogne contre ma jambe. Je pousse un hurlement tandis que d'immondes bestioles me frôlent, lancées à pleine vitesse, et je réclame d'un regard quelques paroles réconfortantes à Adrien. Le souci, c'est qu'il semble tout aussi effrayé que moi. Il braque alors sa torche derrière nous et je vois une armée de rats, de gros rats pansus, déferler sur nous.

— Merde !

Adrien m'attrape par la main et s'élance dans une course effrénée. Nous filons à toutes jambes sans nous soucier des gerbes d'eau nauséabonde que nous soulevons à chaque foulée, mais les rats ont vite fait de nous rattraper. Le sol se métamorphose en une mer mouvante sous mes pieds.

Je trébuche et m'étale de tout mon long. Un liquide boueux envahit mes narines, les ignobles créatures m'encerclent aussitôt et m'escaladent, fichant leurs petites griffes dans mes cheveux et mes vêtements. Prise de panique, j'agite les bras et j'essaie de me remettre debout, révoltée par ces pelages détrempés, ces petits glapissements inhumains. Un grondement court-circuite mes pensées.

Soudain, les rats ont tous disparu. Je lève la tête, certaine qu'Adrien les a chassés, quand j'aperçois une vague de corps contorsionnés qui reflue à une vitesse phénoménale. Adrien s'est plié en deux, juste à temps pour éviter l'onde de choc. Les rongeurs frappent les parois du tunnel avec une violence telle que leurs corps sont déchiquetés sous l'impact. Je pousse un cri, choquée par ce spectacle horrible, quand Adrien m'entraîne à nouveau, manifestement surpris lui aussi. Est-ce moi ? Moi qui ai massacré ces pauvres bêtes ? Pas le temps de réfléchir. Je reprends ma course folle, accrochée à la main d'Adrien.

— On y est presque ! hurle-t-il, essoufflé.

Je perds à nouveau l'équilibre, Adrien me rattrape de justesse. Les rats sont cette fois plus nombreux que jamais, agglutinés autour de nous, et même si leur vue me soulève le cœur je m'assure que je ne les piétine pas.

C'est grâce à cette précaution que je remarque que le niveau de l'eau monte. Dangereusement. Il m'arrive désormais aux tibias et la masse autrefois stagnante est parcourue d'un courant violent.

— Adrien ! L'eau ! Il y en a de plus en plus !

7.

— Je sais, répond-il, en tentant de garder son calme. On y est presque, Zoe !

La voix d'Adrien est étouffée par la cacophonie des rats rendus fous de terreur et par le rugissement de l'eau, qui nous empêche quasiment d'avancer. Nous pataugeons tant bien que mal. Adrien me remet d'aplomb tandis que je glisse, entraînée par le courant. Je lâche ma lampe électrique et l'obscurité s'épaissit, mais je me console en m'agrippant à Adrien des deux mains. S'il fait tomber sa torche lui aussi, nous serons perdus dans les ténèbres, les rats pour unique compagnie.

Soudain un grondement se répercute contre les parois du tunnel. Adrien jette un regard par-dessus son épaule, les yeux agrandis par la peur. Inutile de me retourner pour savoir ce qui déferle sur nous : un mur d'eau tumultueuse balayant tout sur son passage dans la galerie.

— Plus vite, Zoe ! Par ici !

Grâce au rond de lumière dessiné par la torche, je repère l'entrée d'un autre tunnel creusée à un mètre cinquante du sol environ. Trop haut pour l'eau, trop haut pour les rats. Une seule condition si nous voulons nous en sortir, l'atteindre avant que le raz-de-marée ne nous avale.

— Allez, monte ! s'écrie Adrien.

Il me fait la courte échelle ; je prends mon élan et je me propulse à l'intérieur du tunnel, puis je me retourne pour l'aider.

Trop tard. À l'instant où j'attrape Adrien, la vague le frappe de toute sa puissance. Ses pieds décollent du sol, il perd l'équilibre et le courant manque l'emporter. J'ai du mal à maîtriser la panique qui monte en moi. Allongée sur le ventre, je le retiens des deux mains par le poignet, résistant de toutes mes forces à la violence des flots. Pas question de le lâcher. L'eau écumante projette le corps d'Adrien contre la paroi. À force de m'aspirer vers l'avant, son poids me rapproche inexorablement du rebord. Je ne vais pas tarder à m'abîmer moi aussi dans les eaux sombres.

— Lâche-moi ! parvient-il à articuler.

— Pas question !

Mes forces faiblissent. La déferlante a désormais atteint la base du tunnel et je comprends que nous allons tous les deux finir noyés.

Lorsqu'une langue d'eau lèche l'entrée de ma galerie, je pousse un cri d'effroi et jette mes dernières forces dans la bagarre. Au comble du désespoir, je fais aussi appel à ma force mentale. Sans en prendre conscience, je convoque chaque cellule de mon cerveau, chaque fraction de mon instinct de survie, mes espoirs, mes rêves et mes souvenirs. Une prière s'élève de ma bouche même si j'ignore à qui, ou à quoi, elle s'adresse.

— S'il vous plaît. Je vous en supplie.

Le temps d'un battement de cœur, mon corps est parcouru d'un flux électrique et une onde de chaleur m'envahit. C'est alors qu'Adrien jaillit à l'intérieur du tunnel. Le choc me fait tomber à la renverse. Je suis à bout de forces, mais Adrien bondit déjà sur ses pieds, animé par une énergie renouvelée, et m'entraîne dans les profondeurs de la galerie.

Le souterrain suit une pente très forte et l'eau l'envahit peu à peu mais la décharge d'adrénaline provoquée par notre mésaventure nous donne des ailes, même sur cette surface glissante. Quand l'un trébuche, l'autre le soutient. Enfin, les ténèbres se dissipent. Nous accélérons le pas et déboulons sur une petite plate-forme en béton. Une échelle, encore une, se dresse devant nous.

— Toi d'abord, souffle Adrien, exténué.

J'acquiesce, trop épuisée pour protester, les membres engourdis. L'eau se déverse sur ma tête mais, à ce stade, la pluie toxique ou les tumeurs cancéreuses sont le cadet de mes soucis – je braverais n'importe quel danger pour quitter ce dédale semblable à un piège mortel.

Au sommet de l'échelle, une grille fermée par des verrous nous sépare de la liberté. Je m'appuie dessus, elle refuse de bouger. Ma frustration grandit à chaque tentative.

— Décale-toi d'un côté de l'échelle et tiens-toi fermement aux barreaux, suggère Adrien en contrebas.

Il poursuit son ascension et arrive à ma hauteur. La place nous manque. Je fais l'erreur de plonger le regard dans l'abîme qui s'ouvre sous nos pieds et je m'en repens aussitôt.

— Tu vas essayer de l'ouvrir ?

Adrien examine le bord de la grille. Ses traits se décomposent soudain.

— Merde, j'ai perdu mon sac à dos ! Il y avait mon pied de biche et ma pince dedans…

— Alors, qu'est-ce qu'on fait ?

— Zoe, tu crois que tu peux te servir de tes pouvoirs pour arracher la grille ou faire sauter les verrous ?

— Je ne sais pas… enfin, je veux dire… je n'ai jamais essayé. Je ne sais pas si je suis assez forte.

— Zoe, tu viens de m'extraire d'un torrent ! Et je suis loin d'être léger. Tu as un pouvoir dont tu ne devines même pas la portée. Crois-moi, mes visions me l'ont montré.

Mon cœur s'emballe et une fièvre inexplicable me dévore l'estomac. Je ne sais pas ce qui m'impressionne le plus, ses visions qui lui ont révélé plusieurs de mes secrets les plus intimes, son visage placé à quelques centimètres du mien, ou l'intensité de son regard… Que m'arrive-t-il ? Il suffit d'un chamboulement intégral de mes valeurs pour partir dans des divagations immatures.

Je finis par détacher mon regard du sien et je chuchote :

— Je vais essayer.

Les yeux fermés, je tente de ramener à ma mémoire ce qui s'est passé lorsque j'ai sauvé la fillette sur le quai du métro. De quelle manière ai-je procédé ? Je n'ai rien fait, à la réflexion. Cela m'est venu spontanément. J'essaie de visualiser la grille – en bien mauvais état – et les verrous rongés par la rouille, une main tendue vers les barreaux. Un petit effort !

Tire. Tire. MAIS TIRE ! Je grince des dents, des gouttes de sueur roulent le long de mes tempes.

Allez, déplace-toi ! S'il te plaît !

J'ouvre un œil. Rien.

Mise face à mon échec, je préfère abandonner.

— Je n'y arrive pas, Adrien. Je ne sais pas comment m'y prendre.

— Mais si. Essaie une nouvelle fois. Je sais que tu en es capable.

Serrant les mâchoires, je fixe d'un regard mauvais les verrous qui maintiennent la grille. Ils n'ont pas l'air très solides. Si je peux sauver une petite fille d'une mort certaine, ces cadenas-là ne devraient pas résister longtemps. *Un peu de courage, Zoe. Montre-nous de quoi tu es capable.* À peine ai-je fermé les yeux qu'une vision d'horreur s'impose à moi : les rats, l'eau saumâtre… j'ai l'impression de basculer dans le vide.

— Je n'y arrive pas, Adrien !

— Pas grave. C'est ma faute. Je n'aurais pas dû insister.

— Comment va-t-on sortir d'ici ?

— Eh bien… peut-être qu'un peu de brutalité, ça va marcher. Ces verrous sont bouffés par la rouille. Tourne la tête, je ne veux pas te blesser.

Adrien s'arme de sa lourde lampe électrique et porte un coup violent à l'un des verrous. Je m'abrite derrière mon bras. Le bruit se répercute sur les parois du tunnel, j'espère que ce vacarme n'a alerté aucune personne mal intentionnée. Un petit objet métallique se détache et tombe dans le puits. Adrien semble ravi.

— Un de moins !

— Laisse-moi essayer.

En quelques minutes, nous brisons tous les verrous. Adrien soulève la grille, se hisse à l'extérieur puis m'aide à sortir à mon tour, un sourire jusqu'aux oreilles.

Nous nous trouvons dans une canalisation en béton tapissée de feuilles. Du vert partout, où que le regard se pose. Une splendeur. Partagée entre hébétement et admiration, je me rends compte que nous sommes cernés d'arbres et de buissons.

— Génial, on a atteint le tunnel ouest. Nous ne sommes plus très loin de chez ma mère. Il faut qu'on s'enfonce dans la forêt, pour être hors d'atteinte des caméras satellite. Et en sécurité. Suis-moi !

Adrien finit par comprendre que je ne suis pas dans mon état normal.

— Zoe, tout va bien ?

Je hoche la tête, frappée de stupeur. L'air semble vibrer autour de moi, comme doté d'une vie propre. Les arbres que j'ai vus en photo ou en dessin jusqu'ici m'apparaissent pour ce qu'ils sont : des répliques fades et sans vie, sans rapport avec la réalité. Je suis trempée jusqu'à l'os mais je n'ai pas froid, au contraire : la chaleur est oppressante, j'en suffoquerais presque. Et j'éternue.

— Zoe ?

— Il y a tellement de verdure. Je n'arrive pas à respirer !

— Très bien, dépêchons-nous. Ma mère n'est pas très loin d'ici. Tu fais sûrement une autre crise de panique. Essaie de te calmer et respire un bon coup.

J'avale ma salive, les paupières clignotantes. J'ai l'impression d'avoir du sable dans la gorge et de l'eau jaillit de mes yeux. Je l'essuie maladroitement du revers de la main.

Adrien s'engage sans hésiter entre les arbres. La pluie s'est transformée en crachin, de grosses gouttes glaciales se détachent des branches et s'abattent sur mon crâne. Je me plie en deux, les mains sur les genoux et je halète de fatigue. Quelques secondes de répit, cela suffira. La situation me semble d'une absurdité sans nom ; en temps normal respirer, c'est facile, non ? Alors, d'où vient le blocage ?

— Zoe ?

Adrien se tourne vers moi, manifestement inquiet. Le déclic se produit en moi et je m'écarte d'un pas mal assuré. Je vais mourir ici, empoisonnée par l'atmosphère radioactive de la Surface, amadouée par un garçon aux yeux aigue-marine qui m'a promis que je ne serai plus jamais seule.

— Tu m'as menti ! L'air à la Surface est nocif !

— Ne dis pas n'importe quoi ! rétorque Adrien. C'est sûrement la panique qui te fait réagir de cette manière. Tu t'es convaincue que tu allais mourir dans d'atroces souffrances en mettant le nez dehors. C'est psychosomatique, j'en suis certain.

— Ou alors ?

— Je ne sais pas. Une crise d'asthme ? Maman va t'examiner. Elle saura quoi faire, elle.

Il accélère le pas et m'entraîne dans son sillage. Les branches me fouettent le visage, comme si les arbres voulaient me griffer, m'empoisonner ou m'étouffer à l'aide de leurs feuilles duveteuses. Adrien ne ralentit pas. Les jambes en coton, je bute contre une racine géante camouflée par la mousse.

— Ouh, attention. Tu te débrouilles très bien. Concentre-toi sur ce que je dis, d'accord ? On va y arriver en deux temps trois mouvements, reprend Adrien d'une voix trop forte. La maison de ma mère est devenue une sorte de refuge dans cette partie du secteur. C'est une zone tranquille et les Supérieurs qui vivent dans le coin ne nous ont pas repérés. Ou ils ont choisi de ne pas nous dénoncer.

Il essaie de détourner mon attention, je le sais, mais ce qui me préoccupe à présent, c'est que ma vue se trouble. Ma poitrine est prise dans un étau qui se resserre à chaque pas, ma respiration de plus en plus malaisée. Je pourrais faire halte, mais je n'ai pas envie de rester plus longtemps dans cette atmosphère délétère. Il faut que je me mette à l'abri de toute cette végétation…

Les arbres tanguent maintenant autour de moi, ils m'encerclent, ils m'assiègent et pompent tout mon oxygène en peuplant la forêt de leurs ricanements. Le corps alourdi par la fatigue, je m'arrête et je passe la main sur mon front avant de frotter mes paupières bouffies. Ma tête va exploser. Un rayon de soleil me frappe la rétine et la douleur est indescriptible. Et ma langue ? Elle m'obstrue la gorge. Bizarre autant qu'étrange.

— Zoe, je vois la maison ! s'exclame Adrien.

Sa voix me paraît distante. À croire que nous n'en sommes pas sortis, de ce fichu tunnel. La tête nimbée de lumière, Adrien me donne l'impression de flotter, telle une créature venue d'un autre monde, qui déploie ses ailes soyeuses et m'invite à la suivre. J'ai envie de me jeter dans ses bras. Ensemble, nous allons prendre notre envol sans craindre ni la lumière ni l'immensité du ciel. Je voudrais lui parler, à cette créature enchanteresse. Les mots restent coincés en travers de ma gorge et mes cordes vocales n'émettent pas le moindre son.

Muette, j'essaie de frôler ces ailes tissées de lumière qui vont nous emmener loin, très loin d'ici, dans un endroit où l'air est chargé des parfums les plus sucrés. Mais le rêve vire au cauchemar quand je comprends que je suis seule, livrée à moi-même, et je me précipite dans le vide, je tombe plus bas, toujours plus bas. L'obscurité m'engloutit lorsque je m'écrase au sol, sans ressentir la moindre douleur.

8.

Mes ongles s'enfoncent dans ma gorge comme des harpons. J'ai l'impression d'émerger à plusieurs reprises d'un rêve. Des images défilent à la vitesse de l'éclair et je perds toute notion du temps. Adrien crie. Un garçon, celui qui hante mes cauchemars, est poursuivi par des Régulateurs. Du vert partout. Un vert sinistre, omniprésent.

Chut, Zoe. Pas un bruit.

Le garçon s'effondre dans la boue, des feuilles collées à ses cheveux. Il implore du regard les Régulateurs qui l'ont plaqué au sol. C'est la copie conforme de Markan. Il hurle mon nom lorsque les hommes en bleu cognent son crâne contre le sol. Du sang gicle sur son visage. Le sosie de mon frère me lance un dernier regard avant que ses yeux ne roulent dans leurs orbites.

Markan ! Pardonne-moi ! Fuis, Markan ! Sauve-toi !

Un autre visage. Une femme. Des voix, assourdies, inquiètes. Puis une morsure dans ma jambe. Des rats, je suis couverte de rats qui me dévorent vivante ! J'essaie d'ouvrir la bouche, de hurler, en vain. Personne ne vient m'aider ? Ils se repaissent de ma chair ! Mon cœur s'emballe et ses battements résonnent dans mes tympans.

Chut, Zoe. Pas un bruit.

Les ténèbres, à nouveau.

Mes paupières pèsent des tonnes. Ma gorge me brûle mais je respire cette fois sans problème – un miracle autant qu'un exploit. À chaque inspiration, mes côtes endolories se rappellent à mon souvenir. Des bruits parviennent soudain à mes oreilles. Des voix, étouffées. J'ai du mal à saisir le fil au début, mais elles se rapprochent.

— Je n'arrive pas à croire que tu l'aies ramenée ici. Tu veux tous nous faire tuer ? Qu'est-ce que je t'ai répété des dizaines de fois ? Pas de risques inutiles !

— Maman ! Tu n'as pas vu ce que j'ai vu, moi. Il fallait que j'aille à son secours. Quel intérêt d'avoir des visions si je ne peux pas m'en servir ?

— Il faut que tu restes concentré sur notre objectif, Adrien. Il y a trop de vies en jeu pour que tu agisses sur un coup de tête, sans réfléchir. Si tu compromets ta mission, nous pourrions connaître un sort bien pire que celui qui attendait cette fille. L'enjeu est trop important, et tu le sais très bien.

— Comment peux-tu affirmer cela ? Si nous nous sommes engagés dans la Résistance, c'est bien pour dire stop à ces exactions, non ? Pour empêcher les Supérieurs de traiter les gens comme du vulgaire bétail.

— Tu aurais pu y rester, Adrien ! Après tous les risques que j'ai pris pour assurer ta sécurité. Il y a un protocole à suivre, point barre. Ce n'est qu'une fille parmi d'autres. Tu es trop têtu, jamais je n'aurais dû te laisser partir.

— Comme si tu avais ton mot à dire. Et ce n'est pas une fille comme les autres. Tu le sais très bien.

— Elle sort de l'ordinaire, je le reconnais. Mais c'est une catastrophe ambulante. Elle a quand même saccagé cette maison pendant son sommeil ! Je ne vois pas en quoi elle pourrait être utile à notre cause. Et tes fantasmes ne justifient pas de mettre le Réseau tout entier en danger. Depuis ta toute première vision, tu parles d'elle non-stop, tu réfléchis à côté. Tes hormones et ton imagination en surchauffe t'ont rendu aveugle. Ce n'est pas une princesse prisonnière dans un donjon qui attend qu'un chevalier vienne la délivrer !

— Arrête de raconter n'importe quoi, maman ! Les gens du Réseau ne me prennent pas pour un dingue, eux ! Et je ne suis plus un gamin, je sais établir une frontière entre mes visions et le délire pur et simple. Et ce que j'ai vu est réel.

— Ah, tu n'es plus un gamin ? Dans ce cas, arrête de te comporter comme tu le fais. Sans l'épinéphrine, elle t'aurait claqué entre les doigts. Tu comprends ? Qu'est-ce que tu aurais fait de tes visions, gros malin ?

Je lâche un grognement sourd. Comme je l'espérais, les voix se taisent. J'entends les pieds d'une chaise racler le sol et, quelques secondes plus tard, Adrien pose sa main sur la mienne.

— Zoe, tu es réveillée ?

Je hoche la tête, à peine, et j'entrouvre mes paupières. Il repousse une mèche de cheveux qui s'est collée à mon front. Ce contact m'apporte une fraîcheur bienvenue. Les lèvres enflées, un arrière-goût dans la bouche, j'ai l'impression qu'on m'a greffé le visage d'une autre.

— Que… que s'est-il passé ?

— Tiens, bois un peu d'eau, si tu t'en sens capable.

Adrien porte un verre à mes lèvres et j'avale quelques gorgées prudentes.

— Tu as eu une réaction allergique sévère, m'explique-t-il. Sûrement au pollen, ou à un agent allergène que nous ne connaissons pas encore. Je suis navré, Zoe…

— Tu ne pouvais pas savoir.

— Quand même.

Je me sens un peu mieux. D'une main tremblante, je saisis le verre et je bois à mon rythme. Ma soif apaisée, j'ouvre complètement les yeux et j'étudie mon environnement. La petite pièce dans laquelle je me trouve a beau être exiguë, je ne m'y sens pas à l'étroit. Murs revêtus de lambris sombres, pas de fenêtres en vue. Je n'en jurerais pas, mais il me semble que nous sommes sous terre. L'air me paraît plus frais, moins humide. Étendue sur un sofa avachi orné de fleurs aux couleurs passées, je me rends compte que je porte des vêtements propres – et gris, pour changer –, qu'on m'a lavé les cheveux. Ce que je ne comprends pas, c'est le chaos indescriptible qui règne tout autour de moi. Entre les chaises renversées, les coussins semés aux quatre coins de la pièce, la table au pied cassé, la tasse brisée qui repose dans une flaque noirâtre, ma stupéfaction est totale. Dans la Communauté, rien ne vient troubler l'ordre, jamais. Des bribes de la conversation que j'ai surprise un instant plus tôt me reviennent à l'esprit.

— C'est… c'est moi qui ai fait ça ?

— Un spectacle impressionnant…, répond Adrien d'une voix où perce la fierté. Je n'ai jamais rien vu de pareil. J'avais la sensation d'être au cœur d'une tornade. Les autres vont être stupéfaits quand ils vont te rencontrer. Mais ne te préoccupe pas de ça. Les dégâts sont minimes, et ce sont des objets sans valeur de toute façon.

Adrien affiche un sourire contraint et une femme surgit de l'ombre.

— Zoe, voici ma mère, Sophia. Elle a fait ta toilette pour enlever les agents allergènes, du coup tu devrais te rétablir plus vite.

La mère d'Adrien, cette femme mince aux longs cheveux tressés en des dizaines de nattes qui lui battent le dos, à la peau cuivrée, brunie par le vent et le soleil ? Je l'imaginais différente. Le regard voilé par la lassitude, elle porte un pantalon vert et un débardeur. Je lui adresse un petit signe de tête, mal à l'aise. Soupçonne-t-elle que j'ai entendu toute leur conversation ?

— Salutations.

— Salutations, répond la femme sur un ton caustique avant de quitter la pièce par une porte secondaire.

Gênée, je me tourne vers Adrien.

— Elle ne m'apprécie pas.

— Fais comme si elle n'existait pas. Elle est juste… en fait… c'est ma mère. En tout cas, je suis sacrément content de te voir réveillée. Tu m'as fichu une de ces trouilles. Encore heureux que maman garde une ampoule d'épinéphrine dans sa trousse de secours. Tu avais arrêté de respirer et j'ai eu si peur… Bon, il faut qu'on réfléchisse à la suite. Tu peux t'asseoir ? Ou tu as encore besoin de repos ?

— Un peu que je veux m'asseoir !

J'essaie de me redresser mais mes bras mollissent, trop faibles pour me soutenir. En un clin d'œil, Adrien est à mes côtés. Il m'aide à trouver une position confortable et arrange les oreillers placés dans mon dos.

— Tu crois que tu peux avaler quelque chose ? demande-t-il en me présentant une assiette de tartines beurrées.

Affamée, je me jette dessus. J'ai l'impression de n'avoir rien mangé des jours durant.

— C'est bon.

Avec un sourire, il approche une chaise du lit. Il est si gentil, si attentionné. Je le dévore des yeux en même temps que mes tartines. Son nez aquilin, ses sourcils bien dessinés… et ses yeux à l'éclat surnaturel.

— Zoe ? Il y a un problème ?

— Non. J'aime bien te regarder, c'est tout.

Il rougit jusqu'au blanc des yeux, une réaction qui m'inquiète un peu sur le moment. Le sourire furtif qui suit me rassure immédiatement.

— Oh. Moi aussi, j'aime bien te regarder.

Je souris à mon tour, en toute simplicité, rassurée et ravie qu'il me trouve jolie.

— Tu aimes notre cachette secrète ? En fait, nous sommes dans un abri antiatomique. Pour l'instant, ComCorp. ignore son existence. On l'a découvert il y a des années et on revient ici de temps à autre.

Il éclate de rire et entrelace ses mains derrière sa nuque. Son T-shirt se plaque sur son torse et dessine le tracé de ses muscles. Il est maigre, mais pas d'une maigreur squelettique. Mon regard s'attarde sur ses épaules, larges et puissantes. Un petit sourire chatouille les commissures de ses lèvres. J'en ai le souffle coupé.

L'échange animé qu'il a eu avec sa mère me revient alors en mémoire.

— Je vous ai entendus discuter, ta mère et toi. De certaines de tes visions. De quoi parlait-elle, au juste ?

— Cela m'ennuie que tu aies dû entendre ça. Il lui arrive d'être très dure. Je sais que ses remarques partent d'une bonne intention, mais… oui, je t'ai connue avant même de t'avoir croisée dans la vraie vie. Mes visions m'aident, parfois, à localiser des glitchers afin de les exfiltrer avant que la Communauté ne les reformate. Ma mission était de te sauver et je l'ai assumée jusqu'au bout. Le risque zéro n'existe pas et je ne le regrette pas une minute. Mais ma mère… eh bien, c'est l'instinct maternel qui parle. Elle s'inquiète. Elle a grandi ici, après tout.

— Ici, dans la Résistance ? Le Réseau, je veux dire ?

— Non. Elle a grandi comme toi, sous le contrôle de la puce, au cœur du Lien.

— Vraiment ? Comment a-t-elle réussi à s'en libérer ?

— Elle s'est mise à glitcher. Elle appartenait à la première génération de gens qui ont manifesté un don, d'après nos informations. La Résistance avait quelques informateurs dans les Académies. L'un d'eux l'a remarquée. Papa s'est rendu là-bas, il l'a fait sortir et ensuite, ils sont plus ou moins tombés amoureux.

L'expression qu'affiche le visage d'Adrien – une fierté teintée de chagrin – demeure indéchiffrable.

— « Tombés amoureux » ? L'amour fait tomber ?

— Façon de parler. Cela veut dire que deux personnes commencent à s'aimer. On ne s'y attend pas, on ne peut pas résister. Comme la gravité, c'est une force invincible, explique Adrien en me lançant un regard timide.

— L'amour, comme la gravité ? Cela paraît très violent…

— Mais c'est positif, s'esclaffe Adrien.

— Ça t'est déjà arrivé ? De… tomber amoureux ?

Avec un rire gêné, Adrien gigote sur son fauteuil.

— Je te répondrai un peu plus tard, si tu le permets.

Le silence s'installe quelques instants entre nous, un silence qui ne dénote aucune gêne, fait de complicité – rien à voir avec la solitude qui me consumait pendant mes bugs. J'étudie à loisir le profil d'Adrien, son visage oblong, ses pommettes saillantes qui projettent une ombre en forme de triangle.

— Tu peux m'en dire plus sur la Résistance ?

— Maintenant que tu es ici, tu vas sûrement rencontrer certains de ses membres. Et d'autres gens qui ont un don, comme toi et moi. Les Prodiges, je les appelle. Certains sont nés ici, en dehors de la Communauté, et d'autres ont réussi à s'échapper. Il y a plein de proscrits, de fugitifs qui se terrent dans des friches ou dans des immeubles abandonnés. Tout le monde n'appartient pas au Réseau. Maman et moi avons vécu seuls un long moment. Elle n'avait pas l'intention d'entrer dans la Résistance, même si elle refuse de m'en donner la raison. Je crois qu'elle a eu une vision qui l'a découragée.

» En tout cas, j'en avais marre de tout ça. Marre de fuir au lieu de passer à l'action. Du coup, quand mon don s'est manifesté… c'est comme si je savais que la vie ne se résumait pas à ça, que j'étais appelé à un destin plus glorieux. Avec les horreurs que j'ai vues… le travail dans les mines, sans parler des hangars à main-d'œuvre… un don comme le mien, j'avais la responsabilité de le mettre au service du peuple.

— Le devoir. Le devoir, c'est fondamental.

Je hoche lentement la tête, repensant à la Communauté, et une vague de culpabilité me submerge. Hier encore, je pensais que mon devoir était de me livrer aux Régulateurs. Je ne sais plus que penser.

— Le devoir, c'est fondamental quand on s'engage pour une cause qui en vaut la peine, corrige Adrien.

— Comment arrives-tu à distinguer les bonnes causes des mauvaises ? Parfois, le bien et le mal se confondent.

— Pour lever le voile, tu dois te poser des questions, une foultitude de questions. Et dans le doute, suis ton intuition. Ta conscience.

— Ma conscience ?

— Ah oui. Tu ne sais pas ce que c'est. La conscience permet de dissocier le bien du mal, le sain du malsain. Ta conscience, c'est cette petite partie de toi qui te pousse à faire le bien et à aider tes semblables.

— Une partie de moi ? Où est-elle située ?

Adrien éclate de rire, un rire chaleureux qui me fait chavirer de bonheur.

— Excuse-moi, je ne suis pas très bon pédagogue. D'ordinaire j'ai plus de temps pour préparer un glitcher au monde extérieur. Et être à côté de toi, ça me fait… Quoi qu'il en soit, la conscience n'est pas un organe, ce n'est pas matériel. C'est là, en toi, en chacun de nous – enfin, dans l'idéal. C'est ce qui nous rend humains. Parfois, tu arrives à la percevoir. Juste là.

Adrien suspend sa main au-dessus de mon moniteur cardiaque et observe une pause, le regard vissé dans le mien. Il finit par s'écarter. Je reste songeuse.

— D'accord. Je crois que je comprends. Et mon don ? D'où vient-il ?

— La réponse la plus simple, c'est l'évolution. Lorsque ComCorp. a commencé à trafiquer le cerveau, à y incorporer tout ce foutu bazar biotechnologique, ils ont cru pouvoir asservir le corps humain mais ils ont oublié un peu trop vite l'un des fondamentaux de la vie sur Terre : tout organisme s'adapte ! Les scientifiques de l'Ancien Monde appelaient cette faculté la plasticité. En gros, le cerveau peut construire de nouvelles connexions même si certaines de ses zones sont détruites, entièrement ou en partie seulement. « Évolution », le terme n'est peut-être pas très bien choisi : les glitchers ne forment pas une espèce à part. Ils se sont adaptés, voilà tout, en développant des solutions alternatives et des connexions neuronales qui rendent leurs programmes inopérants.

» Le cerveau humain n'a pas encore livré tous ses secrets, malgré les avancées technologiques. Et peut-être que le mystère restera entier. Le mystère demeure toujours entier. Sans oublier tous ces éléments inexplicables…

— Inexplicables ? Comment ça ?

— Eh bien, notre âme, par exemple.

— L'âme ? Comme dans les religions barbares de l'Ancien Monde ?

— Je n'en sais trop rien, je n'ai pas la science infuse. Je préfère rester ouvert à tous ces mystères.

Il y a des phénomènes qui resteront inexpliqués, tu sais, et ça, c'est génial. Toi aussi, tu l'as ressenti, pas vrai ? Depuis que tu es à l'écoute de tes émotions – je sais que tu as été émerveillée par toute cette beauté autour de toi.

À nouveau, la stupéfaction. Adrien sait vraiment tout de moi !

— Pour ma part, poursuit-il, cela me captive. La beauté et la joie échappent à toute analyse d'ordre scientifique. Elles appartiennent plutôt au domaine spirituel, ou à celui de la magie, comme on disait dans l'Ancien Monde.

Adrien hausse les épaules et son exaltation semble retomber. Ses yeux aigue-marine semblent réfracter la lumière en un millier d'étincelles.

Je reste immobile un instant, pensive, incapable de suivre seule le fil de ses réflexions. C'est la première fois que je vois un visage exprimer autant d'émotions, que je surprends quelqu'un à s'enflammer ainsi. J'ai l'impression que ma cage thoracique est envahie d'une douce chaleur, comme si un feu crépitait en moi. Comme si nous étions reliés par le destin, nous n'avions aucun secret l'un envers l'autre. Je suis toujours fascinée par sa faculté à passer mes émotions et mes espoirs au peigne fin et à les mettre en mots, des mots que je ne possède pas encore.

Malgré tout, je suis en désaccord profond avec lui et c'est un regard de regret que je lui adresse.

— Même les émotions peuvent être réduites à des réactions chimiques et électriques. C'est ce que la puce A-V a prouvé. Tout se joue sur le plan physique. Il n'y a pas d'âme là-dedans.

— Malgré le contrôle de la puce sur tes synapses et tes neurotransmetteurs, ton esprit a réussi à se sortir de ce carcan. Que tu sois devenue libre, Zoe, c'est la preuve ultime que l'humain est plus que la somme de ses parties, plus qu'un ensemble de réflexes primaires. Ton besoin de liberté n'a pas pu être bridé.

— Je trouve ta théorie incohérente, mais j'aime beaucoup la façon dont tu la présentes, Adrien. Du coup, cela rend la vie… je ne sais pas… spéciale ? Belle ?

— Exactement. C'est ce qui donne tout son sens à la vie : le chaos et la beauté.

J'éclate de rire et un sourire irrésistible étire ses lèvres.

— Au fait, tu as un très joli rire, lâche Adrien. Excuse-moi si je suis parti dans mes délires. C'est juste que je n'ai personne à qui me confier. Ma mère ne veut pas entendre parler de mes idées. D'après elle, quand un événement se produit, ce n'est pas la raison qui importe, c'est qu'il se soit produit, tout bêtement. Mais discuter avec toi, ça me semble si… naturel.

— Même si je suis d'accord avec ta mère ?

— Non, tu es différente d'elle. Je t'ai vue t'éveiller aux émotions, découvrir le monde qui t'entoure. Avant mes visions, je n'avais jamais ressenti… Bon, je m'emballe. J'ai bien conscience que les visions que j'ai eues de toi, tu peux trouver cela louche, voire malsain.

— Louche et malsain ? Je ne connais pas ces mots. D'ailleurs je ne connais pas les autres mots que tu répètes tout le temps.

— Lesquels ?

— Merde et… et foutu.

Adrien rejette la tête en arrière et éclate de rire, un rire sonore et vibrant qui me fait presque sursauter sur le sofa.

— Quoi ? Qu'est-ce qu'il y a ? Qu'est-ce que j'ai dit de drôle ?

— Rien, hoquette-t-il. Tu vas me tuer !

— Que se passe-t-il ? Attends, pourquoi ton visage est tout mouillé ?

Tâchant de me rassurer, il s'essuie le visage et essaie de reprendre contenance. Je fronce les sourcils, ce qui déclenche un regain d'hilarité.

— J'ai ri tellement fort que j'en ai les larmes aux yeux. Bon, excuse-moi, j'arrête. Où en étais-je ? Merde et foutu, ce sont des mots qu'on utilise sans raison particulière. Pour souligner ce qu'on vient de dire. Des jurons, tu comprends ? Non, tu n'as pas l'air… Vous n'avez pas besoin de jurer à l'Académie des Zombies, hein ?

» Quant à louche et malsain, louche, c'est quelque chose de pas clair. Et malsain, cela désigne… tout ce qui est un peu pervers. Comme espionner une personne, ou violer son intimité. Mais moi, mes visions me viennent sans que je puisse les contrôler. Et plus je passe de temps en ta compagnie, plus elles deviennent claires.

— Et tu es venu à l'Académie exprès pour moi quand tu m'as vue dans tes images mentales ?

Je sens une onde de plaisir me parcourir et je souris. Adrien a pris des risques pour moi. Ou pour mon don, plutôt. Il n'y a que mon don qui l'intéresse. Qui motive ses démarches. Aussitôt mon enthousiasme retombe.

— Excuse-moi. Je sais, c'est vraiment pas net, répond-il. La première fois que tu m'es apparue, c'était il y a plus d'un an. Nous étions ici, en pleine discussion, comme maintenant. Merde ! Peut-être que j'ai prédit ce qui se passe en ce moment même. Incroyable !

— Mais ce n'est pas pour cette raison que tu as intégré l'Académie. Il y avait autre chose.

— Oui. J'ai vu l'avenir, un avenir plus lointain, enfin… je crois. Tu avais l'air différente. Et j'ai vu que tu ferais partie intégrante du Réseau, mais pas seulement. J'espère que ça ne va pas t'effrayer. Je ne sais pas non plus si je dois te raconter mes visions, au cas où cela modifierait l'avenir. Je ne sais pas encore très bien comment tout cela fonctionne.

— Raconte-moi, Adrien. Depuis que je glitche, je suis perdue, désorientée. Tu as eu un aperçu de mon destin, de ce que l'existence me réserve. Tu dois me le dire. Je t'en supplie.

Adrien reste muet un long moment, camouflant derrière son silence le trouble qui se déploie sur ses traits. Je me permets de lui caresser la main.

Il lève la tête et je cligne des yeux, grisée par sa proximité, perdue dans les reflets changeants de son regard, éblouie par sa peau caramel, et j'ai l'impression de me liquéfier sur place. Une sensation agréable. Fabuleuse…

Voilà donc ce qui se passe lorsque deux personnes se connectent sans l'aide du Lien. Lorsque la solitude n'est plus qu'un mauvais souvenir. C'est indescriptible. Et Adrien a raison. La vie est un mystère, un mystère teinté de beauté.

Ma main quitte son poignet puis remonte tout doucement le long de son bras, comme mue par une force invisible. Au toucher, le tissu de sa chemise est aussi rêche que sa peau est lisse. Tremblants, mes doigts tracent le contour de son épaule et de sa nuque, d'une douceur qui dépasse l'entendement. Je sens sa peau se réchauffer, son pouls accélérer à mon contact, et je devine que cette réaction n'obéit à aucune impulsion électrique préprogrammée.

Je poursuis mon exploration, intimidée par les cheveux qui frisottent à la base de sa nuque, par son souffle chaud qui caresse mes cils, par cette intimité que nous partageons ensemble. Mes yeux ne me brûlent plus. L'eau s'accumule au coin de mes paupières et déborde. Adrien est parcouru d'un frisson, ses yeux agrandis par la surprise.

Comme hors du temps, nous restons figés dans cette position, nos visages collés l'un contre l'autre, et mon cœur tambourine dans ma poitrine. Adrien fixe sur moi un regard ardent puis, tandis qu'un long soupir s'échappe de ses lèvres, il ferme les yeux et se penche doucement vers moi. Sa bouche frôle alors la mienne et, soudain, des ailes poussent dans mon dos, je prends mon envol, je plane…

La mère d'Adrien surgit sur le seuil. Son visage stoïque trahit tout de même la tristesse mêlée de résignation qui l'agite. Adrien s'écarte de moi au plus vite.

— Oh, Adrien. Raconte-lui tout. Dis-lui que tu crois qu'elle va prendre la tête de la Résistance. Qu'elle est notre seul espoir pour délivrer l'humanité de l'esclavage.

9.

Mon regard circule de l'un à l'autre. Ai-je bien compris ? Il doit y avoir une erreur. Toutes mes émotions naissantes se glacent. Adrien s'éloigne de moi d'un bond, le visage écarlate, tandis que Sophia s'aventure dans la pièce voisine. Elle lève les yeux au ciel.

— De toute façon, ce que tu lui dis n'a aucune importance. Ni ce que tu fais avec elle.

— M'man !

— C'est pourtant vrai. Tu as oublié que le brouilleur mémoriel est toujours inséré en elle. À l'instant où il sera retiré, elle va oublier tout ce qu'elle a vécu à la Surface. Et franchement, je m'en réjouis. Parce qu'elle ne peut pas rester ici. Elle doit repartir !

D'une main, je tâte ma nuque. Hélas, elle a raison. Le brouilleur n'a pas bougé, même si je n'y prêtais plus attention. Bientôt, je vais oublier tout ce que je viens de vivre…

Dans un filet de voix, je demande :

— Pourquoi… ?

— Elle ne peut pas repartir, rétorque Adrien, inflexible. Moi non plus, d'ailleurs. Ils vont nous lobotomiser dès qu'ils nous mettront la main dessus.

— Écoute-moi. Qui te dit que toi, tu dois repartir ? Elle, elle est obligée. Elle va mourir si elle reste à la Surface.

— Hein ?!

— J'ai fait analyser son sang. Elle souffre d'une allergie très handicapante. Ses mastocytes vont continuer à sécréter des histamines. Ce qui l'attend à la Surface, c'est un choc anaphylactique.

— Dans ce cas, elle va fuir les moisissures comme la peste, hein Zoe ?

— Adrien… Sanjan a procédé aux tests deux fois. Ton amie est allergique à presque toutes les moisissures, même les plus communes. Je suis d'ailleurs étonnée qu'elle ait réussi à tenir aussi longtemps. L'épinéphrine n'est à utiliser qu'en cas d'urgence, ce n'est pas une solution à long terme. Les crises seront de plus en plus violentes. Et leur issue sera fatale.

— Elle ne sortira jamais dehors, du coup…

— Je suis navrée, mon cœur. Je sais combien ça comptait pour toi. Tu as voulu croire en tes visions, en l'espoir qu'elles véhiculaient. Sauf que tes rêves et la réalité se contredisent.

— Je sais ce que j'ai vu ! Mes visions l'ont montrée dehors, à l'air libre, en plein soleil. Les résultats de Sanjan sont faux !

— C'est dur, je comprends, mais tu dois écouter la voix de la raison. Les moisissures pullulent à la Surface. Elles voyagent sur les chaussures, les vêtements. Sur la peau, même. Aucun des bunkers du Réseau n'est équipé du système de filtration d'air auquel elle est habituée. Désolée, mais elle ne peut survivre qu'au sein de la Communauté.

— Non. Il y a forcément une alternative. Certains labos doivent être équipés de ce fameux système de filtration d'air. Ou alors, il faudrait construire…

— Arrête ! s'agace Sophia, les traits durcis par l'impatience. Le Réseau ne peut pas mobiliser toutes ses ressources pour une seule personne. Ce serait un fardeau, un boulet que nous ne pouvons pas nous permettre. Il y a gros à perdre.

— OK, et un traitement antiallergique ?

— La désensibilisation ? Cela peut durer des mois, voire des années. Et c'est loin d'être efficace à cent pour cent.

Je m'éclaircis la voix.

— Si je retourne sous terre… existe-t-il un moyen de passer les tests sans trahir aucune anomalie ?

— Avec le brouilleur, rien de ce qui s'est passé ici n'a été enregistré sur tes cartes-mémoire.

— Non, mais tout le reste, si. Les glitchs, les dessins et la télé… comment dis-tu, déjà ?

— La télékinésie, achève Adrien, livide. Mais Zoe, tu ne peux pas y retourner. C'est trop dangereux !

— Dites-moi, Sophia, peut-on berner leur matériel de diagnostic ?

— Oui. Le Réseau maîtrise une technologie qui peut imiter ces renseignements afin de les rouler dans la farine. Mais Zoe…

— Si quelqu'un me rapporte le traitement antiallergie dont a parlé Adrien, je pourrais peut-être rallier la Surface tout à fait insensibilisée. Et faire sortir mon frère, dans la foulée !

— C'est un glitcher, lui aussi ?

— Non, mais il est encore jeune. De toute façon, je ne peux pas le laisser entre les mains de la Communauté. Je le regretterais toute ma vie.

Adrien arpente la pièce, une main massant son front soucieux.

— Ça pourrait marcher. Si tu retournes sous terre, ils auront forcément des soupçons, mais comme le module de brouillage sera retiré avant, tu ne garderas aucun souvenir de la Surface et tous leurs soupçons tomberont à l'eau.

— Existe-t-il un moyen de télécharger certaines données sur l'une de mes cartes-mémoire ? Pour ne pas oublier certains éléments clés, comme le traitement ?

— Trop risqué, m'interrompt Sophia, abrupte. Si ces données tombent entre de mauvaises mains, elles révéleront des informations compromettantes sur Adrien, sur moi, sur la Résistance. Je ne peux pas le tolérer.

— C'est pour cela que je serai à l'Académie avec toi, déclare Adrien. Pour t'aider à te rafraîchir la mémoire.

— Non ! Hors de question ! explose Sophia. Ce petit manège a déjà duré trop longtemps ! Ça ne me dérange pas qu'elle reçoive sa dose d'antiallergiques mais toi, Adrien, tu restes ici. Nous avons déjà pris assez de risques !

— Rien n'a changé. Je n'aurais pas dû la faire sortir, je le reconnais. Mea culpa. Mais ça aussi, c'était écrit. Les autres visions vont se réaliser elles aussi, malgré…

— Ça suffit ! Elle est allergique au monde extérieur ! Enfonce-toi bien ça dans la tête ! Elle n'est pas celle sur laquelle tu as fondé tes espoirs et qui doit devenir la chef de la Résistance.

— Excuse-moi, maman. Je ne veux pas t'attrister, mais je vais retourner dans la Communauté.

Dans un murmure, je lâche alors :

— Mais comment ? Mes Supérieurs vont deviner que nous étions ensemble, que c'est toi qui m'as fait sortir !

— Pas si j'attrape la grippe 216. Je peux être absent une semaine entière sans éveiller le moindre soupçon. On va passer chez Sanjan sur le chemin du retour, pour qu'il puisse me contaminer avec les échantillons conservés dans son laboratoire.

— Je te l'interdis formellement, proteste Sophia, fébrile. Et Sanjan va aussi entendre parler du pays !

— Maman, même si les membres du Réseau ne croient pas à ma théorie, ils savent qu'elle a le don de télékinésie. Elle est trop précieuse pour notre cause, le Réseau s'en rendra bientôt compte.

La mère d'Adrien recule de quelques pas sans quitter son fils des yeux puis elle quitte la pièce en claquant la porte.

Un silence gêné s'installe.

— Je suis désolé pour cette scène pitoyable, bredouille Adrien.

— C'est vrai, ce qu'elle a dit ? Que tu me considères comme la future chef de la Résistance ?

— Je sais que ça fait beaucoup d'un coup ; cette journée doit être pour toi un long cauchemar... Mais tu vas te réveiller. Une fois retiré le brouilleur mémoriel, tu auras tout oublié, je te l'assure.

— Et tu crois que ça va me remonter le moral ? Peut-être que ta mère a raison, après tout. Je ne suis personne. Je n'ai aucune place dans la Résistance. Je ne suis pas faite pour prendre les armes.

— Détrompe-toi, tu es quelqu'un. Et il n'y a pas que la Résistance. Même si tu ne deviens pas notre leader, je resterai à tes côtés.

— Vraiment ? Et pourquoi ?

— Parce que… parce que j'ai des sentiments pour toi.

— Pour moi ?

— Je n'ai pas infiltré l'Académie parce que je me soucie de l'avenir du Réseau. Enfin non, bien sûr que je m'en soucie, c'est fondamental. Mais si j'ai pris tous ces risques, c'est parce que je t'ai vue, toi, que j'ai appris à te connaître à travers mes visions. Et je te connais mieux que tu ne te connais toi-même…

Face à cet aveu hallucinant, mon cœur se met aussitôt à battre la chamade. Il me veut moi ? Juste moi, pas mon don hors du commun ?

— J'ai vu le monde à travers tes yeux, poursuit Adrien, j'ai ressenti tes premières émotions avec toi, j'ai pris conscience que j'étais devenu aveugle aux beautés de la vie. Je travaillais comme une brute pour devenir un bon soldat, résolu et discipliné, je mettais toutes mes émotions en sourdine parce que j'y voyais un motif de faiblesse. Mais ensuite, il y a eu les visions et… tout a changé. J'ai compris pourquoi je me battais. Je veux leur faire payer ce qu'ils nous infligent et je veux venger mon père, mais je veux surtout lutter – et sacrifier ma vie, pourquoi pas – pour que la beauté et l'altruisme règnent en ce monde. Ce que je ressens envers toi, même avant de t'avoir rencontrée, c'est… Allons bon, voilà que je recommence. Je te soûle de paroles ! Écoute, je sais que nous venons juste de nous rencontrer, que le moment n'est pas très bien choisi, et je ne veux pas te forcer…

— Attends…

Le visage d'Adrien rayonne d'un espoir timide. Je lui saisis la main ; tant d'émotions se bousculent en moi, je n'arrive pas à y mettre un semblant d'ordre.

— J'ai aussi envie de connaître ces émotions, Adrien. J'ai envie de ressentir ces choses-là. Pour toi. Et… et peut-être est-ce déjà le cas.

Le premier étonnement passé, Adrien vrille ses ensorcelants yeux verts dans les miens. Il pose sa main sur ma joue, m'attire vers lui et nos lèvres se scellent en un baiser fougueux. Nous respirons d'un même souffle.

Je cède à son étreinte et j'essaie d'imiter ses gestes – avec la maladresse du débutant d'abord, puis tout me vient naturellement. Une coulée de lave brûlante déferle au creux de mon ventre. Je suis suffoquée par cette sensation nouvelle. La chaleur gagne d'autres parties de mon corps. C'est un miracle si j'arrive encore à tenir debout.

Soudain, Adrien frôle le brouilleur fiché dans ma nuque et le charme est rompu.

Je me fige, mon cœur chute des hauteurs sur lesquelles il s'était perché et je m'éloigne insensiblement. Le bonheur qui m'a submergée il y a quelques secondes à peine est étouffé par une douleur sourde qui me tord l'estomac. Ce que je viens de partager avec Adrien ne sera pas enregistré sur mes cartes-mémoire, il disparaîtra de façon aussi brutale que permanente. Notre humanité, cette qualité inestimable, serait donc à la merci d'un simple gadget électronique ? Quelle injustice !

Du bout du doigt, j'effleure ses lèvres ourlées en tâchant de masquer ma tristesse.

— Je vais tout oublier, Adrien… Je vais t'oublier toi aussi. Tu ne seras qu'un visage dans une foule d'anonymes. Je ne te reconnaîtrai pas. Et je ne me souviendrai pas de ça non plus…

Et je lui offre ma bouche.

Il répond fougueusement à mon appel, puis il se décolle de moi, hors d'haleine. Son regard fiévreux fouille le mien.

— Zoe, nous finirons par nous retrouver. Je te donnerai ton traitement et on fuira ensemble cet endroit de cauchemar. Je t'apprendrai à embrasser, on reprendra tout à zéro. Je t'en fais le serment.

— Tu as eu une vision ?

— Non, pas vraiment. Mais il n'y a pas que mes visions en qui je place ma confiance. Ce qui se passe entre nous est trop fort, trop intense. Ces sentiments-là ne peuvent pas se volatiliser du jour au lendemain.

— Tu me le promets ?

— Oui, je te le promets, chuchote-t-il au creux de mon oreille.

Nous restons tendrement enlacés un long moment, puis Adrien se détache de moi à regret.

— Il faut que j'aille prendre des dispositions pour organiser notre retour et que je contacte mes faux parents dans la Communauté – des infiltrés qui travaillent pour le compte du Réseau. Ils vont appeler l'Académie et annoncer que je suis malade dès la reprise des cours demain. Avec un peu de chance, je serai capable de rallier leur unité-logement avant l'arrivée des inspecteurs. Plus vite on rentrera, moins on éveillera de soupçons.

— Mais la grippe 216 est très dangereuse. Mortelle, parfois. Si tu meurs à cause de moi... je ne pourrais pas le supporter.

— Arrête. Personne ne va mourir ! Sanjan m'inoculera la souche la plus bénigne. Tout va très bien se passer... Tiens, essaie de dormir un peu. Il est déjà trois heures du matin, il va me falloir un peu de temps pour tout arranger. Je suis à côté si tu as besoin de moi, d'accord ?

— D'accord.

J'essaie de donner le change, de paraître forte, confiante. De ne pas céder à la faiblesse, de ne pas le supplier de rester à mes côtés, sur le sofa. La confiance est pour moi un concept tout nouveau, mais je n'ai pas le choix. Je dois m'en remettre à lui.

Avec un petit sourire, Adrien effleure une dernière fois mes lèvres et gagne la pièce voisine, non sans éteindre la lumière. Le regard dans le vague, je me pelotonne alors dans ma couverture et j'attends que le sommeil m'emporte.

— C'est l'heure, ma belle, souffle Adrien en me caressant le front. Le grand moment est arrivé.

Je me redresse, encore assoupie, puis me revient à l'esprit, comme une gifle, l'horrible vérité. Je vais le quitter. Temporairement, c'est vrai. Et nous ne serons pas séparés. Pas tout à fait. Il sera à l'Académie, à mes côtés. Seule ma mémoire ne gardera aucune trace de lui.

Péniblement, je me mets debout en frottant mes paupières bouffies. Je suis percluse de courbatures mais ce repos m'a fait un bien fou. Adrien me conduit dans la pièce voisine, à mi-chemin entre le bureau et le laboratoire. Un homme de petite taille et d'âge moyen se tient devant une table d'examen.

— Zoe, je te présente le docteur Chol.

— Saluta… pardon. Bonjour, Dr Chol.

Son nom de famille me prend de court. Seuls les officiels sont désignés par leur nom, pas uniquement par leur code professionnel.

— Enfin, je fais ta connaissance, Zoe. J'ai beaucoup entendu parler de toi, dit-il en me serrant la main.

— Tiens, viens t'asseoir, me lance Adrien. Chol est notre médecin en chef. Il va reconfigurer tes programmes et retirer ton brouilleur juste avant ton départ. Du coup, tu vas être reconnectée au Lien et cela va camoufler tes glitchs.

Chol prend place en face de moi. Il a les tempes grisonnantes et la peau moins marquée que celle de Sophia.

— Je vais effectuer la procédure manuellement, vu que ton port USB est bloqué par ce module. Tu as déjà vu ce type d'instruments, j'imagine ?

De la main il désigne, posées sur la table, une pince et une sonde métallique d'une vingtaine de centimètres. J'ai déjà subi quantité de procédures similaires tout au long de ma vie, mais la sonde me paraît plus grande que dans mes souvenirs.

— Je vais introduire ce logiciel espion dans l'un des canaux secondaires de la structure existante. Ainsi, s'ils ont l'idée de te faire passer un scanner, aucune anomalie n'apparaîtra à l'image.

Chol s'arme de l'outil intimidant et allume un moniteur vidéo antédiluvien grâce auquel, j'imagine, il pilotera sa sonde dans mon corps.

— Très bien. Prête ?

Il introduit la pince dans une de mes narines, aussi profondément que possible, afin d'ouvrir la voie à la sonde. Je me cramponne aux accoudoirs du siège. Le forceps s'enfonce petit à petit, Chol garde les yeux fixés sur le moniteur. Je laisse échapper un gémissement.

— Ça y est. J'y suis.

— Ferme les yeux, conseille Adrien en me prenant la main, c'est bientôt fini.

Un cliquetis métallique m'indique que la sonde a glissé à l'intérieur de l'étroit passage ouvert par la pince.

— Et… ça rentre, annonce Chol. Ne bouge surtout pas.

J'avale péniblement ma salive en tâchant de rester statique. Chol a raison. Cela ne fait pas mal – pas beaucoup – mais la sensation est désagréable au plus haut point. À chaque saccade de la sonde, j'ai l'impression que des insectes grouillent sous ma boîte crânienne.

— Tu es très courageuse, souffle Adrien. Chol a installé tous mes implants et il y a de quoi être impressionné, vu le travail que ça représente. C'est le meilleur dans son domaine.

Au bout d'une dizaine de minutes, Chol annonce qu'il en a fini avec moi. Il extirpe la sonde, qu'il fait suivre de la pince. Dans un soupir de soulagement, je saute de la chaise. Je me masse le front afin me débarrasser de cette sensation pénible, je sautille sur place et je détends les muscles de ma nuque. Chol se tourne alors vers Adrien.

— À ton tour.

J'adresse un regard compatissant à mon ami, lequel éclate de rire.

— Juste un examen de routine. Pas de sonde pour moi, mon port USB n'est pas squatté par un brouilleur.

— Pas de sonde, hein ?

— Non, il s'en tire bien aujourd'hui, plaisante Chol tandis qu'Adrien s'installe dans le fauteuil que je viens de quitter. Je vais brancher ça ici… et voilà. Ouh là ! Une petite seconde, cette machine peut être capricieuse.

Chol frappe un moniteur en marmonnant entre ses dents :

— Foutu matériel d'occasion… Ah ! Enfin, on y est !

Il raccorde un câble métallique au port d'Adrien et le moniteur clignote lorsque la connexion s'effectue. Sur l'écran s'affiche la carte du circuit interne d'Adrien.

— Je vais m'assurer qu'il est complètement nickel, et il va passer entre les mailles du filet à votre retour.

J'observe l'écran avec un intérêt non dissimulé. Ce qu'il montre ressemble fort à ce que les Académiciens étudient pendant les cours de biotechnologie. Les filaments multicolores en microfibre tissent un fin réseau autour de l'amygdale et certains s'embranchent à d'autres récepteurs répartis dans le cerveau en une arborescence lumineuse. Chol tapote l'écran et effectue un zoom.

— Un système d'imagerie en 3D serait plus précis..., dis-je légèrement inquiète.

— Oui, c'est vrai, mais nous n'avons pas les mêmes moyens que la Communauté. On recycle ses déchets, des pièces de seconde main qu'on récupère dans les décharges. Ces objets ne manqueront à personne. Le système D face à l'adversité, ma grande !

Je le regarde contrôler le code qu'il doit effacer si Adrien veut échapper à la vigilance des officiels. Chol est trop rapide pour que j'arrive à comprendre comment il procède. De toute façon, ça n'a aucune importance. Je vais oublier tout ce que j'ai appris ici, que je le veuille ou non.

Si la Résistance est capable de mettre au point une architecture cérébrale reproduisant à la perfection la structure de la puce A-V, tout en la rendant imperméable au Lien, il doit bien exister un moyen de généraliser la procédure. Je me demande si le Réseau peut s'enorgueillir d'autres avancées technologiques. N'était-ce pas le rêve du père d'Adrien, délivrer l'humanité du Lien ? Sont-ils sur le point de réaliser leur projet ?

— Terminé, Adrien.

Chol débranche le câble. Je pousse un soupir.

— Bon, je crois qu'il est temps de partir !

— Attends, maman t'a préparé une combinaison protectrice, annonce Adrien.

Je le serre de toutes mes forces contre moi.

— Chut Zoe, tu t'angoisses trop. Tu vas...

Sa phrase reste en suspens. Il se statufie, les muscles de son visage se relâchent, son regard s'éteint. Je jette un coup d'œil par-dessus mon épaule, inquiète. Rien.

— Adrien ? Adrien ! Que se passe-t-il ? Adrien !

Je sens monter en moi une crise d'hystérie. Et s'il était détraqué ? En panne ?

À l'instant où mon monde s'écroule, Adrien cligne des yeux et semble revenir à la réalité. Sa peau caramel est marbrée de taches rouges, son expression à la fois sérieuse et impénétrable.

— Adrien ! Tu vas bien ? Il y a un problème avec le programme de Chol ?

— Je viens d'avoir une vision, déclare-t-il d'une voix étranglée.

— Quel genre de vision ?

Une fine pellicule d'eau vient ternir ses pupilles.

— Oh, Zoe. Essaie de ne pas oublier ça. Je sais que c'est impossible, mais essaie de ne pas m'oublier.

Il dépose alors un tendre baiser sur mes lèvres et plonge ses doigts dans mes cheveux. Ce que sa vision lui a révélé l'a bouleversé, de toute évidence. Je réagis à ce baiser avec fébrilité, impatiente de capter ce moment ultime avant qu'il ne s'enfonce dans l'oubli, d'effacer ce malaise croissant qui me rappelle que tout sera perdu lorsqu'ils retireront le brouilleur. *Faites que je me souvienne de ce moment.* Les lèvres entrouvertes, j'essaie de l'aspirer en moi, pour que mon âme – si l'âme existe vraiment – imprime au plus intime de mon être ce que mon cerveau va oublier.

10.

— Donc, tu n'as rien retenu de ta disparition ?

— Rien.

Assise sur une chaise métallique, je fais face à une femme au visage taillé à la serpe, coiffée d'un chignon strict. C'est la troisième fois en trois semaines que la Chancelière Bright me convoque dans son bureau. Malgré le défilement parasite du cadran rétinien, je reste concentrée sur son tailleur anthracite et sur ses cheveux d'un brun terne. La Chancelière a été nommée à la tête de l'Académie dans la semaine qui a suivi mon retour. Moi qui n'ai jamais rencontré le directeur précédent, j'ai l'impression de passer mes journées en compagnie de la Chancelière Bright. J'ignore pourquoi elle s'acharne ainsi : ma version ne varie pas d'un iota à chacune de nos entrevues.

— Et tu n'as rien retenu non plus de ce qui s'est passé à la Surface ?

— Non. Le seul souvenir que j'en garde, c'est ce que j'ai vécu à mon retour, je vous en ai déjà parlé. Je m'étais présentée à la salle A 117 et, l'instant d'après, je marchais sur une route. J'ai donc suivi le protocole qui régit les Phénomènes Déviants et aussitôt tenté de localiser un officiel afin de lui rapporter mon comportement. Au Portail C10, je me suis présentée aux Gardes qui ont contacté les Systèmes Centraux, j'ai emprunté les transports en commun et je me suis soumise à de multiples examens dans une clinique spécialisée avant de réintégrer mon unité-logement le lendemain.

— Oui, tu m'as déjà dit tout ça ! s'énerve la Chancelière avant de rassembler ses esprits.

Elle vérifie l'état de son chignon enduit de gel coiffant, puis elle saisit une tasse qu'elle porte à ses lèvres.

— Sais-tu pour quelle raison les Supérieurs m'ont nommée, Zoel ? Parce que j'obtiens toujours d'excellents résultats. Ils réclament une explication, ils veulent savoir ce qui s'est passé très précisément.

Elle repose sa tasse sans y avoir touché et se penche vers moi.

— Ils acceptent mal que le coupable n'ait pas encore été débusqué. Pour ma part, je crois que tu n'avais pas l'intention de blesser qui que ce soit, encore moins un représentant de la Communauté.

Ce que je crois, en revanche, c'est que vous n'étiez pas seuls, quelqu'un vous a incapacités, toi et l'officiel, avant de te kidnapper. Dis-moi, Zoel, qui était là ? Quel est ce personnage mystère ? Qu'as-tu vu à la Surface ?

— Je ne conserve aucun détail de cette zone temporelle. J'ai cru comprendre qu'un brouilleur mémoriel a été inséré dans mon port USB.

À ces mots, la Chancelière se lève brusquement, les narines frémissantes, et me congédie d'un geste.

— Les Supérieurs ne seront pas satisfaits par tes réponses ! Les anomalies répertoriées dans ton dossier justifient amplement une désactivation. C'est à ma demande expresse que tu as obtenu le droit de réintégrer l'Académie. J'espère que tu ne me feras pas regretter cette décision qui contrevient aux ordres des Supérieurs. Fais-moi signe dès que tu observes une anomalie dans ton système !

Elle pousse un soupir, son regard dévie et se pose sur un disque noir encastré au plafond. Je quitte ma chaise à mon tour en tentant de calmer les tremblements qui agitent mes mains.

— Je ne manquerai pas de vous en informer. La Communauté d'abord, la Communauté toujours.

Soudain, le Lien s'effrite et me met face à un torrent de sensations : l'odeur de renfermé qui s'élève de la moquette, l'arrière-goût âcre qu'a laissé dans ma bouche mon pâté protéiné, un jaillissement de peur qui me suffoque. Je perds l'équilibre et l'alarme de mon moniteur cardiaque se déclenche. Surtout, ne pas chercher d'appui, cela pourrait me trahir… Les paumes moites, étourdie par la frayeur, je me mords la lèvre, tâchant de contenir les vagues de sensations qui s'abattent sur moi.

— Sujet Zoel Q-24 ? m'interpelle la Chancelière, traversant la pièce en quelques enjambées rapides. Quelle est la cause de ce trouble inexpliqué ?

Les yeux fermés, je prends une profonde inspiration. Il faut que je forge un motif crédible – un mensonge qui me sauvera de la désactivation qu'elle agite sans cesse devant mes yeux, comme une menace. Prise d'une inspiration soudaine, je me frotte le tibia d'un air nonchalant, sans me presser. Lorsque je me sens capable d'affronter à nouveau la Chancelière, j'explique d'une voix monocorde :

— J'ai mal calculé la distance qui séparait ma jambe de cette chaise. Une libération massive d'adrénaline a dû alerter mon moniteur.

— Tu en es certaine ? Raconte-moi encore ce qui vient de se passer.

Je me force à soutenir son regard perçant et je répète mon mensonge. Muette, elle poursuit son examen.

Quand l'alarme s'éteint enfin, je trouve le courage de lui demander :

— Puis-je prendre congé, Chancelière ?

Lèvres pincées, la Chancelière fait la moue et pose une main ferme sur mon épaule puis, la seconde suivante, me présente un sourire menaçant. Ou une grimace, je n'arrive pas à voir la différence.

— Sors d'ici ! assène-t-elle avec un regard trop appuyé avant de me montrer la porte.

Je pivote sur mes talons et je quitte la pièce d'une démarche aussi indolente que l'autorise ma panique, puis je me dirige vers l'ascenseur. Je joue trop avec le feu.

Que m'arrive-t-il ? Je n'ai pourtant raconté à la Chancelière que l'entière vérité : je ne garde aucun souvenir de ce qui s'est passé avant mon « réveil » sur cette route inconnue, à la Surface. À présent que je suis affranchie du Lien, je me revois cheminer le long de cette route poussiéreuse, sous l'immensité du ciel, engoncée dans une combinaison orange vif, et cette image me plonge dans l'horreur. Comment ai-je bien pu arriver à la Surface ? Et comment ai-je pu m'en sortir vivante ?

Même dans ce couloir désert, je sais que je reste sous surveillance et j'en ai la chair de poule. Dans un mouvement involontaire, je lève la tête et je repère de petits disques noirs encastrés au plafond tous les dix pas. Ces objets, pour discrets qu'ils soient, me mettent mal à l'aise… et ils me rappellent quelque chose…

Ma panique atteint son paroxysme. Avant que je comprenne ce qui se passe, j'entends un grésillement et une fumée noire s'échappe des disques. Je jette derrière moi un coup d'œil surpris. Tous les disques du couloir, sans exception, lancent des étincelles et crachotent des nuages suspects. Catastrophe. Il faut que je sorte d'ici au plus vite. Que je quitte ce couloir avant que quelqu'un ne me repère. Dire que cela fait plus de trois semaines que j'ai arrêté de glitcher ! Quelle idiote je fais ! Il faut encore que j'arrive à attirer l'attention sur moi. Même si rien n'indique que je suis à l'origine de ce dysfonctionnement.

À l'instant où j'atteins le fond du couloir, un bruit de pas résonne dans mon dos. Je dois me faire violence pour ne pas me retourner. Sûrement un autre étudiant. Pas de quoi s'inquiéter.

Le bruit se rapproche. S'amplifie. Envahit chaque recoin du couloir, reconnaissable entre mille : ce sont des bottes à semelle métallique qui martèlent impitoyablement le sol.

Un Régulateur. Il a dû remarquer la fumée qui se répand dans le couloir et deviné que je n'y étais pas étrangère.

C'est le moment d'accélérer.

— Halte, sujet.

Je devrais m'arrêter, répondre à ses questions, prétendre que j'ai assisté, en spectatrice, complètement par hasard, à cette panne inexplicable. Oui, c'est ainsi qu'agirait un sujet qui n'a rien à se reprocher.

Je pique un sprint.

J'enfile en toute hâte un couloir annexe en espérant prendre le Régulateur par surprise, assez pour réexaminer la procédure qu'impose le protocole. Une preuve supplémentaire, s'il en fallait une, de mon comportement déviant. Par ailleurs, je ne dois surtout pas montrer mon visage au Régulateur car s'il arrive à activer son logiciel de reconnaissance faciale, je suis fichue.

Mon poursuivant me talonne et je prends encore de la vitesse, les pieds propulsés par la terreur. Le Régulateur enclenche ses vérins pneumatiques afin de me rattraper, l'air comprimé lâche des sifflements. Je m'engouffre dans un autre couloir, consciente que je ne fais que repousser l'inévitable. C'est alors qu'une idée germe dans mon esprit.

Je sors une barrette de ma poche et, sans arrêter ma course, je mate mes boucles rebelles et transforme ma queue de cheval en chignon discipliné. J'espère avoir creusé une distance suffisante pour que le Régulateur ne me voie pas trafiquer mon apparence. Je bifurque à gauche, je débouche dans le couloir principal et je me mêle à la foule des Académiciens qui se rendent au réfectoire. C'est l'heure du déjeuner. Je me force à retrouver une respiration normale, à dompter mon moniteur cardiaque, à calquer ma posture sur celle des autres étudiants et à ralentir. J'entends le Régulateur débouler à ma suite mais je ne me retourne pas. Les Académiciens forment autour de moi une marée monochrome qui se répand lentement dans le corridor. Je ne pensais pas accueillir un jour à bras ouverts ce gris, cette uniformité, cette monotonie. Je peux donc me perdre en pleine journée, dans la masse des sujets indifférenciés.

— Salutations Zoel, me lance Maximin lorsque je m'installe à ma place habituelle à la table 13.

Enfin un visage familier ! Lorsqu'il réclame mon aide en neurochimie, je me retiens de le serrer contre mon cœur, de le remercier d'être aussi normal, aussi fiable.

Je repense à ce mystère : les examens subis à mon retour de la Surface n'ont révélé aucune anomalie dans mon organisme. Rien n'est ressorti, ni mes bugs, ni mon don de télékinésie. Les techniciens m'auraient-ils réparée ? Et pourquoi, au bout de trois semaines de calme plat, me suis-je remise à glitcher ?

— Zoel ? répète Maximin.

— Pardonne-moi ce moment d'inattention.

L'esprit en émoi, je compte intérieurement jusqu'à dix tout en manipulant mon interface afin d'accéder à la leçon du jour.

J'avale une grande gorgée du cocktail multivitaminé posé sur mon plateau. L'épais liquide me frappe par sa saveur et j'étouffe un cri de surprise. Le nez dans le gobelet, j'examine de plus près la boisson rose que contient le gobelet en inox, en m'attachant à identifier ses ingrédients. De la pêche. De la mangue, aussi. Ces petits grains noirs ? De la fraise. C'est le goût qui me manquait. Un goût puissant, entêtant.

— Zoel ?

Attention, Zoel. Première règle : ne rien laisser paraître de mes sentiments, de mes émotions.

J'arrive à maîtriser mon moniteur cardiaque tout au long de la journée, ce qui est particulièrement difficile la dernière heure. Le brun aux yeux aigue-marine – la Sentinelle – est de retour. Il semblerait que je sois surveillée de très près depuis quelque temps. Son absence, qui a duré plusieurs jours, coïncide étrangement avec ma propre disparition. Il a attrapé la grippe 216, paraît-il, ce qui a entraîné une campagne de vaccination d'urgence à l'Académie. Je dois me méfier de lui, plus que jamais. Mon corps risque de me trahir à tout moment et même si la Sentinelle ne m'accorde pas le moindre regard, j'ai la sensation déplaisante qu'aucun de mes gestes ne lui échappe.

J'accueille la fin des cours avec un soulagement indicible et je gagne le métro d'un pas léger, ravie d'échapper à cette surveillance constante. J'ai hâte de regagner mon unité-logement, et l'intimité toute relative de ma zone individuelle.

Le trajet se révèle être une véritable torture parmi ces corps entassés. La rame négocie chaque virage dans un crissement de freins qui me hérisse les cheveux. J'ai l'impression que le véhicule dérape sur mes nerfs à vif. Tout est si oppressant ! Je réprime une envie irrésistible de fermer les yeux, de me boucher les oreilles, de fuir. Dans un endroit où je peux être moi-même, en confiance et en sécurité.

Une émotion inattendue m'étreint lorsque j'arrive sur le seuil de l'unité-logement. Mes yeux me picotent à nouveau et je m'adosse un instant à la porte avant de mettre le cap sur mes quartiers.

— Salutations, Zoel, me lance mon frère, d'une voix sans timbre.

— Salutations, Markan…

Assis à son bureau, il fixe le mur d'un regard absent. Cette position, je la reconnaîtrais entre mille. C'est la position que les sujets adoptent, par défaut, pendant la Phase de Détente Préprogrammée, la PDP. L'après-midi, à la fin des cours, le Lien diffuse des sons apaisants qui plongent les sujets dans une sorte de transe censée améliorer leur productivité. À voir mon frère ainsi, j'ai la gorge nouée. Il a l'air paisible, mais quel est le prix à payer pour jouir de cette paix intérieure ? Je dois me faire violence pour ne pas le prendre dans mes bras. D'où me vient cette certitude qu'un simple contact physique peut apporter du réconfort aux gens ? C'est pour le moins insolite.

— Mère et Père sont-ils à la maison ?

— Non. Ils ne rentrent pas avant dix heures du soir. Tu devrais le savoir.

— Bien sûr.

— As-tu besoin de quelque chose, Zoel ? demande Markan, pris au dépourvu par la tournure qu'adopte notre conversation.

— Non. Je viendrai te chercher quand j'en aurai fini avec le tapis roulant, pour que tu puisses faire ta session avant le dîner.

Markan hoche la tête et reporte son attention sur le mur ou, plutôt, sur le Lien. Après lui avoir lancé un dernier regard, je me rends dans ma petite zone, je ferme la porte derrière moi et je glisse mes doigts dans ma cachette à dessins.

Ils ont disparu.

La panique prend ma poitrine en étau. Impossible ! Je plonge à nouveau ma main dans les entrailles du matelas. Toujours rien. Je le soulève afin d'inspecter le sol, tout en m'imaginant le pire. Si quelqu'un a mis la main dessus… Ah, les voilà ! Du bout des doigts, j'attrape les feuilles froissées, entassées au pied du lit et je m'effondre, terrassée par une vague de soulagement, partagée entre le rire et les larmes.

La délivrance n'est que de courte durée : ce n'est pas là que je cache mes dessins, d'ordinaire. Ils sont toujours enfouis à l'intérieur du matelas. Je suis à peu près certaine de les avoir rangés au bon endroit la dernière fois. Et si… et si quelqu'un avait mis la main dessus, en effet ?

Je secoue la tête, chassant cette idée grotesque de mon esprit. Ces dessins peuvent signer mon arrêt de désactivation, ils sont la preuve éclatante de mes déviances. Si je suis encore en vie, c'est que personne ne les a localisés. J'ai dû faire preuve de négligence la dernière fois ; la voilà, l'explication !

Je m'essuie les yeux et me rends au salon pour démarrer ma séance d'exercices. Je dois jouer la comédie, aussi longtemps que possible. Courir, sentir mes pieds frapper à une cadence régulière le tapis de course, cela me fait un bien fou. Je me sens vivante et, en même temps, sereine. Pour la première fois depuis que je me suis remise à glitcher cet après-midi, je ne me soucie plus de ce qui s'est passé dans la salle A 117 il y a trois semaines.

Je suis réveillée au beau milieu de la nuit par les hululements de mon moniteur cardiaque. J'ai dû glitcher dans mon sommeil… Au bout de quelques instants – une éternité –, je comprends que je me trouve dans ma zone individuelle, pas dans un tunnel rempli d'eau. Hors d'haleine, je me redresse, je m'adosse au mur frais et j'essuie de mon avant-bras la sueur qui ruisselle à mes tempes. Il me faut deux ou trois minutes pour reprendre mes esprits et je ferme les yeux, tâchant de ne pas revivre la terreur de ma noyade.

Markan était là, lui aussi, dans mon rêve. Il se noyait avec moi et me suppliait de venir à son secours. Je le regardais sombrer, impuissante, luttant moi-même contre l'eau qui m'engloutissait. Il n'est jamais remonté à la surface. Par ma faute. La mauvaise conscience forme maintenant une douloureuse boule dans ma gorge. Je me faufile aussitôt dans la salle de bains, où je bois un grand verre d'eau.

Les rêves. Les cauchemars. L'obscurité. J'avais oublié que tout n'est pas rose quand je glitche. La première fois que j'ai fait un mauvais rêve, j'ai cru que le cadran rétinien me jouait des tours, puis je suis allée me renseigner à la bibliothèque et j'ai appris l'existence de ce que l'on appelait, dans l'Ancien Monde, le subconscient. Encore un concept qui dépasse mon entendement. Dans la Communauté, le Lien distribue les cycles de sommeil profond et de sommeil paradoxal. Ainsi, les sujets bénéficient d'un repos aussi paisible que réparateur.

De retour dans ma chambre, je me frotte le visage à pleines mains. Comment ai-je pu rester saine d'esprit jusqu'ici ? Même la nuit, le danger me guette.

Je retourne me coucher, mais impossible de trouver le sommeil. Je quitte mon lit aussi sec et sors de leur cachette un sac en papier propre – sauvé de la poubelle après la livraison de nos rations hebdomadaires – et le feutre dissimulés sous le matelas. Je sais que j'agis au mépris de toute logique, mais quelque chose me pousse à le faire. Je trouverai un moyen de me débarrasser de ce dessin un peu plus tard, ou de le détruire, mais pour l'instant, il faut que j'extirpe cette image de mon cerveau, que je la fixe une bonne fois pour toutes sur le papier.

Je trace à grands traits la masse d'eau que j'ai vue se projeter sur moi. À deux ou trois reprises, le rêve me revient avec une netteté telle que j'ai l'impression d'être trempée, de frissonner de peur. J'essaie alors de prendre de la distance, de la hauteur, de porter sur ce cauchemar un regard objectif plutôt que de vivre la scène de l'intérieur. J'essaie de ne pas réfléchir, de dessiner à l'instinct. Une fois satisfaite du résultat, je prends conscience que j'ai noirci une face entière du sac. Je repose le feutre et j'essaie de décrypter le sens profond de ce que je vois. Le papier disparaît sous les arabesques chaotiques d'une rivière qui a pris d'assaut un tunnel voûté.

Je distingue un jeune homme dans l'eau. Markan, est-ce toi ? Non… oui… pas tout à fait.

Le front soucieux, j'étudie le visage que j'ai dessiné. Markan a l'air plus âgé sur le dessin : des pommettes plus marquées, un visage plus mûr. Pourquoi donc s'obstine-t-il à se manifester dans le rêve de la noyade et, d'abord, dans le rêve du garçon pourchassé par les Régulateurs ? C'est toujours Markan qui me fixe du regard, les traits déformés par une terreur absolue. Et cette culpabilité, d'où peut-elle provenir ?

Le lendemain, pendant le déjeuner, je tire une conclusion importante de ce que j'ai vécu ces derniers jours. Mes glitchs sont de moins en moins prévisibles et je n'arrive plus à camoufler l'afflux d'émotions qu'ils provoquent. En même temps, je suis soumise à une surveillance constante – entre la Chancelière, la Sentinelle et les Régulateurs –, l'étau va finir par se resserrer. La moindre erreur, le moindre faux pas, et mon sort est réglé. Je dois trouver un moyen de me fondre dans le décor, de me dérober aux regards inquisiteurs jusqu'à ma capture et ma désactivation, qui me semblent inévitables. Est-ce possible ? Je l'ignore, mais je dois tenter le coup.

Mon nouveau mode opératoire : ne réfléchis pas, agis. Utilise ton énergie pour aplanir ton comportement. Appuie-toi sur la routine du quotidien. La discipline d'abord, la discipline toujours.

Je retrouve Maximin au réfectoire.

— Salutations, Zoel.

— Salutations, Maximin.

— Serais-tu disposée à m'apporter ton aide en fin d'après-midi ? J'ai reçu l'autorisation de t'accueillir dans mon unité-logement une fois les cours finis.

Ma fourchette reste en suspens devant ma bouche. J'ai entendu dire que le tutorat à domicile représente une pratique courante chez les étudiants, mais ce n'est pas comme ça que je vais passer inaperçue. En même temps, un refus pourrait paraître suspect.

— Oui, j'y serais disposée.

— Je te donne rendez-vous après les cours, à l'entrée du Métro Central.

— Très bien.

Nous consacrons le reste de cette heure de pause à l'étude mais j'éprouve un malaise, maintenant que nos habitudes sont dérangées. Si les phénomènes extraordinaires se succèdent, comment prétendre que tout est normal ?

Nous empruntons une ligne différente de celle qui m'emmène le matin à l'Académie. La cinquantaine de personnes qui patientent sur le quai ne décrochent pas une seule parole. Je ne sais pas pourquoi le silence me frappe plus particulièrement aujourd'hui – j'ai vécu toute ma vie dans ce silence. Parce que je glitche depuis tout à l'heure, peut-être… J'observe les visages atones qui m'entourent et ce spectacle désolant me glace.

— As-tu froid ? me demande Maximin, étonné.

— Juste un courant d'air.

Aussitôt, je recule d'un pas. Je sais que la proximité physique ne signifie rien pour les sujets qui m'entourent mais cela provoque en moi des émotions contradictoires depuis un certain temps. Lorsque je frôle, par mégarde, mes parents ou Markan, je trouve cela agréable, comme si ce contact pouvait d'une certaine manière m'apporter une certaine protection. Irrationnel, j'en ai bien conscience.

Maximin se rapproche de moi et le parfum musqué de son savon me chatouille les narines. Je recule d'un pas, troublée par cette intimité forcée. Il y a chez Maximin quelque chose que je n'arrive pas à définir. Un je-ne-sais-quoi qui me gêne au plus haut point. J'ai l'impression que nous sommes deux pièces d'un même puzzle qui refusent de s'imbriquer.

Une demi-heure plus tard, nous quittons enfin le métro. Maximin habite plus loin que moi de l'Académie mais le tunnel qui relie sa station à son unité-logement ressemble en tous points à ceux que j'arpente au quotidien. Même plafond oppressant, même béton crasseux, mêmes ascenseurs qui desservent les huit étages des secteurs résidentiels. Aucune exception permise, la monotonie est de rigueur, même dans l'architecture.

Maximin pose maintenant sur moi un regard fixe, comme hypnotisé, et je me retiens de froncer les sourcils.

Il effleure l'écran de commande d'un ascenseur et nous patientons, aussi muets que nos compagnons de trajet – en majorité des jeunes qui rentrent de leurs Académies respectives.

L'ascenseur s'arrête à l'étage de Maximin. Je lui emboîte le pas dans le couloir et le regarde envoyer un signal au capteur photoélectrique fixé près de la porte d'entrée. Il y a peu de chances que les parents de Maximin soient déjà rentrés (la journée de travail dure entre onze et douze heures). Du coup, je prends conscience que je vais me retrouver seule avec lui.

Dans moins d'un an, je rejoindrai les rangs des travailleurs de la Communauté. Après avoir achevé ma formation à l'Académie, je recevrai la version « adulte » de ma puce A-V et j'intégrerai l'une des sociétés de bioingénierie. Mon savoir-faire et mes compétences seront évalués chaque année et je m'élèverai dans la hiérarchie si je me montre à la hauteur. Et si personne ne me désactive avant. En admettant que je passe entre les mailles du filet, que je devienne une esclave, un robot parmi tant d'autres, impénétrable à tout sentiment, à toute émotion… Est-ce là l'existence dont je rêve ? Se tuer au travail, répéter les mêmes gestes tous les jours, métro-boulot-dodo, être appariée par un ordinateur à un zombie qui n'a jamais connu la beauté, la peur ou la gaieté, c'est vraiment à cela que j'aspire ? Est-ce cette existence grise qui m'attend ? L'avenir se déploie devant moi comme une route plongée dans les ténèbres, l'unique récompense à laquelle j'aurai droit, pourvu que je reste dans la norme.

Je refuse. Je refuse cette vie qui m'est destinée.

Plongée dans ces sombres pensées, je n'ai pas remarqué que Maximin vient de refermer derrière nous la porte de l'unité-logement. Soudain il se tourne vivement vers moi et m'enlace sans autre forme de procès.

— Zoel, j'ai failli péter un câble quand tu as disparu, chuchote-t-il, comme pris de fièvre. Tu ne peux pas imaginer depuis combien de temps j'attends ce moment !

Et il se jette sur moi pour m'embrasser.

11.

Je le repousse de toutes mes forces avant qu'il ne colle sa bouche sur la mienne, les idées altérées par une peur que décuple la confusion.

— Maximin ! Mais qu'est-ce que tu fais ?

Il sourit, et des fossettes dont j'ignorais l'existence creusent maintenant ses joues.

— Zoel, cela fait des siècles que je veux te le dire, depuis que j'ai remarqué que toi aussi, tu t'es mise à glitcher.

Est-ce une mise à l'épreuve ? Suis-je espionnée en ce moment même ? Mon regard sidéré atterrit sur un disque noir encastré dans le plafond du vestibule. J'étudie les murs, sur le qui-vive, puis je finis par me radoucir. C'est Maximin que j'ai en face de moi, pas une Sentinelle. Détends-toi !

Tentant de lisser mes traits de mon mieux, je lui présente un visage vide de toute expression et balaie d'un geste automatique le couloir.

— Allons dans ta zone personnelle !

Le regard complice, Maximin m'entraîne dans un corridor étroit qui relie quatre petites cellules-sommeil et débouche sur la salle d'eau. Son unité-logement est en tous points identique à la mienne, à ce détail près que les pièces sont distribuées sur la gauche, et non sur la droite. Nous nous introduisons sans un mot dans la deuxième cellule-sommeil. Max referme aussitôt la porte derrière nous. Sa chemise grise contraste avec ses joues écarlates, son sourire éclatant et ses grands yeux bruns. Il semble déborder d'énergie, si bien que j'ai du mal à admettre que j'ai face à moi le Maximin que je côtoie tous les jours à l'Académie.

— Appelle-moi Max, pas Maximin, suggère-t-il sans me lâcher la main.

La fébrilité fait voler ma prudence en éclats. Pourquoi voir le mal partout ? C'est impossible, incroyable, trop beau pour être vrai, mais comment expliquer autrement cette vitalité qu'affiche son visage ? Écartelée entre espoir et méfiance, je l'interroge :

— Quand as-tu commencé à glitcher ?

— Il y a trois mois, répond-il, puis il se perche sur le rebord de son bureau et m'invite, de la main, à prendre la chaise. Sa zone ressemble à s'y méprendre à la mienne – même la peinture des murs est identique, à la nuance près.

— Un mois avant toi, ajoute Maximin, d'une voix vibrante. J'étais terrifié au début, mais quand je t'ai vue à l'Académie certains jours, j'ai compris que je n'étais pas seul. C'est pour ça que je t'ai demandé de me servir de tuteur. Pour me rapprocher d'une personne au comportement aussi déviant que le mien.

— Pourquoi ne m'en as-tu pas parlé plus tôt ?

Je m'assieds sur sa chaise, écrasée par les implications de son aveu. *Je ne suis plus seule.* N'est-ce pas ce que j'ai toujours appelé de mes vœux ? Max a ce regard lucide et pénétrant que j'aimerais tant voir chez mon frère.

— Parce que je n'arrivais pas à trouver le bon moment, poursuit-il. Et ensuite, tu as disparu… Zoel, tu ne sais pas…

— Zoe. Je veux qu'on m'appelle Zoe.

— Zoe… Ça me plaît. J'ai cru que j'allais devenir dingue quand tu n'as plus donné signe de vie. Je n'arrêtais pas de me dire que si je m'étais confié à toi plus tôt, peut-être que cela aurait changé le cours des choses.

— Peut-être. Mais je n'ai pas le moindre souvenir de ce qui s'est passé, de l'endroit où je suis allée, des personnes que j'ai pu rencontrer. Aucun.

— Et les techniciens n'ont rien remarqué d'étrange à ton retour, quand ils ont analysé ton système ?

— Rien du tout. Tu sais, quand je suis revenue, j'ai arrêté de glitcher trois bonnes semaines. Du coup, lors des tests, ils n'ont rien trouvé de suspect. Mais maintenant que les glitchs ont repris, au prochain diagnostic, je ne m'en tirerai pas aussi facilement.

— Je vais t'aider, déclare Max, soudain grave. S'ils touchent à un seul de tes cheveux…

— Max ! S'ils m'attrapent, tu ne pourras rien faire.

— C'est ce que tu crois, rétorque-t-il avec un petit sourire énigmatique.

— Comment ça ?

— Zoe, je pensais que nous avions une autre chose en commun, en plus de notre tendance à glitcher. Tu n'as pas de… de pouvoirs ?

— Attends… tu peux déplacer des objets avec ton esprit, toi aussi ?

— Ouh là ! Pas du tout ! Enfin, je suppose que la logique exige que tu aies un autre don. Parce que j'ai un pouvoir, moi aussi, m'annonce Max de but en blanc.

— Lequel ?

— Très bien, n'aie pas peur. Je vais te montrer de quoi je suis capable.

Les paupières closes, Max se pétrifie sur sa chaise. L'air qui l'entoure semble réverbérer les particules de lumière. Et une nano-seconde plus tard, c'est la Chancelière qui est assise à sa place.

Terrifiée, je me laisse tomber de ma chaise et je rampe par terre, à reculons, un cri bloqué dans ma gorge. Ce rendez-vous n'était qu'un piège, mes craintes se sont réalisées. La Chancelière a dû faire installer un programme espion lors de mon dernier examen, un programme qui m'a poussée à me confier à Max et à lui dévoiler tous mes secrets.

Battant en retraite, je me retrouve coincée contre le mur de la cellule-sommeil. Si je parviens à contourner la Chancelière, je pourrai atteindre la porte, prendre la fuite…

Soudain, la Chancelière cède la place à un Max hilare. L'hystérie me gagne alors. Elle est arrivée à infecter mon cerveau, elle joue avec moi ! Aussitôt je vérifie si mon port USB est inoccupé. L'alarme de mon moniteur cardiaque choisit cet instant pour se déclencher.

— Arrêtez ! Sortez de ma tête !

La personne qui veut se faire passer pour Max se penche vers moi, anxieuse.

— Zoe, c'est moi, Max. C'est seulement moi ! Je ne voulais pas te faire peur. J'ai pris l'apparence de la Chancelière, rien de plus. Elle n'est pas vraiment ici. Zoe, c'est moi. Moi.

Recroquevillée au sol, les mains sur la tête, je me laisse lentement amadouer par sa voix calme. Oui, il s'agit bien de Max, en chair et en os, mais je ne sais plus si je peux lui faire confiance. De l'eau ruisselle le long de mes joues.

— Oh non, Zoe. Si j'avais su que cela te ferait si peur... Je n'ai pas réfléchi. Tu ne risques rien avec moi, je te le jure !

Encore sous le choc, je me remets péniblement debout et me rapproche de Max en gardant un œil prudent sur la porte. C'est lui, pas de doute, et pourtant...

— Ce que tu m'as montré, c'est complètement...

— Impossible ? complète Max, ravi de son effet. Je sais. Mais vrai.

Je m'écroule sur une chaise, je tends une main hésitante vers le visage de Max et, à peine remise de mes émotions, je lui demande d'une voix chevrotante :

— Refais-le. Pas la Chancelière, ce coup-ci.

La seconde suivante, une fille au teint pâle et aux longues boucles noir de jais, retenues par une barrette, se trouve assise devant moi. Je ne la reconnais pas tout de suite.

— Mais c'est moi !

Je surprends mon clone à afficher un sourire radieux et me penche alors vers elle ; la curiosité m'enhardit. Je constate que mes lèvres sont plus pleines que je le pensais, mes joues plus rondes. Et mon nez plus long, aussi, à mon grand mécontentement. Je poursuis mon inspection d'un œil critique. Max retrouve enfin son apparence, amusé par ma réaction. Je palpe mes joues et mon nez, presque sans réfléchir.

— Mais comment ? dis-je dans un souffle. Ce que mon esprit parvient à accomplir reste encore dans le domaine du possible, si l'on se fonde sur certaines théories relatives au transfert d'énergie. Mais là… ton corps change de forme pour de vrai ? Max, comment est-ce possible ? La quantité d'énergie nécessaire pour la reproduction cellulaire…

— J'ai l'impression que je projette un champ mental qui affecte tout le monde autour de moi.

— Mais tu lui ressemblais comme deux gouttes d'eau ! Comment arrives-tu à restituer cette profusion de détails ?

— Ce n'est pas une image que je projette – j'emprunte la forme de la personne ou de l'objet que toi, tu veux voir. Tu t'attends à rencontrer la Chancelière dans une situation donnée et *boum !*, la voilà. Quand je me regarde dans le miroir, en revanche, je suis toujours moi. Ce que les autres voient, c'est ce que je veux bien leur montrer. Je ne sais pas si je suis très clair…

— Merde alors…

— Merde ? s'étonne Max, les yeux comme des soucoupes. Qu'est-ce que ça veut dire ?

— Rien. Je me demande bien où j'ai pêché cette expression étrange. Donc, si je comprends bien, tu penses à la personne que tu veux montrer aux gens dans ta zone de projection ? Et ça arrive comme ça, en un claquement de doigts ? Tu ressens quelque chose ?

— Oui, une espèce de bourdonnement strident dans mes oreilles. Et ensuite, je fais appel à ma volonté. Au début, c'était pénible. J'ai dû me faire la main.

— Je n'arrive pas à le croire. Dis-moi, toi aussi tu fais des rêves ?

— Oui, moi aussi. Et tant mieux, c'est le bon côté de la situation.

— Tu trouves ça bien, toi ?

— Est-ce qu'on parle à nouveau de deux choses différentes ?

— Mes rêves sont terrifiants. Pas les tiens ?

— J'ai fait des rêves terrifiants deux ou trois fois, c'est vrai, mais la plupart du temps, c'est l'autre genre, répond Max, évasif, avec un large sourire.

— Quel autre genre ?

— Tu sais, les rêves agréables. Qui donnent du plaisir.

Le plaisir. Un mot qui revient souvent lorsque l'on mentionne la destruction de l'Ancien Monde.

— Je ne suis pas sûre de te comprendre. Le plaisir, c'est mal.

— Détrompe-toi ! proteste Max. Le plaisir est une émotion merveilleuse. Je t'assure. Ça m'étonne d'ailleurs que tu ne t'en sois pas rendu compte par toi-même. Je pensais que tous les glitchers l'auraient découvert au même rythme que moi. Alors laisse-toi faire. Je suis sûr que tu n'as aucune idée de ce que « relation sexuelle » veut dire.

— Quoi ?!

— Ça ne t'intrigue pas ? Je pourrais essayer de te montrer de quoi je parle exactement…

Max se rapproche, nos genoux se frôlent et il pose sur ma jambe une main fébrile que j'étudie, estomaquée.

— Tu sais que tu es magnifique ? chuchote-t-il.

Haletante, je sens sa main quitter ma jambe, s'aventurer dans mes cheveux, retirer la barrette qui retient ma queue de cheval. Mes boucles cascadent sur mes épaules et Max y plonge le nez pour se repaître de mon parfum. Troublée par son souffle chaud près de ma nuque, je respire désormais par à-coups. Il m'attire maintenant contre lui et laisse courir ses mains le long de mon dos.

— Il t'arrive de penser à moi ? demande-t-il soudain d'une voix rauque.

— Je ne sais pas trop…

Ses mains se font pressantes. Elles s'aventurent de plus en plus bas et me procurent une sensation troublante, à la fois agréable et gênante. Je sursaute sur ma chaise et me plaque vite contre le mur.

— Qu'y a-t-il, Zoe ?

— Tout… tout ceci est nouveau pour moi, trop rapide. Je ne veux plus qu'on se touche, Max !

— Oh… D'accord.

— Tu viens de me dire que tu bugges et que tu as des pouvoirs. C'est de ça dont je veux qu'on parle.

— Mais tu ne veux pas d'abord que je t'initie au plaisir ?

— Plus tard, peut-être.

— Plus tard, alors. Ça peut paraître un peu déroutant, au début, je te l'accorde.

Encore bouleversée, je laisse échapper un petit rire gêné qui résonne dans la chambre exiguë et plaque une main sur ma bouche, par réflexe. Imperturbable, Max affiche toujours un air hilare. Il me comprend. Je peux rire en sa présence. Je peux partager avec lui tout ce que j'ai ressenti jusqu'alors. Je lui retourne son sourire et il me demande :

— Montre-moi ce que toi, tu sais faire.

— Cela arrive toujours un peu par hasard. Je ne sais pas si je suis capable de provoquer mon don.

— Étrange. Moi, je suis capable de contrôler le mien.

— Très bien. Je vais essayer…

Ainsi encouragée, je pose mon regard sur l'oreiller placé au sommet de son lit. Un objet petit et léger. Ce devrait être un jeu d'enfant. Je le fixe avec intensité et lui ordonne mentalement de voler à travers la pièce.

Rien. Pas le moindre mouvement. Les bras tendus, je tente alors de canaliser mes pensées et mon énergie au bout de mes doigts, comme une extension de mon cerveau. Max gigote sur sa chaise – je le sens mal à l'aise – pendant que je m'acharne cinq bonnes minutes. Je finis par m'avouer vaincue, une fine pellicule de sueur sur mon front.

— Je glitche depuis plus longtemps que toi, tente d'expliquer Max. Je suis sûr qu'avec le temps, ça va devenir plus facile.

— J'espère.

Il se rassied sur son bureau et s'adosse au mur, déjà prêt à changer de sujet.

— Et la fois où tu as disparu ? Que s'est-il passé ? Où es-tu allée ? demande-t-il.

Confiante, je lui relate tout ce que je me rappelle, et c'est pour moi un véritable soulagement que de pouvoir enfin confier mon histoire à une personne qui n'est pas la Chancelière.

— Tu sais, Max, je ne me sens pas différente, mais je sais qu'un changement s'est produit en moi, dans mon organisme. Et je ne m'explique pas pourquoi ils n'ont pas retrouvé mes cartes-mémoire…

— Elles ont dû être retirées avant ton retour.

— Quoi ? Ils peuvent faire ça ? Retirer des cartes-mémoire ?

— Visiblement, ils ne s'en sont pas privés. Et ils ne se privent pas de faire bien pire. J'ai jeté un œil dans tes dossiers après ton retour, et ce que j'ai découvert te ferait dresser les cheveux sur la tête, Zoe. Ils font ce qui leur chante, en grand secret.

— Comment as-tu découvert cela ?

— Quand tu peux contrefaire la Chancelière, ou d'autres officiels, me confie Max, tu serais surprise par ce qui se révèle à toi. Ce que les gens t'avouent les yeux dans les yeux…

— Max ! C'est très dangereux ! Et si tu te faisais prendre ?

— Je reste prudent. Je ne me balade pas partout dans la peau de la Chancelière. D'ordinaire, j'essaie de me fondre dans le décor. De prendre l'apparence d'un type qui n'inspire aucune méfiance. Personne n'est au courant. À part toi.

— Alors, qu'as-tu découvert ? S'ils nous mentent, qu'essaient-ils de nous cacher ?

— Je n'ai levé qu'un pan du mystère. Mais c'est de la folie, Zoe.

Un courant électrique court le long de mes bras. Un nouveau trouble bouillonne en moi à présent et s'ajoute à la peur : la colère. Allons-nous abandonner tous ces gens qui ne connaîtront jamais les mêmes sensations, les mêmes émotions que nous ? La vie que les Supérieurs nous imposent, disciplinée, insipide, aseptisée, est-elle vraiment préférable à une désactivation pure et simple ?

Et si… Une idée s'enflamme soudain en moi à la façon d'une allumette. Et si, en glanant un maximum d'informations, nous trouvions un moyen de sauver les autres, de libérer le peuple de la dictature du Lien ?

— Max, il faut qu'on lève le voile sur tous ces mystères. Pense à ces étudiants qui vont à l'Académie avec nous et qui ignorent tout de la vraie vie. Ce que les officiels nous font, c'est un crime !

— Ouvre les yeux, Zoe, nous ne pouvons pas changer le monde. La Communauté est une structure trop imposante. Je laisse traîner un peu partout mes oreilles depuis pas mal de temps et je t'assure que nous n'avons aucune chance contre un gouvernement aussi puissant.

— Dans ce cas, pourquoi prends-tu tous ces risques ? Je vais te dire, moi. Parce que tu veux savoir, tu veux la vérité. Moi aussi, je veux la vérité. Et je ne suis certainement pas la seule. Mais la vérité ne suffit pas. Il faut passer à l'action. Si les Supérieurs et les officiels verrouillent l'information, c'est qu'ils se doutent qu'ils perdront leur emprise sur nous à la seconde où la vérité éclatera.

— Tout ce qu'il nous suffit de faire, Zoe, c'est de découvrir les rouages du système et de lui échapper aussi longtemps que possible. Ce qui t'est arrivé à la Surface est une raison supplémentaire pour te mettre à l'abri. Mais on peut trouver un moyen d'être heureux. Ensemble. Loin du danger.

— Heureux ?

— Mais oui, voyons. Grâce à nos pouvoirs. C'est un don du destin qu'il ne faut pas laisser en friche. Il faut en profiter. Nous sommes exceptionnels, toi et moi. Différents.

— Et si d'autres étaient dans le même cas que nous ? Nous pourrions alors unir nos forces, peut-être même changer les choses.

— Zoe, tu ne peux pas… attends, j'ai entendu la porte. Mes parents viennent de rentrer. On en reparlera plus tard. J'ai planifié une autre séance de tutorat dans deux jours.

Max m'aide à me remettre debout et je me cramponne à son bras, épouvantée désormais par la perspective de le quitter, de me replonger dans un quotidien qui nie ma véritable personnalité. Un monde dans lequel mes secrets risquent à tout moment d'être dévoilés, de m'envoyer à une désactivation certaine. Un monde où je suis condamnée à côtoyer des hommes et des femmes qui ignorent tout de leur misérable condition d'esclaves.

Max s'apprête à ouvrir la porte de sa cellule-sommeil, puis se ravise et me serre fébrilement dans ses bras. Je laisse retomber ma tête sur son torse, surprise par le plaisir que je puise dans ce rapprochement. Il disait donc vrai : le contact physique est source de plaisir. Contre son torse, je me sens en sécurité. Nous restons ainsi, blottis l'un contre l'autre, un long moment, avant que ne résonne dans le couloir le bruit de talons frappant le sol. Max me relâche, je me recoiffe précipitamment, il fait coulisser la porte sur son rail et nous nous trouvons nez à nez avec sa mère.

— Salutations, Mère. Je te présente Zoel.

— Salutations, Maximin. Salutations, Zoel. Votre session de travail a-t-elle été productive ?

— Très, répond Max d'une voix impassible, avant de se tourner vers moi. Nous nous revoyons donc dans deux jours pour une mise à jour ?

La mère de Max poursuit sa route, le visage impénétrable, et il m'adresse un clin d'œil à la dérobée. Je récupère la housse qui protège ma tablette et quitte l'unité-logement sans me faire prier. Les secrets ne tardent pas à me tomber dessus les uns après les autres, en cascade, et je suis partagée entre l'exaltation et la terreur. Max va m'aider à supporter ce lourd fardeau, et ce soutien est déjà inespéré. La sérénité que j'ai éprouvée en m'abandonnant à son étreinte me suit longtemps après que j'ai éteint la lampe de ma chambre. Je ne suis plus seule.

Le lendemain, à l'Académie, je demeure très attentive à la présence de Max. Je passe mon temps à l'observer le plus discrètement possible, dans le couloir, dans la salle de cours, au réfectoire. Pas une seule fois, son attitude ne trahit ses déviances comportementales. J'espère qu'il acceptera de me donner des astuces. Il m'a expliqué qu'il est complètement affranchi du Lien depuis quelques jours mais, d'après ce que je vois, il le dissimule à la perfection.

Au cours du déjeuner, nous retrouvons notre petit rituel. Je me demande à présent si Max a vraiment besoin d'un tuteur. Il se contente de m'admirer, au lieu d'étudier textes et les schémas. Et j'ai aussi remarqué qu'il me touche aussi souvent que le permettent les circonstances. Il pose sa main sur la mienne, l'air de rien, ou il colle ses jambes contre les miennes sous la table.

— Tu me permets d'essayer quelque chose ? m'interroge-t-il deux jours plus tard, lors de notre deuxième séance de tutorat à domicile.

Il a fermé la porte de sa chambre alors que ses parents ne sont pas annoncés avant une bonne heure.

— Quoi ?

— J'aimerais toucher ta bouche avec ma bouche.

— Pour quoi faire ?

— Parce que je pense que ça va être très agréable. Pour nous deux. Dis-moi stop si ça ne te plaît pas.

— D'accord…

Max m'enlace alors brutalement et plaque ses lèvres sur les miennes, sans délicatesse, avec une maladresse qui douche mon peu d'enthousiasme. Je me tiens raide comme une planche, les yeux grands ouverts, et j'essaie de décrypter les sensations qui me traversent. J'envisage un instant de m'éloigner, mais je n'ose pas, de peur de lui gâcher son plaisir. Max suçote ma lèvre supérieure quelques secondes. Bizarre, non ? Au bout d'un moment, j'ai l'impression de manquer d'air. Je me détache de lui et je reprends haleine.

— Tu l'as senti, toi aussi ? bafouille-t-il, les lèvres luisantes de salive et la figure écarlate.

— Euh… peut-être.

Il m'offre alors un sourire XXL. Son visage s'illumine et je remarque soudain qu'il est très bien formé. Avec sa mâchoire puissante, il exsude la virilité par tous les pores. D'une main hésitante, je caresse ses cheveux blonds coupés à ras, il ferme les yeux et laisse échapper un gémissement.

— Tu m'obsèdes, Zoe. Ta bouche. Ton corps. Tes jambes…

Il m'attrape soudain par les hanches et blottit son visage au creux de mon épaule. Je me détache de lui avec un petit rire cristallin.

— Il y a tellement de choses à dire, Max… et le temps presse !

— Rien ne m'intéresse à part toi, soupire-t-il. Je t'ai enfin ici, près de moi, et je ne veux pas m'arrêter là. Je rêve de cet instant depuis des mois.

— Plus tard, s'il te plaît.

— Je ne veux pas te brusquer. Ne pas précipiter les choses, oui, ne pas précipiter les choses, grommelle-t-il.

— Excuse-moi, Max. Je ne me rendais pas compte que ce serait si dur pour toi.

— Ne t'en fais pas. J'étais loin de me douter que tout serait si nouveau pour toi. On peut apprendre ensemble.

— En effet. Dis-moi, ton pouls semble s'être accéléré. Comment expliques-tu que l'alarme de ton moniteur cardiaque reste muette ?

— Je l'ai neutralisée. J'ai enregistré les battements de mon cœur pendant une période d'activité normale et je passe l'enregistrement en boucle. Je peux neutraliser le tien, si tu veux, mais j'aurais besoin d'emprunter du matériel.

— Quand tu dis emprunter... ils ne vont pas remarquer qu'il manque quelque chose ?

— Je remettrais tout en place le jour suivant. J'irai le chercher demain.

— Je vais y réfléchir. Ne fais rien avant que je te donne mon feu vert. Hors de question que tu prennes des risques inconsidérés pour moi.

— La semaine prochaine, alors ?

— Parlons d'autre chose. J'ai beaucoup réfléchi à ce que tu m'as dit la dernière fois. Il y a forcément d'autres glitchers. À l'Académie, dans le métro, dans le Corridor. Il faut les localiser, les aider comme tu m'as aidée. Savoir que je ne suis pas seule a changé ma vie.

— Mais Zoe, je suis très bien comme ça, avec toi. S'il n'y a que deux personnes dans la confidence, le secret sera mieux gardé. La discrétion est essentielle. Plus tu impliques de gens, plus les risques de nous faire repérer, de commettre une erreur, augmentent...

— Max, s'il y a des jeunes dans la même situation que nous, imagine leur peur. La solitude, c'est ce qu'il y a de pire. Toi-même, tu le sais. Moi, j'avais si peur que j'ai envisagé de me livrer aux Régulateurs mais… attends !

— Quoi ? Que se passe-t-il ?

— Je crois que quelque chose me revient en mémoire… On m'a repérée. Ils ont découvert mon secret. Il y avait quelqu'un avec moi… Un garçon !

Les yeux fermés, je m'accroche aux lambeaux de mon souvenir qui s'effiloche déjà et je tente de préciser les contours de l'image vague qui s'imprime sur mon esprit.

— Adrien ! La Sentinelle s'appelle Adrien. Il était là !

— Il a dû te dénoncer, gronde Max.

— Il était là quand je me suis fait arrêter, ou peut-être qu'il collaborait avec les officiels.

— Comment peux-tu te rappeler quoi que ce soit puisqu'ils t'ont retiré tes cartes-mémoire ? s'étonne Max.

— Je… je n'en sais rien. Ce devrait être impossible. À moins que…

— À moins que quoi ?

— Eh bien… supposons que la mémoire ne soit pas stockée en un seul endroit ? Et si elle résidait dans d'autres zones de notre cerveau ? Un peu comme nos pouvoirs ?

— Zoe, quoi qu'il en soit, tu dois rester à bonne distance de cet Adrien. S'il est connecté au Lien, il est dangereux. Ces gens-là, les Supérieurs, sont capables du pire. Tu leur as peut-être servi de cobaye, ils ont préféré effacer ta mémoire et même injecter de faux souvenirs dans ton cerveau. Cet Adrien doit être une Sentinelle, comme tu le soupçonnes. Mais il y a pire que les Sentinelles…

— Alors, nous aussi gardons l'œil sur les étudiants, pour identifier les autres glitchers.

— Zoe…

— Très bien, je vais les surveiller toute seule. Je sais que tu ne veux que mon bien. Je vais être prudente. Toi aussi, pas d'imprudences. Promis ?

— Promis, répond Max en posant sur moi un regard admiratif. Tu es si belle.

— Toi aussi, tu es très bien… formé.

— Une fois qu'on aura réglé le problème de ton moniteur cardiaque, tu pourras te détendre et éprouver les mêmes sensations que moi.

— Peut-être.

Quelques jours plus tard, Max et moi occupons nos places habituelles au réfectoire, au bout de la table A3. J'allume mon projecteur afin de parcourir les notes de la matinée quand je vois Max blêmir. La panique me saisit.

— Que se passe-t-il ?

Je retrouve ma contenance juste à temps. J'espère que personne ne m'a surprise.

— Zoe, chuchote-t-il, ils viennent de te convoquer via le Lien. Tu dois te présenter au Centre d'Examen du niveau – 2 séance tenante.

Mes yeux s'écarquillent, ma gorge s'assèche. Je me doutais que, tôt ou tard, la Chancelière finirait par m'imposer une énième batterie de tests mais je pensais qu'elle me laisserait plus de temps. J'espérais surtout être connectée au Lien le jour où cela se produirait. L'ennui, c'est que je glitche à chaque instant. Il y a une chance sur mille pour que je me reconnecte avant d'atteindre la salle d'examen.

C'est donc aujourd'hui. Aujourd'hui que les diagnostics vont révéler au grand jour mes anomalies.

L'estomac noué, je quitte ma chaise et je range ma tablette. Je n'ose plus regarder Max, de peur de perdre mon sang-froid.

Je sors du réfectoire d'une démarche égale. Seules quelques personnes lèvent la tête sur mon passage. J'enfile le couloir étroit, désert à cette heure (tout le monde déjeune), en pilotage automatique et me dirige vers l'ascenseur.

La perspective de me plier de mon plein gré à une procédure qui se conclura par la destruction de ma nouvelle vie, de ma nouvelle personnalité, me remplit d'une tristesse infinie. Quelle bêtise d'avoir cru que la fuite était possible.

Et Max… S'ils lisent mes cartes-mémoire, ils découvriront son existence. Et ses secrets. Tout cela par ma faute !

Ma décision est prise. Je dois fuir. Je tourne les talons et m'éloigne d'un pas résolu de l'ascenseur. Un plan prend vaguement forme dans mon esprit lorsque je bifurque dans un couloir annexe. Je dois tenter ma chance, coûte que coûte, et me perdre dans le dédale de Cité-Centrale. Même si cela me condamne à la désactivation.

À l'instant où je m'apprête à franchir le seuil de l'Académie et à m'enfoncer dans le corridor qui mène au métro, j'entends derrière moi un bruit de pas précipités. Je n'ai pas le temps de me retourner : une clé USB est insérée sans ménagement dans le port d'accès de ma nuque. Un seul mot arrive alors à se frayer un passage à travers ma gorge alors que je succombe à l'emprise de la clef :

— Toi ?!

12.

— Navré de t'imposer ça, mais on n'a pas beaucoup de temps. Si tu t'étais mise à crier, ou si l'alarme de ton moniteur cardiaque s'était déclenchée, on nous serait aussitôt tombé dessus. Je ne peux pas prendre ce risque.

Muselée par la clé USB, je contemple Adrien, la Sentinelle. Il m'a transformée en statue.

— Écoute, Zoe, je télécharge un nouveau programme qui va te reconnecter au Lien. Ce programme t'aidera à contrôler tes glitchs, pour que tu puisses te retrouver sous la dépendance du Lien quand tu le souhaites. Il te suffira de chuchoter le code d'accès : Lien Beta Dix Gamma.

Le garçon parle si vite que j'ai du mal à le suivre. Lorsqu'il soulève avec délicatesse ma queue de cheval, je suis soudain parcourue d'une vibration incompréhensible.

— Lien Beta Dix Gamma. Compris ? Le programme fonctionne par reconnaissance vocale : il s'enclenche la première fois que tu prononces le code. Tu peux ensuite passer les tests sans problème, les machines ne détecteront aucune anomalie. Une fois l'examen bouclé, répète le code, tu te déconnecteras à nouveau. D'ordinaire les cartes-mémoire ne sont pas scannées pendant ces examens-là, alors croisons les doigts.

Des questions s'entrechoquent par dizaines sous mon crâne mais ma bouche refuse de s'ouvrir, mes cordes vocales restent bloquées. Cet Adrien, je l'ai déjà vu dans mon rêve… je sens que cela va me tracasser longtemps…

— Je ne sais pas ce qui se passe dans ta tête en ce moment, Zoe, ajoute-t-il dans un souffle, mais je t'en supplie…

Il plonge ses incroyables yeux aigue-marine dans les miens, comme s'il attendait un signe de ma part, un geste, une promesse. J'ignore quel message cette supplication muette veut me transmettre. Adrien recule alors d'un pas, ses traits se durcissent et son regard se vide de toute expression, afin de mieux se fondre dans la masse des Académiciens abrutis par le Lien.

— Retourne au centre d'examen, Zoe. Tout va bien se passer. Et attention à ces fichues caméras, d'accord ?

Du bout des doigts, il caresse ma nuque et retire la clé USB d'un coup sec. Recouvrant aussitôt l'usage de mes membres, je vacille et m'appuie au mur. Le temps de retrouver mon équilibre, Adrien s'est volatilisé.

Je reste immobile un long moment, hésitant entre deux options : le rattraper dans le couloir ou repartir vers la station de métro ? Je sais qu'une tentative d'évasion est vouée à l'échec. Avec une fin rapide, radicale et sanglante ? Et si je faisais confiance, ne serait-ce que temporairement, à ce garçon, même si je le soupçonne d'être une Sentinelle ? Je chuchote :

— Lien Beta Dix Gamma.

Le Lien m'absorbe immédiatement. Les trois timbres si familiers résonnent à mes oreilles et j'attends qu'ils se taisent avant de m'engager dans le couloir. Tout autour de moi, les couleurs cèdent la place à un gris uniforme. *Le Lien est paix. Dans l'Ancien Monde…* Prenant une profonde inspiration, je regagne l'ascenseur.

Avant d'accéder au Centre d'Examen, je passe devant le bureau de la Chancelière Bright.

— Sujet Zoel.

— Oui ?

— Peux-tu m'expliquer pourquoi tu te présentes en retard à ton rendez-vous ? Nous t'avons appelée il y a plus d'un quart d'heure.

— J'ai d'abord dû me rendre au carré-hygiène, Chancelière.

Incroyable. Je suis connectée au Lien, mais j'ai accès en même temps à mes pensées les plus personnelles. Mes secrets sont donc bien gardés.

Elle m'étudie d'un regard réprobateur mais je reste stoïque malgré la peur qui ronge ma poitrine. Il y a chez la Chancelière, au-delà de la détermination qu'elle met à vouloir me briser, un aspect terrifiant, sinistre. Je noie mon anxiété sous des pensées lénifiantes.

Ne résiste pas au Lien. Immerge-toi dans ce gris uniforme…

— Puis-je repartir, Chancelière ?

— Oui, concède-t-elle en se souciant soudain de la tablette placée sur son bureau.

Je reprends ma route, ensevelie dans le brouillard du Lien. Le Centre d'Examen se trouve au fond du couloir, à droite. Des cloisons grises fractionnent la salle en un dédale de boxes exigus. Le couloir qui longe le côté gauche mesure exactement vingt pas de long, d'après les indications du cadran rétinien. Des portes mènent aux blocs chirurgicaux où sont effectuées les mises à jour et les procédures plus lourdes.

Une petite femme aux cheveux cendrés assise à un bureau installé près de la porte principale tapote l'écran de sa tablette.

— Sujet Zoel Q-24. Je réponds à votre convocation.

— Salle B 11.

Six pas vers l'avant, virage à gauche, me voici arrivée au box B-11. Je prends place sur la table d'examen, un meuble intimidant équipé d'un appuie-tête. Les sujets examinés s'étendent sur le ventre afin de faciliter l'accès à leur port USB et à leurs cartes-mémoire. Le matériel est disposé sur d'immenses bras télescopiques vissés au mur, toujours à portée de main, quelle que soit la position du personnel soignant. Au bout de chaque bras, un instrument différent : lampe ultra-puissante, écran 3D, module externe, câble de neuroprogrammation, divers appareils de mesure. Une araignée géante enchâssée dans le béton, avec ses pattes désarticulées qui cherchent à agripper tout ce qui passe à leur portée, voilà ce que ce spectacle m'évoque. À la pensée que ces instruments métalliques et froids seront insérés de force dans mon organisme, j'ai la chair de poule. Il faut que je laisse le Lien émousser mes sensations, autrement mon angoisse va fissurer mon masque déjà fragile.

J'essaie de m'appuyer sur la logique, sur les leçons tirées de ma propre expérience. Je me suis pliée à chaque test à trois reprises depuis mon retour, je suis familiarisée avec ces procédures depuis l'enfance. C'est depuis que je glitche que je trouve toutes ces pratiques perturbantes…

Le technicien qui suit mon dossier fait son entrée et tire le rideau derrière lui, créant un semblant d'intimité.

Spontanément, je m'installe sur la table d'examen, côté face, et j'insère mon visage dans l'appuie-tête. Le technicien s'assied sur un tabouret à roulettes, puis il me parle à l'oreille.

— Zoe, c'est moi. Max. Je suis venu te sauver, déclare-t-il. Je vais faire semblant d'utiliser ce matos avant d'intégrer des données falsifiées dans la base.

— Ce ne sera pas nécessaire, je suis sous l'influence du Lien. Je t'expliquerai plus tard.

La consternation se peint sur les traits du faux technicien.

Il insère le câble dans ma nuque, puis dispose les trois écrans 3D tout autour de ma tête. Je regarde ses pieds exécuter une chorégraphie : il s'affaire autour de la table d'examen, puis se poste devant l'écran de diagnostic.

Le rideau s'écarte à nouveau et je lève la tête, en me cognant contre le matériel.

La Chancelière Bright me rend une petite visite, avec son profil de faucon prêt à s'abattre sur sa proie. Aussitôt je me sens perdre tous mes moyens.

— Comment se porte notre sujet, Dr Campbell ?

— À merveille, répond Max, qui maîtrise son rôle sur le bout des doigts. Comme vous pouvez le constater, aucune anomalie, ajoute-t-il, l'index pointé sur la reproduction en relief de mon cerveau.

— Oui, tout semble normal, grogne la Chancelière, manifestement déçue.

Elle s'empare d'un instrument qui racle le plateau métallique.

— Vérifions ensemble le fonctionnement des nocicepteurs.

Je sens une pointe métallique me frôler le cou, juste sous l'oreille. D'un mouvement vif, la Chancelière l'enfonce et une douleur indescriptible s'empare de moi. Je pousse un hurlement et mon corps se tord sur la table d'examen.

Sous mon crâne résonne alors un bourdonnement familier et j'envoie s'écraser un plateau contre le mur, par la seule force de ma pensée. Le fracas métallique des instruments qui tombent par terre coïncide avec le déclenchement de mon alarme cardiaque. La Chancelière ôte la sonde et se retourne vivement pour observer les dégâts.

— Toutes mes excuses, j'ai sursauté quand le sujet a poussé son cri, explique Max. Du coup, j'ai fait basculer le plateau.

Seul le silence lui répond. J'imagine sans peine la Chancelière l'examinant de son regard perçant. Qu'ai-je fait ?

Je ravale ma terreur, dans l'espoir que les battements de mon cœur ralentissent. Une goutte d'eau s'échappe de mon œil (mais quel est donc cet étrange phénomène ?) et s'aplatit par terre. En catimini, je suis les gestes de Max qui ramasse méthodiquement les instruments éparpillés au sol.

La Chancelière ne prononce toujours pas un mot, n'esquisse pas le moindre geste. Difficile de deviner ce qu'elle pense.

— Réaction adéquate, conclut-elle d'une voix énigmatique. Assurez-vous de lui faire subir tous les examens. Je ne veux rien rater chez celle-là.

— Bien entendu, Chancelière, répond le technicien.

Max a joué son rôle à la perfection. Je dois lui tirer mon chapeau. Il n'a même pas tressailli lorsque j'ai crié. Je me demande si cela fait partie intégrante de son don, s'il est totalement crédible dès lors qu'il se fond dans la peau d'un autre, ou s'il est un menteur hors pair.

La Chancelière quitte le box et le bruit de ses pas s'atténue dans le couloir. Max reprend l'auscultation sans mot dire et griffonne quelques notes sur la tablette du technicien. Il maîtrise vraiment la procédure sur le bout des doigts, ce qui m'étonne. Où l'a-t-il apprise ? Je réalise alors que Max demeure pour moi un quasi-étranger.

L'examen arrive très vite à son terme et je sens les mains rêches du faux technicien s'attarder sur mon cou lorsqu'il ôte le câble du port USB.

— Demain soir, chuchote-t-il.

Le message est clair. Je sais qu'il a des questions à me poser, j'en ai aussi de mon côté. Et, surtout, il faut que je lui parle d'Adrien, ce garçon énigmatique qui provoque ma suspicion et, je dois bien l'avouer, mon enthousiasme.

Je passe une nuit blanche car de multiples interrogations m'empêchent de fermer l'œil jusqu'au petit matin. Sans l'intervention de Max, la solution d'Adrien aurait-elle été capable de duper l'équipement ultra-sophistiqué de la Communauté ? Et pourquoi ne pas me livrer directement aux autorités ?

Cela n'a plus aucune importance, en définitive, puisque Max a volé à mon secours. En tant que Sentinelle, Adrien a-t-il voulu gagner ma confiance en me tendant une main qu'il aurait fini par retirer ? Je me remémore l'inertie qui a engourdi mes membres lorsque Adrien a glissé son module dans mon port USB. Une raison suffisante pour l'éviter à partir d'aujourd'hui.

J'essaie de me laisser bercer par la marche monotone des sujets qui partent travailler de bon matin. Trop de questions, pas assez de réponses, cela peut mener une personne à la folie. Je dois donc concentrer toute ma puissance mentale sur la recherche de solutions. Sur la résolution de certains problèmes. En les traitant les uns après les autres. Méthodique. Disciplinée.

Dans la rame, je m'agrippe à la barre, près d'un hublot au verre teinté. Les portes se referment avec leur sifflement habituel, je promène mon regard dans le véhicule qui baigne dans un dégradé de gris, sur ces travailleurs proprets et soumis, droits comme des *i*, hypnotisés pour la plupart par le Bulletin matinal.

Quelques Régulateurs montent à la station suivante, leur uniforme bleu tranchant avec la morosité ambiante. Pourvu que mon moniteur cardiaque ne leur révèle pas mon stress. La chance était de mon côté jusqu'ici ; me protégera-t-elle aujourd'hui ? Pas sûr. Le regard au sol, je me détourne, à peine, afin de leur cacher mon visage. Ils sont jeunes, trop jeunes pour des Régulateurs de carrière. Sûrement des stagiaires qui se rendent à l'Académie, tout comme moi.

Mon cœur s'apaise peu à peu et j'étudie le visage de chaque voyageur tout en restant, en apparence, apathique. L'un d'eux est-il un glitcher ? Détient-il ce secret qui nous a réunis, Max et moi ?

Je me ménage des pauses, afin de ne pas éveiller les soupçons, et je me sers de la vitre teintée comme d'un miroir afin d'observer les sujets à ma guise. Mais mon enquête ne mène à rien : personne n'a l'air d'être dans le même cas que moi.

À l'instant où je décide de stopper mon petit examen, mon regard tombe sur un usager dont le comportement me paraît anormal, même de dos. Je ne saurais dire pourquoi il attire mon œil. Il se tient droit, certes, mais il ne semble pas aussi engourdi que les autres. Je remarque dans l'angle de ses épaules un certain dynamisme. À ce moment, comme aimanté par mon regard, il se retourne. Et mon souffle se bloque dans ma gorge.

Adrien. À mon corps défendant, une vague de chaleur m'envahit. Je ne conçois pas ce qui m'arrive. Ses yeux aigue-marine rencontrent les miens dans le hublot qui reflète son image.

À peine nos regards se sont-ils croisés qu'Adrien se raidit et je vois qu'il se cramponne de toutes ses forces à la barre qui lui sert de point d'équilibre. Ses yeux se couvrent alors d'un voile opaque. Au bout de quelques secondes, il cligne des paupières et semble retrouver ses repères, en dodelinant de la tête au rythme de la rame. Je me demande si j'ai le même comportement quand je glitche.

J'ose l'observer à nouveau, mais son attitude, parfaitement étudiée, est différente à présent. Son attention est désormais fixée sur le groupe de Régulateurs. Il force un pas vers moi et se fraye un chemin parmi la foule compacte, se cramponne à une barre pour éviter de perdre l'équilibre lorsque la rame négocie un virage particulièrement serré.

Mais que fait-il ? Il présente un comportement déviant sous le nez des Régulateurs ! Pire encore, en se rapprochant, il risque d'attirer leur attention sur moi !

Mon moniteur cardiaque se met à vibrer. Je ferme aussitôt les yeux, espérant tenir ainsi mon angoisse en bride. L'alarme ne peut pas se déclencher, pas maintenant, alors que je suis prise au piège dans cet espace confiné, en présence de tous ces témoins, et des Régulateurs.

C'est alors qu'une échauffourée éclate à l'autre bout de la rame, une détonation métallique qui se répercute dans le véhicule. Je lève les yeux, distraite. L'un des Régulateurs titube, la tête entre les mains. Il s'est cogné le front – protégé par une plaque d'acier, ce qui explique ce bruit assourdissant – contre la paroi du wagon, une fois, puis deux.

— Régulateur Anderson, articule l'un de ses coéquipiers en essayant de le remettre d'aplomb.

Le Régulateur répondant au nom d'Anderson écarte l'autre d'un mouvement violent. Leurs bras bioniques s'entrechoquent dans un fracas si puissant que je tressaille. Plusieurs voyageurs allument leur interface sous-cutanée, afin de signaler cet incident aux autorités compétentes. Le soulagement que j'éprouve tout d'abord est remplacé par une honte absolue. Je ne risque rien, certes, mais que va-t-il advenir de ce pauvre Régulateur ?

Le Régulateur laisse échapper un cri strident lorsque ses trois collègues tentent de le maîtriser. Ils l'encerclent, et cela ne fait qu'empirer une situation déjà délicate. Le Régulateur commence à se débattre et, d'un coup bien appliqué, envoie l'un des gardes valser à travers la rame. Ce dernier renverse plusieurs personnes dans sa chute avant d'être arrêté par l'une des barres du wagon. La barre se brise en deux et fauche une femme en la frappant en pleine poitrine.

Les événements s'enchaînent alors à une vitesse folle. Plaquée contre la paroi de la rame, je vois les deux Régulateurs encore debout se colleter avec Anderson dans l'objectif de le maîtriser. Je me rends soudain compte que c'est Adrien qui m'a poussée dans ce petit coin, un peu à l'écart de la foule : faisant barrage de son corps, il me protège du mieux possible. Il chuchote d'une voix urgente :

— Reste ici. Un Régulateur qui glitche, ce n'est pas joli-joli.

De l'autre côté de la rame, Anderson lâche un hurlement de bête sauvage. Entre le tumulte de la bagarre et les alarmes des moniteurs cardiaques d'une dizaine de personnes qui réagissent à la douleur, j'ai l'impression que mes tympans vont exploser. Mon champ de vision réduit par l'épaule d'Adrien, je devine que deux Régulateurs ont cloué Anderson contre une vitre. Il se cabre toujours, le visage cramoisi, un filet de salive dégoulinant sur sa mâchoire en métal. À travers une déchirure de son uniforme, je distingue d'autres implants greffés sur sa peau.

— Désactivation immédiate, Régulateur Anderson, ordonne un collègue. Je répète, désactivation immédiate.

Comptent-ils le tuer ? Est-il équipé d'un programme interne capable de le tuer sur simple commande ? Malgré le chaos qui règne dans la rame, un bourdonnement strident parasite mes oreilles.

— Arrête ! me murmure Adrien lorsque le bras de l'un des gardes qui immobilisent Anderson est déplacé par une force invisible. Une force qui vient de moi. Anderson en profite pour se libérer de la poigne de son collègue.

— Je... je ne l'ai pas fait exprès, je t'assure !

Un panneau est soudain arraché à la paroi de la rame, créant un assourdissant appel d'air. Les néons clignotent et j'embrasse la scène du regard dans une dernière éclaboussure de lumière avant qu'elle ne soit avalée par une obscurité totale. La femme renversée par le Régulateur blessé est empalée sur une colonne de métal tordu, le torse coupé en deux...

Anderson n'a pas dit son dernier mot. Sa jambe est prise dans l'entrelacs métallique du plancher et la rame tout entière vacille sur les rails à chaque torsion qu'il imprime à sa cuirasse pesante, dans l'espoir de se dégager.

Des corps sans visage chavirent, me percutent de toutes parts, m'assaillent. Criant à pleins poumons, je les repousse. Et c'est mon pouvoir qui les chasse loin de moi, avec une violence incontrôlable. Je n'arrive pas à voir si je les ai blessés, et je ne sais pas non plus si les Régulateurs essaient de restaurer l'ordre. Où est Adrien, d'ailleurs ? Un homme à la silhouette massive me percute lorsque la rame fait une embardée et je m'écroule par terre. Je parviens à mettre mon pouvoir en sourdine juste à temps ; il l'a échappé belle.

Le wagon éventré racle le béton à un point particulièrement resserré du tunnel et les étincelles illuminent une scène de désastre. Une femme aux cheveux bruns s'aventure vers l'ouverture béante. Elle trébuche contre la jambe d'Anderson et bascule dans les ténèbres.

— NON !

Trop tard. Mon cri se noie dans le mugissement du vent.

La peur et la colère que j'ai bien du mal à contenir semblent jaillir de mon organisme en un jet surpuissant. Un flot d'énergie pure explose devant mes yeux. En l'espace d'un battement de cœur, mon pouvoir a expédié le Régulateur Anderson dans les tréfonds du tunnel.

Je n'ai pas le temps de saisir la portée de mon geste car le wagon tangue aussitôt et se couche sur le côté. Les voyageurs basculent comme un seul homme et m'entraînent dans leur élan.

Je me cogne la tête contre une barre, d'autres personnes tombent et s'entassent sur moi, m'empêchant de respirer. J'arrive enfin à me dégager de cette masse grouillante et je constate que la rame tout entière s'est renversée, comme désolidarisée des rails. En tombant, le Régulateur a dû faire dérailler le train.

Quelqu'un m'attrape soudain par la main. Adrien. Il a l'air paniqué.

— Zoe ! On va perdre la locomotive et percuter les autres wagons !

C'est moi qui ai expédié le corps du Régulateur sous le train. Il faut que je répare le crime atroce que j'ai commis. En une milliseconde, je sens mon cerveau se fendre en deux, je me projette dans l'espace et mon esprit englobe les neuf voitures de la rame. La catastrophe s'est produite dans l'avant-dernier wagon, qui aimante les autres et menace de faire dérailler la rame tout entière. Adrien a raison : les wagons vont s'encastrer les uns dans les autres, à la façon des soufflets d'un accordéon. Si nous n'agissons pas au plus vite, nous courons à la catastrophe. Les poumons dilatés, je visualise un énorme contrepoids qui replace le véhicule sur la voie, et je le pousse de toutes mes forces.

Une gerbe d'étincelles fuse lorsque le wagon se redresse. Un voyageur est propulsé à l'extérieur mais je le rattrape de justesse, sans m'embarrasser de douceur. Le métro ralentit, les néons se rallument et donnent à voir un véritable carnage. Les Régulateurs, alourdis par leur attirail de cyborgs, ont écrasé de très nombreux sujets. Les alarmes de tous les moniteurs cardiaques hurlent en chœur, et la mienne n'est pas en reste.

Je palpe mon front douloureux tout en contemplant cette scène de désolation et un spasme me vide l'estomac. En m'essuyant la bouche, je remarque que la main qui a touché mon front est rouge de sang, un sang rouge vif qui tranche avec le gris de ma manche. Avant de perdre connaissance, j'ai juste le temps de chuchoter :

— Lien Beta Dix Gamma.

13.

Je reprends mes esprits le lendemain, dans un centre médical qui m'est inconnu, le mantra de la PDP diffusé à plein volume sous mon crâne. *La Communauté d'abord, la Communauté toujours.* Le Credo tourne en boucle. *Le Lien, c'est la paix. Nous sommes la Sublime Lignée car nous chérissons avant toute chose la discipline, la logique et la paix. Discipline, logique, paix. La Communauté d'abord, la Communauté toujours.*

Ces paroles censées apporter le repos ne font qu'exacerber ma migraine. J'étudie la petite cabine où règne un froid glacial, abrutie par le carillon qui annonce le Bulletin, et cette voix mécanique, inhumaine, qui déroule cette rengaine sonnant comme une déclaration de guerre.

Emmaillotée dans une couverture chauffante qui s'apparente à un cocon, je remue frénétiquement.

Le Lien déverse toujours ses inepties, la couverture me cloue au lit et je me sens prise au piège. Si je me mettais à hurler, ma voix pourrait peut-être couvrir le fil du Lien. Mon cerveau est trop petit pour nous contenir, lui et moi !

C'est alors que je me souviens du mot de passe qui m'affranchira de cette servitude mentale et je chuchote d'une voix éraillée :

— Lien Beta Dix…

Un médecin choisit ce moment-là, forcément, pour soulever le rideau et pénétrer à l'intérieur de la cabine. Dans un sursaut de surprise, je sens un câble fixé à mon port USB se raidir et entraver mes mouvements. Je suis branchée à des appareils de mesure ! Et il s'en est fallu de peu que je prononce le code que m'a confié Adrien. Cette anomalie aurait aussitôt été transmise aux Systèmes Centraux et je me serais trahie moi-même. Quelle imbécile je fais ! Et qui sait ce qu'ont pu dévoiler ces machines impitoyables pendant que je gisais, inconsciente, sur ce lit ?

Grand et mince, le médecin porte l'uniforme de sa profession, une tenue rouge passé, ton sur ton avec le sang de ses patients. Sans m'adresser la moindre parole, il saisit la tablette posée au pied du lit et en effleure l'écran quelques secondes durant, des secondes qui me paraissent interminables.

Je me racle la gorge.

— Votre diagnostic ?

— Légère commotion cérébrale, huit lacérations profondes, contusions internes, répond-il sans se départir de sa froideur. Le système interne n'a subi aucun dommage. Nous avons appliqué un gel accélérant la reproduction cellulaire sur les plaies. La cicatrisation s'effectue à un rythme satisfaisant. Néanmoins, après analyse de vos paramètres vitaux, je constate que vous présentez un comportement déviant.

Je ravale ma bile. Sans ménagement, le praticien rejette ma couverture chauffante et ses doigts glacés palpent le disque en aluminium ultraléger encastré dans ma poitrine – mon moniteur cardiaque. J'ai la chair de poule, les mâchoires serrées et l'estomac tordu par l'effroi. Le médecin retire le capot de cette prothèse avant de tirer de sa ceinture un outil qui m'évoque une petite cravache. De l'extrémité de cet instrument, il frôle l'un des circuits intégrés de mon moniteur. Un spasme involontaire soulève mon corps. Est-ce là une réaction normale ? Le médecin va-t-il me faire amèrement regretter ce réflexe ?

Rangeant sa baguette, impassible, le médecin quitte la cabine. J'étudie alors mon moniteur cardiaque, qu'il a laissé ouvert. Je me sens vulnérable, comme mise à nu, mais je n'ose pas refermer la couverture. Pourquoi cet homme s'emmure-t-il dans le silence ? Que lui a révélé cet instrument de mesure ? A-t-il percé mon secret ?

Je répète le Credo Communautaire, jusqu'au dégoût, afin de calmer mon angoisse. Le praticien finit par revenir, chargé d'une petite boîte dont il tire un outil que je ne reconnais pas plus que le précédent. À quoi sert ce nouvel objet ? À désactiver les sujets récalcitrants ?

— Remplacement de la batterie du moniteur cardiaque par une batterie en néo-alliage, référence X89.

Je retiens mon souffle. Il remplace ma batterie, rien de plus ! Un soulagement à peine descriptible s'empare alors de moi. Mon moniteur cardiaque laisse échapper un son perçant qui ne perturbe nullement le médecin. Il glisse la batterie neuve dans son compartiment, le timbre s'assourdit.

— Pose de la batterie X89 effectuée. Sortie prévue aujourd'hui à six heures post-midi.

Le médecin, qui doit s'adresser à un dictaphone, enclenche avec soin le capot et sort de la cabine sans accorder le moindre regard à sa patiente. Du coup, rien ne me force plus à contenir les tremblements que je réfrène tant bien que mal depuis le début de l'examen. Il m'a traitée comme un appareil électroménager, comme une vulgaire machine. En cas de panne plus grave, de dégâts plus sévères qu'un léger traumatisme et quelques lacérations superficielles, il m'aurait désactivée avec la même indifférence.

La couverture chauffante, qui me faisait suffoquer il y a quelques minutes à peine, ne m'offre à présent qu'une protection médiocre contre un froid insidieux.

Ma mère me manque, bizarrement. J'aimerais qu'elle soit à mon chevet pour repousser les mèches de cheveux collées sur mon visage, pour me rassurer d'une voix douce. Bien entendu, je rêve éveillée. Mes parents ont dû être avertis, mais ils ont leurs propres soucis, leur propre travail. À quoi bon perdre son temps à me tenir la main, à me regarder dormir ? Tenir compagnie à sa propre fille allongée sur un lit d'hôpital, ce serait un comportement contre-productif, à rebours de toute logique. Du coup, je passe les cinq heures suivantes livrée à moi-même, abandonnée dans cet espace vide, égrenant le Credo Communautaire, et j'attends que sonne l'heure de la libération.

Les battements de mon cœur s'accélèrent lorsque je pose le pied dans la rame, contredisant mon hébétude et ma fatigue. Une image épouvantable me revient en mémoire. Du sang, partout. Des corps disloqués, des moniteurs cardiaques éparpillés aux quatre coins du wagon… Je me force à garder les yeux ouverts, à retrouver une respiration normale. Percluse de douleurs, je perds toute sensation dans ma main à force de m'agripper à la barre.

Lorsque j'arrive à l'unité-logement, j'entends le tapis roulant ronronner dans le séjour. Postée sur le seuil, je regarde Markan jeter toute son énergie dans la course. Il ne lève pas les yeux, magnétisé par le Lien, ne semble pas non plus percevoir ma présence. Mes parents ne sont apparemment pas encore rentrés. J'avoue que j'espérais, naïve, une sorte de comité d'accueil, une preuve de leur inquiétude, de leur tristesse, de leur désarroi face à mon absence. De plus en plus ridicule, non ? Moi qui pensais que ce retour m'apporterait un réconfort, je me trompais sur toute la ligne. L'endroit que je considère comme mon chez-moi se trouve être une fable que je me suis racontée pour ne pas perdre pied. Ma lucidité nouvelle me glace les os.

Je file me cloîtrer dans ma zone individuelle et mes yeux versent enfin cette eau amère que j'ai réussi à ravaler à l'hôpital. Gobant les somnifères que le praticien m'a prescrits, je me réfugie dans le sommeil vingt-quatre heures d'affilée.

Quelqu'un me secoue par l'épaule. Max est perché au bord de mon lit, les jambes ballant dans le vide. Encore assoupie, je me jette au cou de mon visiteur. Ce geste brusque réveille une douleur dans mes côtes, mais cela m'importe peu. Sans le lâcher, je l'interroge :

— Max ! Qu'est-ce que tu fais ici ?

— Je suis venu aussi vite que j'ai pu. J'ai essayé de te voir à l'hôpital, mais je n'ai pas réussi à pirater leur système de sécurité.

— Tu as essayé de venir à l'hôpital ?

Max voulait venir. Max se préoccupe de mon sort. Max pense à moi ! À ses yeux, je ne suis pas une machine dont on s'amuse à désassembler les rouages. Je suis blottie dans ses bras qui m'offrent une protection réelle, un contact inappréciable. *Ami.* J'ai vu ce mot passer dans les textes des archives ; à présent, je sais ce qu'il signifie.

— Comment te sens-tu ? me demande Max, me couvant du regard.

— Bien. Mieux.

— Que s'est-il passé dans le métro ? Le Bulletin n'en a pas parlé et tout ce que mes sources acceptent de me confier, c'est qu'il y a eu un problème technique. Les caméras sont toutes tombées en panne, je n'ai pas réussi à mettre la main sur les enregistrements.

Je voudrais le réprimander pour les risques qu'il a pris, mais mon sermon tomberait dans l'oreille d'un sourd. Du coup, je lui raconte l'épisode sanglant du Régulateur.

— J'aurais juré qu'Adrien savait d'avance ce qui allait arriver. Il faut qu'on le contacte, Max.

— Hors de question. Je me méfie de ce type. S'il savait ce qui allait se passer, c'est qu'il était impliqué dans l'accident. Peut-être même qu'il s'agit d'une tactique pour te forcer à révéler tes pouvoirs.

— Comment peux-tu l'accuser ? C'est la deuxième fois qu'il me vient en aide !

— Tu n'avais pas besoin de son aide la première fois. J'avais la situation bien en main. Rien ne te garantit que son programme serait passé inaperçu à l'examen.

— Max, j'ai cru que tu serais content d'apprendre que nous ne sommes pas seuls dans la Communauté. Possible qu'il ait lui aussi des... des pouvoirs, comme toi et moi. C'était notre objectif, non, de localiser d'autres glitchers ?

— Ton objectif à toi, nuance.

— Ça ne t'intéresse pas, alors ?

— Plus on sera nombreux, Zoe, plus les risques seront grands. À deux, on peut échapper plus facilement aux officiels.

— Mais pour combien de temps ? L'accident dans le métro montre bien que nous sommes sur le fil du rasoir. Nous avons besoin d'alliés.

— Pourquoi ? Tu comptes fonder une armée, peut-être ?

Je ne comprends pas la réaction de Max, et cela m'exaspère.

— Non, bien sûr que non ! Ce n'est pas ce que j'ai dit... mais...

— Tu veux prendre des risques inutiles, en mettre d'autres dans la confidence et nous faire courir un grave danger, c'est ça ?

Pourquoi s'obstine-t-il à me contredire ? Une fatigue intense s'abat sur moi, je sens encore une fois une substance humide me piquer les yeux.

— Oh non, Zoe, j'aurais mieux fait de tenir ma langue. Tu viens de traverser une épreuve terrible et comme je n'ai pas couru à ton secours… Tu comptes plus que tout pour moi, tu le sais. Je pense à toi nuit et jour. Tout ce qui m'importe, c'est que tu sois en sécurité.

— Jamais je ne ferais quoi que ce soit pour nous mettre en danger délibérément. Je me suis dit qu'Adrien pourrait nous aider…

— Nous ? chuchote Max. Tu veux dire, toi et moi ?

— Oui, bien entendu.

— Je veux que l'on soit ensemble, Zoe. Vraiment ensemble. À l'idée que tu puisses souffrir à nouveau… cela m'a fait comprendre que je ne veux pas être séparé de toi. Je ne peux plus vivre seul désormais, avoue Max en me prenant la main. Dès que j'atteins la majorité, je me débrouille pour qu'on devienne partenaires conjugaux.

— Partenaires conjugaux ? Tu veux rester ici et te faire greffer la puce A-V ? Mais c'est la fin de notre liberté !

— Zoe, ne t'inquiète pas. Je vais trouver un moyen de tromper le système.

— Même si nous annulons, par un moyen ou un autre, les effets de la puce, cela ne les empêchera pas de procréer des enfants pour nous. De les fabriquer en laboratoire !

Avec un frisson d'effroi, je repense à la petite fille que j'ai vue danser sur le quai du métro. Je l'imagine grandir, perdre sa spontanéité et son humanité par pans entiers, au fil des années, chaque fois qu'une nouvelle puce, plus puissante, est insérée en elle, et je suis prise d'un violent haut-le-cœur. Je pensais l'avoir sauvée ce jour-là, sur le quai, mais avec le recul je me demande si je n'ai pas eu tort d'intervenir. En grandissant, elle oubliera tout du plaisir qu'elle a puisé, enfant, dans le rire ou dans la danse.

— Mais je n'ai pas du tout envie de procréer, s'esclaffe Max, insensible à mes idées noires. C'est toi que je veux. Rien que pour moi. Je veux passer ma vie avec toi. Je veux que tu sois à mes côtés quand je me couche le soir et quand je me réveille le matin !

Je retourne ces réflexions dans mon esprit quelques instants. Max est-il candide au point de croire que nous pouvons espérer vivre en sécurité, et heureux, toute notre vie dans le giron de la Communauté ? Pourtant, le portrait qu'il trace de cette vie – retrouver chaque matin son partenaire conjugal, ne jamais souffrir de la solitude… À cette perspective, j'esquisse tout de même un sourire.

L'assurance quasi aveugle de Max me tracasse. Son projet semble trop simple, presque téméraire.

Dans le même temps, ses déclarations me mettent du baume au cœur. Mes propres parents ne m'ont jamais désirée : seul leur devoir envers la Communauté compte. Que je sois blessée, hospitalisée, ils ne s'en soucient guère. Tout le contraire de Max, qui veut former un couple avec moi. Les liens familiaux sont plus solides, je n'en doute pas, que les liens amicaux.

— Fonder une famille avec toi… Oui, ça me plairait.

— Parfait.

Max m'attire vers lui et colle aussitôt sa bouche sur la mienne.

— Je veux être celui qui te protégera, chuchote-t-il au creux de mon oreille, ses mains pétrissant mes hanches. Tu sais que je suis capable de te protéger ?

Je me libère de son étreinte et, appuyée sur le coude, je lisse ses cheveux. Lorsqu'il sourit, ses fossettes accrochent la lumière. Il me dévore littéralement du regard et cela me met mal à l'aise.

— Dis-moi, ce tutorat, tu en as vraiment besoin ? Ou est-ce un prétexte pour m'attirer chez toi ?

— Oui, j'ai apporté des notes. J'ai déjà synchronisé ma tablette avec la tienne pendant que tu dormais.

— Mettons-nous au travail, afin de donner le change si on nous surprend.

— Tu dois te reposer, Zoe. Il fallait que je te voie et que je te dise que je suis capable de prendre soin de toi. Je suis en train de prendre toutes les mesures nécessaires, ajoute Max, le visage grave.

— Quoi ? Qu'est-ce que tu sous-entends, Max ? Quelles mesures nécessaires ?

Affichant un sourire insolent, Max balaie alors mon inquiétude d'un revers de main.

— Rien de spécial. N'aie pas peur. Je suis toujours très prudent. Tout va s'arranger, tu vas voir.

14.

Le lendemain, à l'Académie, je remonte tranquillement le couloir quand un étudiant me bloque le passage. Je le percute de front et l'impact me fait lâcher ma sacoche, qui tombe à terre. Je la ramasse en dissimulant au mieux mon exaspération, puis je lève la tête et là, surprise de taille : Adrien. Je laisse échapper un petit cri. Il a lâché sa sacoche, lui aussi.

— J'ai trouvé un moyen de m'infiltrer chez toi sans me faire remarquer, murmure-t-il, les yeux baissés. Je te retrouve dans ta chambre demain soir à huit heures. Et je répondrai à toutes tes questions.

Sans me laisser le temps de réagir, il se redresse et disparaît dans le couloir. Je suis du regard sa silhouette dégingandée et, au bout d'un moment, je me rends compte que je risque d'attirer l'attention si je reste accroupie. Je me relève, toujours abasourdie, et je mets le cap sur le réfectoire, résistant tant bien que mal à cette excitation qui enfle dans ma poitrine. Adrien va m'apporter des réponses. Enfin.

— Tu parles de lui non-stop depuis que tu es arrivée, râle Max pendant notre séance de tutorat.

— Et ?

— Et peut-être que ça me soûle ! Il t'a donné rendez-vous chez toi, en plus ? Tu trouves ça raisonnable ? Nous n'avons pas besoin de lui. Je suis capable de te protéger, je te l'ai déjà dit.

— Cela n'a rien à voir. C'est un glitcher, je suis prête à le parier. Je veux qu'il nous dise ce qu'il sait et qu'il devienne notre allié.

— Les seuls alliés dont nous avons besoin, proteste Max, c'est nous. Nous deux !

— Tu es tout rouge, Max. Qu'est-ce qui ne va pas ?

— Qu'est-ce qui ne va pas ? répète-t-il, incrédule. Ce qui ne va pas, c'est que je te consacre toute mon énergie, toutes mes pensées mais toi, tu préfères faire une fixation sur ce type.

— Tu voudrais m'en empêcher, peut-être ? Mon intuition me dit qu'il pourrait nous être utile…

— Mais je m'en fous ! Tu as des œillères ou quoi ?! Je veux que tu penses à moi, à moi et à personne d'autre.

Déconcertée, je m'emmure dans le silence. Je n'avais pas réalisé à quel point la colère ronge Max.

Il se rapproche de moi, le regard brûlant, m'emprisonne la nuque de sa main et, comme à son habitude, plaque sa bouche sur la mienne.

— Un baiser, dit-il sans me lâcher. Cela s'appelle un baiser. J'ai appris toutes sortes de choses que les gens faisaient ensemble dans l'Ancien Monde.

— Où as-tu appris toutes ces choses ? Quand ?

— Je me suis introduit dans la chambre d'un officiel en visite et j'ai fouillé ses affaires. Il avait stocké dans ses tablettes des données qui ne ressemblaient à rien de ce que je connaissais.

— Max ! Quelle idée ! Tu risquais gros.

— Je ne risquais rien du tout, pas avec mes pouvoirs. J'ai pris l'apparence de l'officiel et je suis rentré directement dans sa chambre. Tu veux que je te raconte ce que j'ai découvert ?

J'acquiesce à contrecœur. D'emblée, il repose ses lèvres sur les miennes.

— C'est ce qu'on appelle « s'embrasser ». J'ai appris à quoi les partenaires conjugaux occupaient leur temps dans l'Ancien Monde. Ils ne se contentaient pas de se tourner les pouces en attendant que le Centre mélange leur ADN dans une éprouvette !

— Attends, tu veux parler des passions ? Celles que mentionnent les archives ? Ce travers bestial qui a provoqué la chute de l'humanité dans l'Ancien Monde ?

— Tu en as une image faussée. J'ai essayé de t'initier l'autre soir dans ma chambre.

— Pourquoi un officiel garderait-il ce genre de fichiers sur sa tablette ?

— C'est un mensonge énorme. Tu ne vas pas me croire, Zoe, mais parmi les Supérieurs, les officiels, tous les responsables au sommet de la hiérarchie, aucun n'est connecté au Lien. Ils sont libres, tous autant qu'ils sont.

— Ce n'est pas possible ! Le Lien est censé nous rendre la vie plus facile, nous garantir la paix universelle. C'est ce qu'on lit dans les manuels d'histoire, ce qu'on entend dans chaque Bulletin. S'ils disent vrai, ils doivent être connectés au Lien. Autrement ils ne nous traiteraient pas de cette façon. Ils ne nous réduiraient pas au rang d'esclaves…

— Pourquoi se gêner ? Cela fait deux cents ans, voire plus, qu'ils procèdent ainsi. En nous gardant sous leur coupe, ils ne se privent de rien.

— Mais c'est… c'est inhumain !

Je m'étrangle à moitié. Sans crier gare, Max retire sa chemise. Son torse est large et musclé, parsemé de poils blonds. Encastré dans son thorax, le moniteur cardiaque reflète la lumière tamisée qui tombe du plafonnier.

— Oui, c'est horrible. Mais oublie tout ça, Zoe. Le mieux, c'est de ne pas y penser, de nous concentrer sur le plaisir qu'on peut en tirer.

— Une minute, Max. Je ne sais pas…

— J'attends ce moment depuis des semaines. On le mérite, toi et moi. Prenons ensemble notre revanche, récupérons ce qu'ils ont volé au peuple, lâche Max d'une voix rauque.

Il fait alors pleuvoir sur mon cou une avalanche de baisers, comme s'il avait envie de me dévorer, de me déchiqueter à pleines dents. Mon visage est soudain brûlant, mon corps parcouru de mille réactions incompréhensibles. Pas le temps de réfléchir, de prendre du recul. Chez Max, le feu couve sous la glace. Il passe d'un extrême à l'autre, de la dispute à la passion, sans sourciller. Déconcertée par cette volte-face, je lui rends ses baisers.

Pantelant, il entreprend de dégrafer mon pantalon. Je le repousse aussitôt.

— Arrête !

— Pourquoi ? Qu'y a-t-il ?

— C'est trop rapide. Je ne comprends même pas ce qui m'arrive !

— Comment ça ? Tu ne veux pas de moi, c'est ça ?

— Ce n'est pas ce que j'ai dit. Bien sûr que je te veux… ce que je veux, c'est ne plus parler de ça. Je suis venue chez toi parce que je pensais que tu allais m'aider à mettre au point un plan.

— Zoe, l'autre jour, tu m'as dit que tu voulais être avec moi. Eh bien, c'est ce que je te propose maintenant, c'est ce qui fait de nous des humains à part entière. Peut-être que tu n'es pas aussi libre que tu le prétends, s'agace Max. Il existe tout un monde de sensations à découvrir et les Supérieurs, qui se sont affranchis du Lien, l'ont déjà exploré. Parce que c'est ce qui est normal ! Parce que ce ne sont pas des zombies au cerveau liquéfié !

— Je ne dois pas être normale dans ce cas. J'ai sûrement le cerveau liquéfié, comme tu dis. Et je n'ai pas envie d'être normale dans ces conditions. Ni même d'être avec toi.

Sans attendre sa réaction, je pars en coup de vent et j'enfile le couloir à toutes jambes, mais Max me rattrape in extremis.

— Attends, Zoe.

— Lâche-moi !

— Zoe, arrête, je ne suis pas fier de ce que j'ai dit. Je ne pensais pas que les choses tourneraient aussi mal. Ne pars pas !

— On se verra demain à l'Académie, Maximin, dis-je en m'essuyant les yeux.

Le lendemain, justement, j'évite autant que possible son regard, en restant connectée au Lien. Je ne suis pas fâchée, non ; la tornade d'émotions qui s'est abattue sur moi hier s'avère être ce que j'ai ressenti de plus intense dans ma vie, plus intense encore que la peur. Je repasse dans mon esprit ses déclarations, ses attaques, qui me rongent à la façon d'un virus. *Des zombies au cerveau liquéfié.* Je ne sais pas ce que le mot « zombie » signifie, mais il ne me plaît pas, pas plus que ne me plaît le ton sur lequel Maximin l'a prononcé – dur, cruel.

De plus, il se trompe lourdement. Je ne suis plus un robot. Je ne ressens pas ce qu'il exige de moi, c'est tout, et c'est ce qui nous sépare. Je ne sais plus où est ma place et me retrouve à nouveau seule. Dans le réfectoire, je repère Adrien assis près d'un mur et, à sa vue, je ravale le chagrin qui menace à nouveau de déferler. Ce soir, je vais recevoir des réponses aux innombrables questions que je me pose.

Max me donne un petit coup de pied sous la table. Il a passé le repas à essayer d'attirer mon attention. Ce coup-ci, je lui fais l'aumône d'un regard.

— On étudie dans ton unité-logement ce soir ? demande-t-il, radouci.

Un bref hochement de la tête, puis je sors de table et je vais ranger mon plateau.

Max brûle d'envie de renouer la conversation tout au long du trajet, cela ne m'échappe pas. Il essaie de me prendre dans ses bras à peine rentrés dans ma chambre, mais je m'écarte.

— Zoe, excuse-moi, s'il te plaît… Je ne sais pas comment décrire ce que j'éprouve… gêné, mal en point… je n'aurais pas dû dire ce que j'ai dit. Je voudrais faire machine arrière, mais ce n'est pas possible.

— Chut… mon frère est à côté.

— Il est à fond dans la PDP, il n'entend rien. Tout ceci est nouveau pour moi aussi. J'ai besoin de toi. Je veux être avec toi, même sans les passions. Tu l'as compris, j'espère ?

— J'ai beaucoup de mal à te suivre, Max. Tu es déjà avec moi, la preuve ! Et je suis avec toi aussi. Tu es celui… celui qui compte plus que tout pour moi. Je ne m'exprime pas très clairement, mais j'ai l'impression qu'on forme une famille ensemble. Une famille plus soudée qu'avec mes parents et mon frère, des coquilles vides que le hasard a plantées dans la même unité-logement, sans attaches affectives. La famille, ce devrait être un lien. Un lien fort, exclusif. Et c'est ce que j'ai avec toi, Max. Tu es ma seule famille.

— Comme une cellule conjugale, tu veux dire ?

— Je ne sais pas, Max. Je crois que nous ne parlons pas de la même chose. Cela ne te suffit pas, d'être une famille ? D'être comme frère et sœur dans l'Ancien Monde, d'être plus proche de moi que mon propre frère ?

— Ton frère ? répète Max, un profond dégoût affiché sur ses traits. Pas question d'être relégué à ce rôle !… Ça y est, je recommence. Je dis des choses qui ne devraient pas sortir de ma bouche. Parce que je veux être plus qu'un frère pour toi.

Max s'approche lentement, il cale mon visage au creux de ses paumes et attache sa bouche à mes lèvres. Pour la première fois, je m'abandonne totalement à son étreinte, dans l'objectif de décrypter la sensation inconnue qui s'anime en moi. Je m'apprête à répondre à son baiser quand l'un des panneaux du plafond se déplace. Éberluée, je vois une silhouette découpée par la pénombre se parachuter sur mon lit.

Max reprend ses esprits en un clin d'œil et se précipite aussitôt sur l'intrus.

— Non, attends !

Il renverse son adversaire sans trop de difficultés, l'immobilise en posant le genou sur son torse et lui assène un violent coup de poing en pleine figure. Je me pends à son bras tandis qu'il se prépare à lui porter un autre coup, le visage altéré par une émotion que je ne reconnais pas. Il y a de la haine, c'est sûr, mais pas que cela. Et ce que je découvre sur ses traits me terrifie.

— Max, c'est Adrien ! Arrête de le frapper ! Il connaît une façon de s'infiltrer chez moi sans se faire remarquer. Lâche-le.

Max finit par s'exécuter, visiblement à contrecœur. Adrien reste allongé quelques instants avant de se redresser. Un filet de sang coule de sa narine.

— Je vais chercher des mouchoirs dans la salle d'eau. Reste caché.

J'espère que ce vacarme n'a pas attiré l'attention de mon frère. Inquiète, je jette un coup d'œil dans le couloir et j'entends le tapis roulant se dévider sous les pieds de Markan à un rythme qui ne varie pas. Mon frère n'a rien entendu.

Soulagée, je me mets en quête de mouchoirs et, à mon retour, je trouve une atmosphère irrespirable. Postés à des points opposés de ma zone, Max et Adrien se regardent en chiens de faïence. Cette réunion s'annonce très mal, et je le déplore. Je m'approche d'Adrien.

— Je suis désolée pour cet accueil. Ton arrivée nous a pris par surprise.

— Pas de problème, lance Adrien. J'aurais aimé te prévenir plus tôt. Pardon de vous avoir fait peur.

— Par où es-tu entré ? Et qu'est-ce qui t'amène ici ? s'énerve Max, hargneux.

— Des membres de la Résistance sont installés incognito dans l'unité au-dessus. Je suis passé à travers le plancher, par une gaine d'aération.

— La Résistance ?

— Mettons-nous à l'aise, dis-je pour détendre l'atmosphère. Adrien, tu pourrais reprendre depuis le début, peut-être ?

— Tiens, prends la chaise, suggère Max au nouveau venu, et il me force à m'asseoir à côté de lui, sur le lit.

— Je ne sais pas vraiment par où commencer, déclare Adrien.

— Tu as un pouvoir spécial ?

— Max, arrête !

— Ça ne me dérange pas, Zoe. Oui, j'ai un pouvoir, mais nous appelons ça un don.

— En quoi consiste-t-il ?

— Je vois l'avenir avant qu'il ne se produise. C'est grâce à cela que j'ai su, Zoe, que tu aurais des ennuis dans le métro l'autre jour.

En quelques mots, il nous raconte mon voyage à la Surface. Mes questions, mes doutes, mes troubles, tout s'éclaircit en l'espace de dix minutes, presque trop simplement. Je suis certaine qu'il ne me dit pas tout.

— En quoi consiste ce réseau de résistance ? l'interrompt Max, brusquement.

— Il s'agit d'un groupe rebelle qui opère depuis la naissance de la Communauté, sous de multiples incarnations, depuis que des gens ont réussi à contourner l'influence des puces sans être dupes de la propagande. À l'époque, leur combat était vain et c'est toujours le cas, en un certain sens. Je reconnais que le Réseau est trop vulnérable pour affronter le gouvernement, pour lutter de front. En résumé, nous essayons de proposer une alternative.

— Donc, en réalité, vous restez les bras croisés !

— Pas du tout ! proteste Adrien. La préparation est primordiale. Nous récupérons des armes, nous recrutons des espions parmi les Supérieurs et nous résistons à la technologie de la Communauté grâce à notre propre technologie, afin de neutraliser pour de bon le Lien, de rendre leur voix aux sujets traités comme du bétail, et alors… le Réseau sera en mesure de leur fournir l'infrastructure et les ressources qui permettront à la révolte populaire de porter ses fruits.

— Alors, cette grande révolution, elle arrive quand ? ricane Max.

— Nous n'avons pas encore trouvé le moyen de museler le Lien de façon permanente, concède Adrien. Du coup, il est impossible d'imprimer un changement durable.

J'essaie de lui remonter le moral en lui posant une question plus personnelle :

— Et toi, en quoi consiste ta mission à l'Académie ?

— J'ai pour tâche de dépister les glitchers. Je suis un recruteur, en quelque sorte. Mes visions ne sont pas le moyen le plus fiable pour les localiser. Mais c'est déjà pas mal. L'objectif est de les préparer au monde extérieur, d'en évacuer un maximum avec l'aide du Réseau.

« Évacuer ». Il a prononcé tout haut un mot que j'ose à peine chuchoter. Prendre la fuite. S'échapper. Trop beau pour être vrai. Pour être possible. Existe-t-il un endroit où la menace de la désactivation n'est pas une fatalité ?

— Et Markan, aussi. Il faut qu'on emmène Markan. Que ce soit un glitcher ou non, je m'en moque !

Je cligne des yeux, surprise par ma véhémence. Adrien se contente d'acquiescer.

— Bien sûr. Mais mets-toi bien cela en tête, Zoe : Markan peut nous accompagner parce qu'il y a toujours l'espoir qu'il se mette à glitcher. Tes parents, par contre, doivent rester ici. Si nous essayons d'extraire leur puce à la Surface, nous aurons leur mort sur la conscience.

— Pourquoi ? Vous n'avez pas le matériel nécessaire ?

— Lorsqu'ils atteignent l'âge adulte, les sujets ne peuvent vivre sans cette puce qui régule leurs fonctions limbiques. Leur cerveau dépend complètement de ce réseau artificiel. Ils sombrent dans le coma dès que la puce est retirée. On pourrait toujours les maintenir en vie artificiellement, mais les dégâts sont irréversibles. Ils seraient en état de mort cérébrale.

— Comment des humains peuvent-ils infliger une horreur pareille à leurs semblables ?

— Tout va bien se passer, affirme Max. Avec moi, tu ne risques rien.

— Mais Max, il n'y a pas que moi. Cela concerne des milliers de personnes. Il faut qu'on intervienne.

— Tu ne peux pas sauver tout le monde…

— Tout le monde non, l'interrompt Adrien, mais quelques-uns, pourquoi pas. Pour l'instant je sais qu'une autre fille est concernée. Je l'ai vue il y a deux ou trois jours. Je voulais rester discret, mais il fallait que je vous contacte après ma vision. Elle s'appelle Molla – elle a un an de moins que toi et elle glitche depuis deux semaines, à peu près. Elle a beaucoup de mal à rester discrète. Si on ne l'aborde pas très vite ils vont la repérer, fatalement.

— Quels sont ses pouvoirs ? s'impatiente Max.

— Je l'ignore, ma vision ne me l'a pas montré. Si ça se trouve, ils ne se sont pas encore manifestés. Elle ne glitche que depuis peu, il faut parfois être patient.

— On ferait mieux de s'assurer que cela en vaut la peine avant de se lancer, assène Max. Inutile de prendre des risques si elle ne présente aucun intérêt. Ce serait un poids mort.

— Un poids mort ? Tu parles d'un être humain, Max.

— Tu as compris où je voulais en venir.

— Non, figure-toi.

— Markan en a fini avec le tapis roulant, déclare Adrien. Ces murs sont aussi fins que du papier à cigarette. On ne peut plus discuter sans risques.

Exaspérée par l'égoïsme de Max, je me tourne vers Adrien.

— Je vais essayer d'aborder Molla demain à l'Académie. Tu voudras bien me la montrer ?

— Bien sûr, mais sois prudente. Les glitchers de fraîche date peuvent être instables, parfois ils se dénoncent d'eux-mêmes. La Chancelière t'a dans son viseur depuis ta disparition, tu ne devras surtout pas éveiller les soupçons lorsque tu entreras en contact avec Molla. Si elle se braque, fais machine arrière : elle ne doit pas t'entraîner dans sa chute.

— Je serai prudente. Allez, partez.

— Lui d'abord, marmonne Max, les mâchoires serrées.

— Max !

J'ai du mal à garder mon calme ce soir. Tout ce qui sort de la bouche de Max me donne envie de le frapper à coups de poing.

Adrien montre sa bonne volonté en gravissant l'échelle de mon lit en mezzanine avant de se hisser dans la gaine d'aération restée ouverte.

Soudain, la porte glisse sur son rail et Markan fait son entrée.

Je serre le poing et j'étouffe un cri d'alarme.

Après sa séance d'exercices, Markan ruisselle de sueur, mais il explore la chambre d'un œil pénétrant. Il m'observe, puis il dévisage Max. Retenant mon souffle, je n'ose m'assurer qu'Adrien s'est mis à l'abri, consciente que le moindre battement de paupière peut me trahir – nous trahir tous.

— J'ai entendu des voix, déclare-t-il, posant sur moi un regard d'une acuité exceptionnelle.

— Nous travaillons, Maximin et moi, sur un exercice imposé par l'Académie.

Ma voix est beaucoup trop haut perchée. Markan entreprend alors d'interroger Max.

— J'ai cru identifier plus de deux voix.

— Ton identification est erronée, répond Max sans se laisser démonter.

Imperturbable, mon frère fait un dernier tour d'horizon, puis il bat en retraite.

Une fois la porte refermée, je lève les yeux au plafond. Tout danger est écarté. Sans mot dire, Adrien remet la dalle en place. Je fais défiler plusieurs scénarios catastrophe dans ma tête. Si Markan avait fait irruption une minute plus tôt... s'il avait remarqué le passage secret d'Adrien... la terreur me noue la gorge.

Je m'apprête à dire quelque chose, mais Max m'intime le silence, le doigt posé sur ma bouche. Il jette un coup d'œil à la porte et je comprends le sens de son message muet. Markan est peut-être en train de nous épier. Nous sommes tous formés dès la naissance pour dénoncer les anomalies, après tout.

Adrien nous a parlé d'une vie libre au sein de la Résistance, loin de la Communauté, et je me demande si son rêve tient vraiment la route. Avec une certitude déprimante, je sens que le jour approche où les Supérieurs découvriront ma véritable nature. Ce que je viens de comprendre, c'est que mon sort est aussi à la merci de mon frère.

15.

Je vois Molla pour la première fois dans un réfectoire plein à craquer et j'essaie de graver son visage dans ma mémoire. Rien ne la fait sortir du lot – hormis les quelques taches de rousseur qui constellent son nez –, elle se fond dans cette masse uniforme et homogène. Grâce à une observation un peu plus poussée, je remarque ces petites choses qui la distinguent des autres. Elle frappe le sol du pied d'une façon bien à elle, elle manipule nerveusement la lanière de sa housse. Les Académiciens se déplacent en général à une allure calme, mesurée ; d'elle émane une énergie fébrile. Je comprends qu'Adrien ne soit pas tranquille. Elle a résisté à la pulsion de se dénoncer aux autorités et c'est déjà énorme, vu le trouble qui semble l'animer. Ce n'est plus qu'une question de jours, voire d'heures, avant qu'elle ne soit repérée par les autorités. Le simple fait de la regarder me plonge dans une angoisse indicible. J'étudie à la dérobée les Régulateurs au visage impassible. De plus, des Sentinelles risquent de rôder dans les couloirs. L'un de mes camarades de classe, ceux que je côtoie au quotidien, peut tout à fait être une Sentinelle, quand j'y pense...

Au bout d'un certain temps, je mets ma peur en sourdine et je m'approche d'elle. Un flot d'étudiants me barre soudain la route et, le temps d'atteindre le pilier contre lequel elle était adossée, elle s'est volatilisée.

Les déceptions ne cessent de se multiplier tout au long de la journée. Comme elle est plus jeune que moi, nous n'avons aucun cours en commun. Je l'aperçois une fois dans le couloir, mais je n'ose pas fendre la foule. Les heures passent et la frustration m'envahit. Enfin, une opportunité se présente. Juste avant la dernière leçon de la journée, je la vois se faufiler au carré-hygiène. Je saute sur cette occasion, je lui emboîte le pas. Rapide coup d'œil sous les portes des cabines. Ah, la voilà. Je me glisse dans la cabine voisine, j'arrache une feuille du rouleau de papier toilette, je débouche un feutre et griffonne un message bref. *Tu n'es pas seule. Nous te recontacterons bientôt. En attendant, reste calme et arrête de gigoter tout le temps ! Jette cette note dans les W-C dès que tu l'auras lue.* Je glisse le message sous la porte et je siffle :

— Molla !

Ses pieds se figent, une main apparaît alors dans mon champ de vision, qui s'empare du carré de papier toilette. Au bout de quelques secondes, je l'entends tirer la chasse d'eau, je quitte la cabine et me poste devant le lavabo. Le visage blême, Molla me scrute, les yeux prêts à jaillir de leurs orbites, avant de partir en trombe. Je me prépare à la suivre quand une élève fait irruption dans le carré-hygiène. Les mains sous le jet d'eau, je fais mine de me rafraîchir et je reste plantée là, longtemps – trop longtemps, j'en ai bien conscience –, afin de camoufler mes tremblements. Max a vu juste. Je prends un risque énorme. J'espère de tout cœur que Molla a suivi mes instructions et détruit mon message. Si elle me dénonce, je ne donne pas cher de ma peau.

Au bout d'un certain temps j'active le sèche-mains, puis je m'engage dans le couloir, le dos très droit, l'expression impénétrable. Je dois voir Adrien au plus vite. Moi qui rêvais de lui apporter mon aide j'ai peut-être, dès la première tentative, saboté sa mission.

Ce soir-là, j'ai du mal à contenir mon impatience. Enfin, je vois la dalle du plafond se déplacer. Soulagée, je chuchote le code qui me permet de me délivrer du Lien. Adrien se laisse tomber sur mon lit et je me rapproche de lui, agenouillée dans la lumière tamisée de la veilleuse.

— J'ai essayé de parler à Molla, mais je crois que je m'y suis prise de travers. Elle s'est sauvée ! J'ai réduit tes efforts à néant, j'en ai bien peur !

— Zoe, m'assure Adrien, tu as été géniale. Tu es entrée en contact avec elle et c'est beaucoup. Avec un peu de chance, elle va être plus prudente qu'avant et elle aura moins peur à la prochaine prise de contact.

— Mais…

— Mais rien. Je sais que c'est difficile, mais les risques font partie intégrante de la mission. Aux dernières nouvelles, nous ne risquons rien. En plus, je suis sûr à cent pour cent qu'une vision va m'avertir en cas de danger. Ne t'inquiète pas.

— Cela t'arrive souvent ? D'avoir des visions providentielles ?

— C'est le secret de ma longévité, de ma réussite dans les missions que le Réseau me confie. Je vois le danger arriver avant qu'il ne se produise.

— Et ces visions, se réalisent-elles toujours ?

— Encore trop tôt pour le dire, mais j'en ai l'impression. Pour la majorité d'entre elles, en tout cas. J'essaie de les affûter afin de glaner un maximum d'informations. C'est loin d'être parfait, mais je m'améliore.

— Comment peux-tu les affiner ? Mes pouvoirs à moi se déclenchent quand ils veulent.

— Je m'entraîne à modeler mes visions. C'est frustrant, je ne le cache pas, parce que les visions viennent comme bon leur semble. Je dois prendre mon mal en patience et quand elles arrivent, j'essaie de les ralentir, de remarquer des détails qui m'aideront à les contrôler au lieu de les subir comme un raz-de-marée. Du coup, les visions sont de plus en plus précises. C'est l'une des choses dont je voulais parler avec toi, justement. Tu devrais apprendre à maîtriser ta télékinésie.

Je frémis des pieds à la tête. Contenir mon pouvoir exige toute mon énergie. Il est si instable, si imprévisible, qu'il m'évoque une bête sauvage en embuscade sous ma propre peau. À tout instant il peut se libérer et blesser un innocent, ou me dénoncer aux Systèmes Centraux. Je dois le garder sous clef, le camoufler tout autant que mes émotions.

— Pense à tout ce qui deviendrait possible si tu l'accordais à tes besoins, comme le fait Max.

— Il prend des risques inutiles, à mon avis.

— Tu n'as pas besoin de suivre son exemple, répond Adrien sans cacher sa désapprobation. Si tu t'entraînes ici, dans ta zone, loin des regards curieux, tu pourrais prendre le contrôle de ton pouvoir. Avec mon aide.

— Il se déclenche quand je n'y pense pas. À la façon d'un réflexe. Et comme je le souhaiterais, loin de là. Dans le métro, par exemple. Des gens sont morts ce jour-là à cause de mon pouvoir !

— Non, Zoe, tu te trompes. Il a sauvé la vie à des dizaines de personnes. Parce que tu as pu remettre le wagon sur les rails. J'ai survécu, moi, et ce n'est pas la première fois que tu me sauves la vie ! Tu veux bien essayer, juste une fois ?

J'accepte sans enthousiasme et il s'assied près de moi, déterminé.

— Bon, j'ai l'impression que ton pouvoir fonctionne mieux quand tu es face à une urgence. C'est la peur qui lui lâche la bride, ou l'adrénaline. Peut-être qu'avec le bon stimulus, tu peux le canaliser et, à force, le convoquer à volonté. Tiens, fais bouger cet oreiller.

Je fixe l'oreiller du regard, retenant sa forme, et je lui ordonne de quitter le lit par ma seule volonté. Je ferme les yeux, je serre les mâchoires, je grince des dents. Rien. Je m'entête mais mes efforts se soldent à nouveau par un fiasco.

Soudain, Adrien me lance l'oreiller. Je sens la masse molle me frapper le visage et je pousse un cri de surprise.

— Pourquoi tu as fait ça ?

— Aucune idée. Je me suis dit qu'un peu d'imprévu pourrait t'aider.

Nos regards se croisent et, à la vue de mon expression déconfite, un sourire étire lentement les lèvres d'Adrien. Ses épaules sont secouées d'un rire silencieux et j'étouffe bientôt mon hilarité dans l'oreiller.

— Cette stratégie n'a pas l'air de fonctionner, concède-t-il une fois le calme revenu. Peut-être qu'on essaiera avec un objet plus dangereux la prochaine fois.

— Si tu avais l'intention de me faire peur, un oreiller, c'est assez inoffensif…

— Message reçu. C'était une première séance très instructive. N'oublie pas, Zoe. Travaille ton pouvoir. Trouve ce qui le déclenche et ne le lâche pas.

— Quand j'utilise mon pouvoir, je n'arrive pas à le diriger là où je le veux. Je risque de blesser des gens à tout moment. C'est ça, le souci.

— C'est un risque à prendre, malheureusement. Tu ne peux progresser qu'en t'entraînant. Tu t'inquiéteras de ses retombées plus tard… Quoi qu'il en soit, il y a d'autres choses dont je voulais aussi te parler. Quand tu étais à la Surface. Je ne voulais pas lancer le sujet hier soir devant Max.

— Quoi ? De quoi souhaites-tu me parler ?

— Sanjan – notre biotechnicien – m'a expliqué qu'il est impossible que tu aies souffert de ce genre de réaction sans avoir été exposée à des agents allergènes avant. Peut-être qu'un de tes proches a rapporté des moisissures de l'extérieur, de la Surface, sur ses vêtements…

— Des moisissures.

— Oui, les crises vont empirer à chaque exposition. Il existe un remède : la désensibilisation. J'ai rapporté ce médicament avec moi quand je suis revenu sous terre. C'est un traitement qui nécessite des injections à intervalles réguliers.

— Et qui dure combien de temps ?

— Plusieurs mois. Mais ce n'est pas une solution permanente. Si tu arrêtes les injections, l'allergie peut se manifester à nouveau.

— Et ça peut marcher ?

— Il faut croiser les doigts. Est-ce que tu me fais confiance, Zoe ? Tu me faisais confiance, autrefois. J'espère que cette complicité reviendra. Écoute, je ne veux pas te mettre la pression mais plus tôt on commence, plus tôt on peut planifier ton départ. Dès que ton allergie est enrayée, on embarque tous les glitchers que j'ai réussi à identifier et on part d'ici… pour de bon.

— Et un jour, j'aiderai les autres à mon tour.

— Tu comptes t'associer à la Résistance ?

— Bien entendu ! Que ferais-je d'autre à la Surface ? Je veux aider Molla. Et arrêter ce… cette… je n'ai pas de mot assez fort pour décrire ce que les Supérieurs nous ont fait subir.

— Des connards, c'est le gentil petit nom que je leur donne.

Adrien se lève et récupère, dissimulée dans la gaine d'aération, une valisette en aluminium qui contient à coup sûr le traitement de désensibilisation.

— Alors, cette injection, tu me la fais ?

— Tu veux ? Vraiment ?

— Mais oui.

— Génial. Retrousse ta manche.

Adrien fait jouer les serrures de la valisette et en tire un cylindre de la taille d'un stylo. À son extrémité, deux petites aiguilles, comme des électrodes. Je tends le bras, impatiente.

— C'est un cocktail des sept allergènes auxquels tu es sensible. À très petites doses. Nous allons progressivement consolider ton système immunitaire et, dès la prochaine exposition, si tout se passe bien, tu n'auras plus aucun souci.

Il attrape mon bras à pleines mains, se concentre un instant, et les aiguilles s'enfoncent sous ma peau. J'ai à peine le temps de tressaillir, elles ressortent déjà.

— Terminé. On va poursuivre le traitement deux ou trois mois, avant d'analyser un échantillon de ta peau et de ton sang pour voir si c'est efficace.

— Tu gardes contact avec la Résistance ?

— Bien sûr. Il y a d'abord les soldats qui se font passer pour mes parents. Et dans chaque secteur, des camarades en planque. Ils nous aideront à organiser notre fuite en temps et en heure.

Sur ce, Adrien referme la valisette et la glisse à nouveau dans le conduit d'aération.

— Eh bien, bonne nuit, Zoe.

— Attends, ne pars pas tout de suite. Que fait-on avec Molla ? Comment l'aborder sans attirer les soupçons ? Nous ne pouvons pas la laisser à leur merci. Ils vont… ils vont la désactiver, forcément.

— Ce serait trop dangereux de la ramener ici. On a vu qu'on prend de gros risques, avec ton frère dans les parages. Pourtant… cela m'étonne qu'ils vous aient permis, à Max et à toi, d'étudier ensemble aussi souvent. Les administrateurs se méfient toujours des rassemblements.

— Pourquoi ?

— Leur autorité, ils la tirent de ce minuscule morceau de métal incrusté dans ton cerveau. Quand tu penses aux quantités de gens qu'ils ont réduits en esclavage… C'est pour cela qu'ils vous ont forcés à vivre sous terre. Pour contrôler votre environnement de la naissance à la mort. Une chose aussi simple que la beauté peut provoquer des défaillances, figure-toi. Dans la même veine, ils autorisent la construction de zones individuelles qui cassent les familles, et même les couples, malgré le manque d'espace. Ils savent que l'affection et les liens familiaux se tissent en cas de proximité physique. Et ces liens peuvent triompher de la puce A-V.

— Un simple contact physique… peut avoir cet effet ?

— C'est dans la nature humaine. La puce A-V ne fonctionne que parce que les gens s'y soumettent de leur plein gré. Certains vendraient père et mère contre l'illusion d'être libéré à tout jamais de la souffrance et de la peur. Et je les comprends, en un certain sens. C'est tellement plus simple d'accepter une solution prémâchée – même si cette solution est un mensonge. Le plus difficile, c'est de trouver la force de résister et de crier *je refuse !* Excuse-moi, chaque fois que j'aborde ce sujet, je m'emballe…

— C'est pour cette raison que tu t'es engagé dans la Résistance ? Parce que tu refuses le modèle qu'ils t'imposent ?

— Oui. C'est plus facile maintenant que je ne suis plus seul. Et c'est ce qu'ils craignent le plus. Que nous nous dressions tous ensemble.

— Un rêve inaccessible, et pourtant si commun.

— Excellente définition de la liberté, sourit Adrien avant de se rapprocher de moi.

Il a un visage très agréable à contempler, une peau appétissante, des sourcils bien dessinés et, par-dessus tout, des yeux stupéfiants. De loin, ils paraissent verts, mais un examen plus poussé révèle un liseré sombre autour des pupilles qui s'estompe vers l'iris et se mue en un bleu translucide, avec des millions de paillettes aigue-marine miroitantes. C'est un mot qui décrit assez bien Adrien, d'ailleurs, miroitant : tout en lui scintille, il projette sa lumière sur moi et je brille à mon tour de mille feux, heureuse comme jamais je ne l'ai jamais été.

Soudain, un souvenir inattendu me marque l'esprit au fer rouge : ses lèvres contre les miennes, sa main sur ma nuque et l'impression de planer, d'avoir un creuset débordant de lave incandescente en lieu et place de l'estomac. Mon souffle se bloque dans ma gorge et je fais un pas en arrière, frappée par l'intensité de cette image.

Si Adrien comprend ce qui m'arrive, il le camoufle très bien.

— À demain, Zoe, chuchote-t-il.

Son regard s'attarde un instant sur moi puis son visage redevient un masque inexpressif. Il se met debout et ouvre la trappe du conduit d'aération avant d'être avalé par les ténèbres.

Cette nuit-là, dans mes rêves, je suis écartelée entre peur (une peur incarnée par Molla) et espoir (Adrien, dont le regard s'éclaire quand il me voit). L'espoir finit par l'emporter. Une euphorie presque délirante qui n'est que de courte durée, puisqu'elle cède la place à mon cauchemar habituel. Cette fois-ci, il démarre plus tôt, avant que les Régulateurs ne réussissent à rattraper Markan. Nous rampons dans la forêt, le parfum des feuilles me remplit les narines et je sens une douce brise me caresser la peau. Dans ce rêve, Markan me tourne le dos et j'en profite pour l'étudier. Il est plus grand, plus âgé, ses traits sont plus anguleux que poupins. *Chut, Zoe,* murmure-t-il. *Pas un bruit.*

Malgré sa présence, je suis déboussolée. Nous nous trouvons à la Surface, un endroit qui nous est interdit. Quant à Markan, il n'est pas censé avoir ce comportement. Un comportement déviant. Et je dois dénoncer tout comportement qui sort de la norme.

Chut, Zoe. Pas un bruit.

Mais je ne me soumets pas à son ordre, bien au contraire : je fais autant de raffut que possible, en proie à la schizophrénie. Une partie de moi hurle pour alerter les Régulateurs postés dans la clairière, une autre assiste horrifiée à la scène.

Les Régulateurs accourent de toutes parts, écrasant l'herbe sous leurs lourdes bottes. Je vois mon frère blêmir de terreur. Il se met à courir et le rêve reprend son cours normal : Markan tombe face contre terre, ses poursuivants le soulèvent, son visage est barbouillé de sang. Il rugit, se débat... Je me réveille nauséeuse, et c'est nauséeuse que je me rends à l'Académie.

Durant l'interclasse, mon instructeur de micro-ingénierie m'interpelle dans le couloir.

— Zoel ?

— Oui, monsieur ?

— J'exige ton assistance pour ranger le matériel.

— Bien sûr, monsieur.

— Tiens, pose ça dans la réserve, ordonne-t-il en me confiant des outils de microfusion.

Et si mon instructeur était une Sentinelle ? Tout à fait probable. Logique, même. Les Sentinelles ne se recrutent pas seulement parmi les Académiciens. Nos professeurs sont dans une position idéale pour épier les élèves à loisir, sans éveiller les soupçons.

Pas très rassurée, je prends le plateau qu'il me tend et je me dirige vers le cagibi, au fond de la salle de classe. Je ne suis pas sous l'emprise du Lien et je ne veux pas prononcer le code, de peur qu'il ne m'entende. Du regard, je cherche une étagère libre et remarque, de plus en plus alarmée, que l'instructeur m'a suivie lorsqu'il referme – et verrouille – la porte de la réserve.

Je réprime un cri. Prise au piège. Il doit sûrement attendre l'arrivée des Régulateurs auxquels il compte me livrer…

Soudain, les traits de l'adulte se désagrègent et Max fait son apparition, le visage barré d'un rictus suffisant.

— Max ! Tu m'as fait une peur bleue !

Le stress reflue. Je pose le plateau par terre et bourre Max de coups de poing.

— Il fallait que je te parle, Zoe. Je n'avais pas l'intention de t'effrayer.

— La prochaine fois, préviens-moi. J'ai cru que…

— Hé, tout va bien. Je devenais fou à force de penser à toi, explique-t-il en m'agrippant par la taille. Et j'ai décidé de t'aider avec Molla. Tu peux me demander ce que tu veux. Aïe, ma main ! Content de voir que tu te soucies autant de moi.

Je lui serre si fort la main que mes ongles lui labourent la paume. Je finis par le lâcher et il s'incline vers moi, ses larges épaules et sa mâchoire puissante découpées par le clair-obscur.

— Bien sûr que je me soucie de toi, Max. Tu vas contacter Molla, alors ? Comment ?

— Exactement comme je viens de faire avec toi. Je vais prendre l'apparence d'un instructeur. Rien d'original. Je vais essayer de l'attraper tout à l'heure. Je vais lui faire comprendre que je cherche à l'aider à camoufler ses émotions.

— Max, c'est formidable ! Pense au soulagement que ça va lui procurer. Tiens, donne-lui cette clé USB, elle pourra se déconnecter et se reconnecter au Lien à sa guise, comme moi. C'est Adrien qui me l'a donnée.

Je présente à Max la clef qu'Adrien m'a confiée à l'intention de Molla. Max la glisse dans sa poche sans sourciller.

— Mon objectif, c'est de te rendre heureuse, lâche-t-il d'une voix grave. Je sais que j'ai voulu te forcer la main. C'est que je suis… comment dire, frustré. Chamboulé. Toutes ces émotions sont difficiles à contrôler. Parce que tu comptes beaucoup pour moi.

— Je comprends.

Soudain, je repense à Adrien et à l'image qui s'est imposée à mon esprit hier soir – le souvenir d'un baiser que j'aurais échangé avec lui ? Je me sens coupable, tout à coup.

— Tu comprends ? Vraiment ? s'étonne Max.

— Mais oui. Cette émotion… c'est déstabilisant. Tout finit par se mélanger dans ta tête.

Je ne sais vraiment pas qui j'essaie de convaincre. Lui ou moi ?

— Je ferais mieux d'y aller, Max, avant qu'on ne remarque mon absence. Je suis ravie que tu m'apportes ton aide avec Molla.

— On se voit pendant le déjeuner.

Les fossettes de Max accrochent la lumière. Je m'apprête à tourner la poignée de la porte mais une main invisible me prend de vitesse. La porte s'ouvre de l'extérieur. Je réprime tant bien que mal une attaque de panique lorsque je découvre, avec un soulagement indicible, qu'il s'agit d'Adrien.

— Je viens d'avoir une vision, annonce-t-il, essoufflé. Molla a été repérée.

16.

— Comment peut-on l'aider ?

— Pas de précipitation. Peut-être qu'on devrait rester en dehors de tout ça, commente Max en fusillant Adrien du regard.

— Mauvaise idée. S'ils l'épinglent, elle va parler. Toi, tu ne risques rien, mais Zoe est en première ligne. Ça te dérange, quand même ?

— Je me suis intéressé à Zoe avant même que tu ne poses...

Max repousse brutalement Adrien dans ce qui ressemble aux prémices d'une bagarre. Je sépare aussitôt les deux rivaux.

— Arrêtez ! Ce n'est vraiment pas le moment !

— Très bien, fulmine Max en reculant d'un pas, qu'as-tu vu, l'extralucide ?

— Max, il faut que tu t'arranges pour que Molla quitte sa classe. Ils vont projeter une vidéo pendant son cours d'Histoire Communautaire sur un événement horrible, une désactivation de masse, à réserver aux estomacs bien accrochés – et elle va se mettre à pleurer. Pleurer très fort. Ils la surveillent déjà de près, ce dernier incident va confirmer leurs soupçons. S'il te plaît, Max, prends l'excuse que tu veux, mais fais-la sortir et n'oublie pas de lui donner la clé USB que Zoe t'a confiée. Tu crois que tu vas y arriver ?

— Tu mets en doute mes capacités ? gronde Max.

Adrien lève les mains en signe de compromis.

— Bien sûr que non. Je sais que tu en es capable, c'est pour cela que je te le demande.

— Et avec Zoe, vous comptez faire quoi ?

— Pirater les Systèmes Centraux et trafiquer le dossier de Molla afin qu'elle passe à nouveau inaperçue.

— Très bien, Adrien. Mais je le fais pour protéger Zoe, pas pour t'aider ! Tu sais que je ferais n'importe quoi pour toi, Zoe.

La déclaration de Max me plonge dans l'embarras et je coupe court aux effusions :

— On se voit bientôt, Max. Sois prudent.

Il hoche la tête et se faufile hors de la réserve. Lorsque je me tourne vers Adrien, ses traits sont durs, tendus. Il a l'air indisposé.

— Allons-y, lance-t-il. Quand on sort de la salle, marche normalement. Il ne faut surtout pas leur mettre la puce à l'oreille.

Sans me laisser le temps de lui répondre, il franchit le seuil. Je le suis en prenant soin de ne pas me précipiter et je répète en mon for intérieur : *la discipline d'abord, la discipline toujours.* La priorité, c'est de rester calme, de maîtriser mes émotions.

Nous nous frayons un chemin tant bien que mal dans des couloirs archi-pleins. Le regard fixé droit devant, je jette sur Adrien des coups d'œil furtifs afin de m'assurer qu'il ne me sème pas en cours de route. Je bifurque quand il bifurque, je fais halte quand il fait halte, avec une indifférence parfaitement étudiée.

Nous nous engageons dans un corridor vide et le claquement de nos semelles se répercute contre les murs blanchis à la chaux. Le malaise augmente à chaque pas. Adrien est-il en mesure d'effacer les enregistrements des caméras ? Et si quelqu'un nous surprend ?

Tout à coup, Adrien se précipite dans un renfoncement. Je fais de même et, dans le silence absolu, je distingue sa respiration saccadée. Il tire une clé USB de son sac et l'insère dans un lecteur encastré dans le mur.

— Qu'est-ce que c'est ?

— Un moyen de détourner leur attention.

Adrien s'affaire. Des spots s'allument et projettent un cube orange en 3D aussi large que ma main. Je le regarde, fascinée, pianoter à une vitesse surnaturelle. Ses gestes dénotent une certaine assurance, comme s'il avait effectué cette procédure des centaines de fois. Qui sait, d'ailleurs ? Je me demande quelles épreuves il a traversées pour réussir à garder son calme et son sang-froid même dans les pires situations.

— Et voilà.

J'entends une porte s'ouvrir un peu plus loin dans le couloir, des voix retentir. Adrien se hâte de m'attirer dans les profondeurs de l'alcôve et se poste devant moi, pour me cacher aux regards. Les voix se rapprochent et, d'instinct, je me blottis contre lui, regrettant que ni l'un ni l'autre n'ait le don d'invisibilité. Nous n'osons même pas respirer. Dans cette encoignure, tout le monde peut nous voir. Et il n'y a aucune issue.

Près de nous, un objet métallique tombe par terre avec fracas, les pas s'arrêtent. J'aperçois le métal d'un petit scanner noir par terre, à quelques centimètres de notre cachette. Un homme se penche pour le récupérer, sûrement un technicien.

Empoignant Adrien par sa chemise, je me force à étouffer le bourdonnement strident qui martèle mes tympans, les vibrations qui courent le long de mes bras. Non, ce n'est pas le moment de libérer mon pouvoir. Je répète le Credo Communautaire en mon for intérieur, les mains agitées de spasmes, je plonge mon regard dans celui d'Adrien et je comprends qu'il panique, lui aussi, à l'idée que mon pouvoir ne se déchaîne.

L'homme marque une pause, comme s'il soupçonnait quelque chose. Toujours accroupi, le scanner à la main, il reste immobile. Dans le couloir, les pas de son collègue se sont tus eux aussi et j'entends sa voix furibonde. Le technicien se redresse brutalement, place le scanner dans sa ceinture et reprend sa route. Adrien me serre dans ses bras, puis il se détache doucement et jette un coup d'œil à l'extérieur, dans le couloir. Enfin, d'un geste, il m'invite à le suivre.

Lorsque je rattrape Adrien un peu plus loin, devant une porte hermétiquement close, il a tiré de sa besace un nouvel instrument qu'il présente au scanner à empreintes digitales.

— Reste ici jusqu'à ce que je t'appelle, chuchote-t-il.

La porte s'ouvre en coulissant avec ce sifflement caractéristique et Adrien s'insinue de l'autre côté. J'attends le signal, plongée dans une profonde anxiété.

— La voie est libre !

Le petit espace est encombré de moniteurs plus ou moins obsolètes, certains dernier cri. Pourtant, les trois chaises sont vides. Personne en vue.

— Où sont passés les techniciens, les ingénieurs ?

Adrien referme la porte en recourant à nouveau au scanner, puis il s'installe à l'une des stations informatiques et manipule le cube d'interface.

— J'ai provoqué une défaillance dans le serveur principal de l'Académie au sous-niveau 4. Les techniciens sont chargés de couvrir les niveaux 3 à 8. Ils obéissent au protocole comme de bons petits soldats. Si les robots du Lien savent faire quelque chose, c'est bien obéir au protocole. En plus, une vision m'a montré que nous allions arriver ici sans problème.

— Et pour ce qui est de repartir ?

— Ne te tracasse pas avec ça.

Adrien discute tout en parcourant le répertoire des fichiers. Il fait tomber un à un les pare-feux tandis que les lignes de code défilent à une vitesse saisissante sur l'interface. Tous les Académiciens sont des programmeurs émérites, je fais moi-même partie des meilleurs de ma section, et j'ai pourtant le plus grand mal à suivre Adrien. Impressionnant.

— Où as-tu appris à faire ça ?

— Je fais sauter les verrous informatiques de la Communauté depuis que je sais marcher. Les joies de la clandestinité, répond-il sur le ton de la plaisanterie.

Il se penche alors sur un code beaucoup plus complexe. Je me tais, de peur de le déconcentrer, et j'arpente la salle à grands pas nerveux. Si on nous surprend ici, nous sommes faits comme des rats.

— Parfait. J'ai effacé les vidéos des caméras et je les ai remplacées par une image fixe qui montre en boucle les couloirs déserts. Ni vu ni connu.

Il effectue alors un zoom sur un fichier particulier. Le visage de Molla surgit à l'intérieur du cube de projection et pivote sur son axe.

— Dis-moi, Adrien, cela fait longtemps que tu observes Molla ?

— Quelques semaines. Son dossier recense six incidents. Au bout de huit signalements, le sujet doit se plier à un diagnostic. En cas d'anomalie majeure – un peu comme Molla aujourd'hui avec la vidéo pédagogique –, c'est la désactivation assurée.

— J'espère que Max a pu agir à temps.

— Je ne vois aucune alerte dans le système. Encourageant… Bon, je vais apporter quelques modifications à son dossier… Voilà, j'ai réduit les incidents signalés au nombre de deux.

Adrien clique à nouveau sur l'interface et s'apprête à quitter le fichier trafiqué lorsqu'il se fige, comme frappé par la foudre.

— Attends, qu'est-ce que c'est que ça ?

— Quoi ? Tu parles de ce répertoire ?

J'étudie avec lui une liste qui s'affiche à la surface du cube 3D. La plupart des fichiers qu'elle contient sont signalés par des caractères vert foncé quand d'autres apparaissent en surbrillance. Voilà qui me semble curieux.

D'un clic, Adrien ouvre ces fichiers et les profils de plusieurs Académiciens surgissent sous nos yeux ébahis. Certains ont à leur actif plus d'une vingtaine d'anomalies !

— Il y en a six autres ? Qu'est-ce que ça veut dire ? Ce sont tous des glitchers ?

— Je n'y comprends rien. Ils ne devraient pas être aussi nombreux dans un seul et même centre de formatage. Ils auraient dû être reconfigurés depuis longtemps. Ce qui voudrait dire...

Les doigts d'Adrien survolent l'écran et d'innombrables colonnes remplissent le cube.

— Qu'est-ce que tu cherches ?

— L'historique des comportements déviants dans le secteur. Voyons voir...

Quelques lignes de code plus tard, Adrien obtient l'accès à un autre répertoire.

— Et ça, qu'est-ce que c'est ?

— Les incidents reportés jusqu'ici. Du jour au lendemain, leur nombre est monté en flèche.

— Comment est-ce possible ? Il y aurait donc un élément qui accroît les effectifs des glitchers ?

— Notre génération compte plus de glitchers que les précédentes, c'est vrai, mais là ils sont si nombreux que ça me paraît hallucinant... Merde, Zoe, regarde ça !

Une photo s'affiche et pivote à l'intérieur du cube. C'est moi. Le choc est rude. Mais ce qui a retenu l'attention d'Adrien, ce n'est pas mon visage, mais l'un des quatre profils liés à mon dossier, surligné en jaune.

Mon frère, Markan. À quelques différences près. Ce garçon-là est plus âgé, plus mince ; il porte un uniforme démodé. Le garçon qui hante mes rêves.

Je parcours du regard les informations publiées en vis-à-vis.

Sujet : Q-24, Daavd. Désactivation le 4/12/2274

Compte rendu d'incident : suite à onze incidents rapportés aux autorités compétentes et une manœuvre de réhabilitation systémique, le sujet D. Q-24 a tenté de s'évader. Appréhendé à la Surface lorsque Zoel, sa sœur, qu'il entraînait dans sa fuite, a alerté les Régulateurs à la position 9.103.23. Décision des autorités : désactivation immédiate du sujet D. Q-24, retour du sujet Z. Q-24 dans sa cellule familiale après brouillage mémoriel.

— Non. Non !

KO debout, je cherche d'autres renseignements dans l'interface mais les dossiers que j'ouvre sont tous vides et je me heurte à un pare-feu imprenable. La crise d'hystérie me guette, l'alarme de mon moniteur cardiaque se déclenche mais j'ai d'autres soucis.

— Adrien, qu'est-ce qu'il y a dans ce dossier ? Montre-moi ce qu'il y a là-dedans !

L'instrument qu'Adrien a posé sur la table se met à biper.

— Zoe, il faut qu'on sorte d'ici. Les techniciens ont réparé la panne. Ils vont revenir d'une minute à l'autre.

Je l'entends à peine, le regard fixé sur la silhouette de ce frère dont j'ai tout oublié. Mon estomac se tord de douleur.

Mes allergies, mes rêves fragmentaires. Je suis déjà allée à la Surface. C'est là que j'ai été exposée aux allergènes, c'est là que j'ai développé mon hypersensibilité. C'est là, aussi, que j'ai livré mon frère aux Régulateurs ! Un jet de bile me brûle soudain la gorge. J'avais un frère. Et je l'ai tué.

Adrien, qui a ramassé toutes ses affaires, m'observe avec inquiétude. Je sens une colère folle monter en moi, aiguë et électrique, embraser jusqu'au bout de mes doigts, me chatouiller le cuir chevelu. Le labyrinthe de béton qui nous cerne de toutes parts pourrait s'abattre sur nous, cela ne me ferait ni chaud ni froid.

Adrien me saisit par les poignets mais je me dégage, les joues baignées d'une eau salée. Il attend que je m'apaise pour planter son regard dans le mien.

— Zoe, arrête ! Il faut qu'on y aille. Tout de suite.

— Il a dû m'emmener quand il s'est enfui. Il ne voulait pas être seul, alors il est parti avec moi. Et c'est à cause de moi qu'il est mort !

— Tu n'avais que quatre ans ! Pense aux autres, Zoe. Si on ne sort pas d'ici très vite, on va mettre Max et Molla en danger. Tu crois que tu peux te reconnecter au Lien ?

Adrien me secoue sans ménagement, comme s'il ranimait une noyée, et je pose sur lui un regard vide. Une fraction de seconde je me cramponne au réel, loin de ces émotions incontrôlables qui me transpercent de part et d'autre, et je hoche la tête, l'esprit englué dans une nasse compacte.

J'ai besoin du Lien. Besoin que le flot abrutissant de sa logique froide et implacable muselle ma douleur. Même si je ne le mérite pas. Il faudrait que je sois engloutie par le néant. Que je sombre dans cette plaie béante que j'ai à la place du cœur.

J'avais un frère aîné, et je l'ai trahi. Il a été désactivé. Par ma faute. Ma faute à moi. Le poids de ma responsabilité pèse sur mes épaules et je m'écroule par terre. Si seulement je pouvais gratter le sol, y creuser ma propre tombe, disparaître. Me mettre moi-même au ban de l'humanité.

Ma lâcheté, hélas, me pousse à me soumettre aux ordres d'Adrien.

— Lien Beta Dix Gamma.

— Parfait. Allons-y.

Adrien m'attrape par la main. Nous nous engouffrons dans le long couloir, puis il me pousse dans un passage qui mène à une salle de classe vide. Je distingue au loin un bruit de pas précipités. La fin des cours, sûrement. Si nous prenons du retard, les Systèmes Centraux seront avisés des libertés que je prends avec mon emploi du temps.

Le Bulletin s'impose soudain à mon esprit et mon cadran rétinien fait défiler des instructions rédigées en couleurs vives. Je n'y puise qu'un maigre réconfort.

— Reste connectée au Lien et attends que je vienne te voir dans ta chambre. Jure-le-moi, Zoe. Je reviens bientôt. Sois sage.

Adrien m'adresse un regard indéchiffrable, entre la peur et l'hésitation, puis dépose un tendre baiser sur mon front et me contraint à quitter notre abri. J'arrive encore, j'ignore comment, à mouvoir mes pieds. Un hurlement se tapit en moi à la façon d'une bête sauvage qui tente de s'échapper, toutes griffes dehors, mais le brouhaha du Lien l'étouffe très vite.

17.

Ce soir-là, je reste allongée dans mon lit, les yeux fixés au plafond. Adrien me rend visite comme il l'a promis et m'apprend que Max, camouflé en Réparateur, a effacé à temps le fichier vidéo avant que Molla ne se trahisse devant toute sa classe. Il lui a également confié la clé USB : mission accomplie, donc. Adrien m'annonce aussi qu'il a tenté de glaner plus d'informations sur les six étudiants – des glitchers ? – apparus dans la base de données des Systèmes Centraux, mais elles sont détenues au cœur d'une véritable forteresse numérique. Un mystère à ajouter à la longue liste des questions restées sans réponse.

Je n'écoute Adrien que d'une oreille. Mon esprit est loin, très loin d'ici, comme il l'a été toute la journée. J'ai failli éclater en sanglots pendant le dîner, en voyant Daavd à la place de Markan. Daavd, mon autre frère.

Peut-être était-il à l'époque dans le même état d'esprit que moi : il m'avait emmenée avec lui parce qu'il essayait de me sauver, il se raccrochait à sa famille. Je me remémore mon rêve, je le revois s'effondrer dans les feuilles mortes. Et ce sang… Je ne peux plus me supporter, je ne peux plus supporter ce corps, cette identité qui me répugne tant.

La voix d'Adrien, que j'avais oublié, s'insinue alors dans mes pensées.

— Zoe, mais qu'est-ce que tu fais ?

Je lève les yeux, surprise. Il a pris mes mains dans les siennes, je remarque que j'ai du sang sous les ongles. Je les ai fichés si profond dans mes avant-bras que je me suis entaillée. Je pose sur Adrien un regard qui trahit ma confusion et je murmure :

— J'aimerais me libérer de moi-même, mais je suis coincée avec tous ces souvenirs, ces sensations, ces pensées plus horribles les unes que les autres.

— Oh, Zoe…, souffle Adrien, visiblement touché.

Il me prend aussitôt dans ses bras et me caresse les cheveux avec douceur. Je me surprends à fermer les yeux, consciente que rien ne me donne droit à ce contact, mais je suis trop faible pour ne pas savourer cette étreinte. L'eau qui coule de mes yeux a fini par sécher, comme si toute la douleur avait durci et formé un caillou au creux de moi, un caillou qui me déchire le ventre.

— Zoe, je suis triste pour toi. Très triste.

Son visage semble refléter le trouble que je ressens ; à croire qu'il essaie de prendre à son compte un peu mon chagrin. J'ai l'impression, bizarrement, de me sentir moins seule, avant d'être prise de remords. Adrien souffre lui aussi, encore et toujours par ma faute.

Longtemps après son départ, je reste étendue sur le lit, inerte. Peut-être que je mérite de souffrir. Peut-être même que je dois passer par cette étape afin de faire le deuil de mon frère, mais c'est un luxe qui me semble inaccessible. Je ne peux pas me permettre de m'apitoyer sur moi-même, pas dans les circonstances actuelles. Je ne peux pas perdre un temps précieux.

Quelques jours plus tard, Max et moi organisons une nouvelle séance de tutorat chez lui. Si j'ai accepté de poursuivre cette comédie, c'est que je ne veux pas attirer l'attention des officiels. Moi, j'ai plutôt envie de rester connectée au Lien roulée en boule dans mon lit. À l'Académie, je m'efforce de m'immerger au maximum dans cette vie qui était la mienne autrefois – de redevenir une machine glaciale et imperturbable.

Réjoui, Max referme sa porte et tire un objet de son sac.

— Zoe, je sais que tu broies du noir depuis quelques jours, alors je t'ai apporté une petite surprise.

Il se tourne vers moi, les mains cachées derrière son dos. Le regard embrumé, je me force à feindre la curiosité pour ne pas le vexer.

— Quel genre ?

— Un cadeau très spécial, rien que pour toi. Ferme les yeux.

— Max, qu'est-ce que c'est ?

— Ferme donc les yeux.

— D'accord.

Les paupières closes, j'entends un petit cliquetis.

— Ne les ouvre surtout pas, chuchote Max, et renifle-moi ça.

Sceptique, je prends une profonde inspiration et j'ouvre les yeux malgré moi. Mes narines sont frappées par un parfum indescriptible. Rien qu'à l'odeur, je sais que cette surprise-là va enchanter mes papilles. Je plonge mon regard dans la petite boîte que Max tient sous mon nez et j'avise une épaisse tranche de matière brune et spongieuse.

— Mais qu'est-ce donc que cette merveille ?

— Ça s'appelle un gâteau au chocolat, m'explique Max, ravi de ma réaction. Attends de le goûter, tu vas comprendre.

Il me présente une fourchette.

— Tu es sûr ?

— Allez, goûte, s'esclaffe-t-il.

Même si je ne mérite pas ce cadeau, je sais qu'un refus va gâcher le plaisir de Max et j'avale une petite bouchée. Une explosion de sucre et de saveurs se produit alors. Et ce « gâteau au chocolat », à la texture crémeuse, semble fondre sur ma langue. Je laisse échapper un petit gémissement de bonheur et m'empresse de renouveler l'expérience. Cette nouvelle bouchée est beaucoup plus grosse que la première. Max éclate de rire, sur un petit nuage. J'éprouve pour la première fois une sensation agréable depuis que j'ai appris le sort de Daavd. Daavd… non, je dois être forte, pour Max.

— Je ne sais même pas quel terme employer pour décrire une saveur pareille ! Mon vocabulaire est trop limité pour faire le portrait de ce délicieux… comment tu l'as appelé, déjà ?

— Un gâteau. Un gâteau au chocolat.

— Gâteau. Où as-tu trouvé cette merveille ?

Max range les fourchettes dans la boîte, désormais vide, qu'il pose par terre.

— J'en ai goûté l'autre jour, quand je me suis fait passer pour un officiel. Ils ont organisé un de ces trucs où toute une bande de Supérieurs se retrouvent pour discuter et manger.

— Et de quoi discutent-ils ?

— De tout et de rien ! En fait, ils parlaient surtout d'eux, ou d'autres Supérieurs qui n'assistaient pas à la fête. J'y suis allé dans l'objectif d'en apprendre plus sur ce qui se passe dans le monde mais aucun n'a parlé des multinationales, ni de sujets vraiment importants. Ils étaient plus intéressés par des choses insignifiantes, leurs vêtements par exemple, et ils ont beaucoup ri, même si je ne voyais pas ce qu'il y avait de drôle. Tu le trouves bon, ce gâteau ? Tu n'as encore rien vu. Il y avait de la viande, de la *vraie* viande, pas des pâtés protéinés. Et aussi une boisson qu'ils appellent vin, très amère au début, qui fait tourner la tête et rend super heureux. Il faudra que je vole une bouteille la prochaine fois, que tu essaies à ton tour.

— Max, je suis heureuse que tu te sois autant amusé, mais tu prends trop de risques. Ça n'en vaut pas la peine. Il suffit d'une erreur, une seule, pour qu'ils devinent ta véritable identité. Et ton pouvoir. Et ils t'arracheront à moi. Je te perdrai comme j'ai perdu… mon frère.

— Zoe, tu te trompes. Il n'y a aucun danger. La fuite n'est pas forcément une option pour nous. On peut être en sécurité ici. On peut manger du gâteau tous les jours et boire du vin jusqu'à l'indigestion !

— Mais les Régulateurs ? Les Sentinelles ? Et la Chancelière ? Nous risquons notre vie à chaque instant !

Max affiche un sourire énigmatique.

— Eux, j'en fais mon affaire. J'ai passé du temps en compagnie de ces Supérieurs, et de la Chancelière. Il est beaucoup plus simple de les berner que tu ne le penses… Juste toi et moi, ma belle, murmure-t-il, des étoiles dans le regard. On peut se construire une petite vie tranquille, confortable. Ensemble. Pas comme les crevards du Réseau, des fugitifs impliqués dans une guerre perdue d'avance. Nous, on peut être heureux.

J'ai très envie de le croire, et son charisme parvient presque à me convaincre. Existe-t-il un monde inconnu dont il peut nous ouvrir les portes grâce à ses pouvoirs ? Un monde regorgeant de gâteaux au chocolat, de viande succulente, de boissons qui font rire toute la nuit ? Cela vaudrait mieux, ô combien, que cette culpabilité étouffante. Et si je laissais Max prendre soin de tout ? Et si je prétendais que la douleur et le chagrin ne sont qu'une vue de l'esprit ?

— Et les autres, qu'en faisons-nous ?

— Quoi, les autres ? grogne Max, le front soudain soucieux.

— Tous ces gens condamnés à une vie d'esclave ? Comment peut-on rester assis à se gaver de gâteau alors qu'ils vivent dans la misère et la servitude ?

— Là, cela dépasse nos compétences. La seule solution, c'est de nous sauver nous-mêmes. Ne te préoccupe pas d'eux. Oublie-les, ces minables…

— Tu me proposes une vie très agréable, Max, vraiment, mais j'aurais mauvaise conscience si nous possédons tout quand d'autres n'ont rien. Le Réseau peut nous exfiltrer et, en nous ralliant aux résistants, nous pouvons apporter notre aide à ces laissés-pour-compte. Je vais en parler à Adrien ce soir, nous pourrions organiser une réunion tous ensemble.

— Adrien ? répète Max d'une voix glaciale.

Son ton ne m'inspire rien de bon. Son allure générale non plus. Son visage s'est soudain marbré de taches vermeilles, ses yeux lancent des éclairs et ses narines se dilatent.

— Adrien ? répète-t-il entre ses dents. Vous vous voyez ce soir ?

Je réponds d'une voix tremblante :

— Oui. Nous devons être solidaires.

— Pas avec lui, explose Max. L'entraide, c'est toi et moi. Pas lui !

Sur ce, il assène un coup de poing au mur. Cet accès de violence me fait tressaillir.

— Qu'est-ce qui t'arrive ? Arrête d'être aussi agressif. Nos échanges se finissent toujours en dispute.

— Tout se passait bien avant que ce connard ne s'incruste.

— Je ne te comprends plus Tu changes d'apparence sans arrêt, tu fréquentes les Supérieurs. J'ai l'impression que tu fais partie de leur monde à présent, un monde qui me demeure étranger. Et tu ne me dis pas tout, je le sens. Tu me caches quelque chose, n'est-ce pas ?

— Viens, arrêtons ces chamailleries.

Tout à coup, la fatigue me submerge. Je n'ai qu'une envie, retrouver mon lit. Rien n'est simple désormais : la relation que j'entretiens avec Max, mon pouvoir qui peut se déchaîner à tout instant, ma culpabilité vis-à-vis de Daavd. Max me frotte maintenant le dos d'une main douce. Ses caresses sont si agréables ! Il peut être adorable quand il y met du sien... Je cherche à oublier tous mes soucis et je me blottis contre lui.

Max pose ses lèvres sur mon cou.

Je le repousse, mais il s'obstine à me couvrir de baisers.

— Max, non.

— Pourquoi ? s'agace-t-il, un mélange de colère et de vexation dans la voix.

J'ai vraiment du mal à suivre ses sautes d'humeur, à comprendre ses emportements. Avec un soupir épuisé, je me masse les tempes. Décidément les émotions sont un vrai boulet.

— Tu m'envoies toujours balader. J'espère que la nouvelle fille – Megan ? Morgan ? – sera moins coincée que toi, ricane Max.

Sa bouche s'est tordue en une mimique grotesque qui gomme tout son charme.

— Je ferais mieux de ne plus venir chez toi, dis-je en esquissant quelques pas vers la porte.

Il m'attrape par le bras et ses traits semblent se radoucir.

— Arrête. Je ne sais pas ce qui m'a pris. J'ai tellement envie de toi, mais tu me rejettes toujours à la dernière seconde. Je te désire plus que tout, avoue Max, la voix rauque. Pourquoi tu me dis non à chaque fois ?

— Oh, Max, Je ne voulais pas… excuse-moi…

— Tais-toi, m'interrompt-il. Pas d'excuses. Pas avec moi !

À quel moment notre relation s'est-elle dégradée ? À l'évidence, je détruis tout ce qui me tombe sous la main. À court de mots, je tourne les talons, la housse de ma tablette fixée à l'épaule. Cette fois-ci, Max n'essaie pas de me retenir.

Je m'effondre dans mon lit et je fourre le visage dans l'oreiller afin d'étouffer le brouhaha de mes pensées. J'ignorais que la douleur peut harceler aussi longtemps.

La voix d'Adrien me parvient entre deux sanglots. Il se faufile par la trappe et atterrit sur le lit sans un bruit.

— Zoe, est-ce que tout va bien ?

Je jette un mouchoir usagé dans la poubelle.

— Oui, tout va bien. C'est juste que… Max et moi…

— Il t'a fait du mal ?

— Quoi ? Non, bien sûr que non. On… on n'arrive pas à se comprendre.

— J'en suis désolé, chuchote Adrien.

Une fois installés ensemble sur la mezzanine, nous gardons le silence quelques minutes. Je m'essuie les yeux du revers de la main.

— Tout me fait mal depuis que je me suis mise à glitcher. J'ai l'impression de craquer, d'être à deux doigts d'exploser, de m'éparpiller à tous les vents. Je ne sais pas être humaine. Je fais tout de travers. Je n'y arrive pas...

— Je suis navré, Zoe. Sincèrement. Mais la douleur fait aussi partie des émotions humaines.

— Est-ce que cela en vaut vraiment la peine ? La Communauté a peut-être raison tout bien réfléchi. On se passerait bien de la douleur, non ?

— Zoe, je sais que tu souffres en ce moment mais crois-moi, c'est un véritable privilège. Tu n'as connu que la face négative des émotions ces derniers temps, mais tu vas très vite en découvrir l'aspect positif, rassure-toi.

— Le plaisir, tu veux dire ? Max n'a que ce mot à la bouche.

— Non, pas seulement. Il y a d'autres choses, tiens... l'amour. Un mot qui implique des significations très différentes, surtout au sein d'une même famille. Certaines personnes, tu les aimes et tu les aimeras, quoi qu'il t'en coûte. Même si elles te causent du chagrin.

— Où est la logique là-dedans ? Quels sont les bienfaits réels de cet amour dont tu parles ? Mon frère a été tué parce qu'il m'aimait, justement.

— Ce n'est pas l'amour qui l'a tué, c'est ce système merdique. L'amour est ce qui rend la vie inestimable. Un amour sincère..., s'étrangle-t-il, soudain captivé par ses mains, c'est comme une formidable explosion de joie. Plus profond que le bonheur ordinaire. L'amour t'aide à t'accomplir. En tout cas, c'est ce qu'on raconte. L'amitié est une forme d'amour, aussi.

— Pas pour Max.

— Il a sûrement du mal à gérer ce flot d'émotions, de sensations intenses . Il n'a jamais appris à faire face. Il doit se sentir débordé.

— Débordé ? Il est en colère, tout simplement.

— La colère a aussi sa place là-dedans. C'est une émotion puissante. L'être humain est censé mettre sa jeunesse à profit pour apprendre à maîtriser ses émotions, et cette période d'apprentissage vous a été refusée par le système. Je suis sûr que ce que vous ressentez l'un pour l'autre est très fort. Et Max patauge en pleine adolescence, alors... c'est difficile, tu comprends.

Là-dessus, Adrien se gratte la tête, détourne le regard et rougit jusqu'aux oreilles.

— Non, je ne comprends pas. Pourquoi ton visage prend-il cette couleur ? Tu te sens bien ?

— Eh bien..., bafouille Adrien, la gorge nouée, en se grattant de plus belle.

— Comment expliques-tu que ta figure soit de cette couleur ?

— Parce que je suis gêné. Et cela me gêne aussi de t'expliquer le pourquoi de cette gêne.

— Ah oui ?

— On touche un sujet assez intime. Écoute-moi, Zoe. Ne laisse pas ce crétin de Max te forcer la main sous prétexte qu'il cherche son plaisir.

— Mais tu viens de dire que le plaisir, ça n'a rien de condamnable !

— Ça n'a rien de condamnable, en effet. Si les deux parties sont consentantes. Il faut t'assurer d'abord que tu y trouves ton compte.

— Que je trouve mon compte dans le plaisir ? Je n'y comprends plus rien.

— Je vais t'apprendre. Enfin, dans certaines limites… je peux t'enseigner les différentes émotions et te dire quel mot employer en fonction de ce que tu ressens.

— Un visage tout rouge, ça veut dire gêné. Tu vois, j'apprends vite.

Adrien éclate d'un rire sonore. Cela lève un poids de mon cœur.

— J'aime bien quand tu ris. Et j'aimerais bien que tu sois mon instructeur.

Il m'adresse alors un sourire singulier, un sourire que je devine réservé à moi et moi seule. Une onde de chaleur se propage alors dans ma poitrine. Max est mon ami, mon tout premier ami, mais je sais désormais que l'amitié a fleuri également entre Adrien et moi. Peut-être a-t-il raison, en fin de compte. Peut-être qu'un afflux d'émotions positives peut contrebalancer tout ce que j'ai vécu de négatif...

— Zoe, je vais te faire ton injection. Ensuite on va travailler ta télékinésie. En contrôlant ton don, tu pourras mieux combattre l'influence nocive de la Communauté. Et éviter aux autres ce qui est arrivé à Daavd.

Adrien m'a convaincue. Si je veux aider les gens, comme je le proclame, si je veux que les choses bougent, je dois développer mon principal atout. L'heure du changement a sonné.

18.

— As-tu eu un comportement déviant ces derniers jours, Zoel ?

Le regard de la Chancelière me transperce de part en part, perfore ma boîte crânienne et cherche la puce A-V tapie dans les circonvolutions de mon cerveau pour me soutirer des aveux. Je ne me l'explique pas, mais il y a quelque chose dans ce regard qui réveille en moi une sensation de déjà-vu. Qui me donne la chair de poule.

— Non, Chancelière.

— Dans ce cas, parle-moi de ces anomalies qui se sont produites chez toi, insiste-t-elle, mielleuse.

Je lui retourne son regard, nerveuse. Je me suis reconnectée au Lien, mais je suis certaine qu'elle arrive à voir clair dans mon jeu.

— Aucune anomalie ne s'est produite chez moi, Chancelière.

— Parle-moi des Académiciens déviants.

— Je ne connais pas d'Académiciens déviants.

Pourquoi insiste-t-elle aujourd'hui ? Blême, elle quitte son bureau et s'approche de moi, si près que je sens son haleine effleurer mon visage.

Le bourdonnement de mon pouvoir démarre comme une rumeur discrète, puis il prend de l'ampleur, grandit, devient incontrôlable. Il cherche à se libérer et, pour parvenir à ses fins, m'inflige un véritable supplice. Le regard désespérément fixé au sol, je tente de ralentir sa progression. *Pas ici ! Pas maintenant !* Ma peur est encore trop palpable, je peux perdre le contrôle à tout moment. La Chancelière nourrit des soupçons à mon égard. Elle sait que je lui ai menti – informée par qui, par quoi ? Aucune idée.

Ne pense à rien. Surtout, ne pense à rien. Tant bien que mal, je réussis à me composer un masque. Un peu distante, passive, docile. Une neutralité que j'ai peaufinée au fil des semaines.

La Chancelière retourne s'asseoir en marmonnant et me congédie d'un signe de la main. Un sourire étrange flotte à la commissure de ses lèvres.

— Tu peux partir, Zoe.

Je me mets debout et pivote sur mes talons, lentement, méthodiquement. *Un pied devant l'autre. Ne regarde pas en arrière.* Je quitte le bureau mais le bruit de la porte se refermant derrière moi ne met pas un terme à mon anxiété. C'est la première fois que la Chancelière se montre aussi insistante. Cela fait plusieurs jours qu'elle ne m'a pas convoquée et j'ai été assez naïve pour me croire hors de danger. De toute évidence, j'avais tort. Soudain, un élément me coupe les jambes. Zoe. La Chancelière m'a appelée Zoe. Qu'est-ce que cela implique ? Que sait-elle ?

Ce soir-là, adossée au mur de ma zone individuelle, les genoux ramenés sous le menton, j'attends avec une impatience immuable l'arrivée d'Adrien – comme chaque soir. Je n'arrive toujours pas à déclencher mon pouvoir sur commande mais j'ai réussi à faire léviter une chaussure et à lancer mon oreiller hors du lit. Ma frustration est à son comble face à tant d'imprécision, tant d'irrégularité. Adrien a beau m'encourager, j'ai la sensation d'être une bonne à rien. Pas question de perdre courage, pourtant. Mes journées à l'Académie sont irriguées par un seul et unique objectif, rentrer chez moi les cours finis et reprendre l'entraînement sous la férule d'Adrien.

Les minutes s'écoulent avec une lenteur exaspérante. À l'instant où je me rends compte qu'un torticolis me guette à force de jeter des coups d'œil au plafond, je distingue un bruit familier et la plaque de la gaine d'aération coulisse.

Les longues jambes d'Adrien surgissent de l'ouverture béante et le soulagement m'envahit aussitôt. Adrien est là. Adrien va tout arranger. Rien ne l'effraie, rien ne lui sape le moral.

— Tu es en retard !

— Excuse-moi. Il fallait que je contacte le Réseau à la fin des cours. Je viens tout juste de rentrer.

— Pourquoi ? Qu'y avait-il de si urgent ?

— Il fallait qu'ils vérifient mes implants.

À son changement d'humeur, mon moniteur cardiaque se met à vibrer. Adrien, toujours si calme, si sûr de lui... sa nervosité ne me rassure pas.

— Il n'y a pas de quoi s'inquiéter, lance-t-il enfin après s'être installé près de moi avec un sourire piteux. Tout va bien. Ils ont tout passé au peigne fin, rien d'anormal.

— Qu'est-ce qui les a alertés ?

— La Chancelière m'a convoqué aujourd'hui.

— Moi aussi, dans son bureau. Elle sait quelque chose, tu ne crois pas ?

— Non. Ça ne veut rien dire. Elle t'a convoquée plusieurs fois pour des diagnostics et des entretiens depuis ton retour mais elle convoque tous les Académiciens, l'un après l'autre, afin de détecter tout comportement suspicieux dans nos rangs.

— Pourquoi se donnerait-elle tant de peine si elle ne soupçonne rien ?

— Je l'ignore, lâche-t-il. Allez, viens, il y a une injection qui t'attend.

Je décide de ne pas lui dire que la Chancelière connaît mon prénom, celui que seuls lui et Max utilisent.

— Les résultats de ma prise de sang sont arrivés ?

— Pas encore, mais ça ne saurait tarder.

Je retrousse ma manche et je regarde Adrien enfoncer l'aiguille dans mon avant-bras avant de ranger le matériel en vitesse. Il semble garder ses distances.

— Tu me caches quelque chose, Adrien… C'est la Chancelière ?

— Et merde, tu es la seule personne à qui je ne peux pas mentir. Tu me connais trop bien.

— Qu'est-ce qui te tracasse ?

— C'est là qu'est le problème. Je ne me souviens de rien. Je jurerais que tout s'est bien passé dans le bureau de la Chancelière mais quand j'essaie de me remémorer notre échange, tout devient flou. Toi aussi ?

— Non. Mes souvenirs à moi sont très clairs. Tu crois qu'ils t'ont installé un brouilleur mémoriel ? Un appareil que même les techniciens du Réseau n'arriveraient pas à détecter ?

— Pourquoi pas. Si le Réseau peut pirater leur technologie, l'inverse doit être vrai. Avant toute chose, ils doivent savoir que je fais partie de la Résistance. Et s'ils le savent, qu'est-ce qui les empêche de m'arrêter et de me boucler dans un centre d'interrogation ?

— Tu n'es pas tranquille…

— J'ai la sensation de passer à côté de la dernière pièce du puzzle. D'avoir toutes les cartes en main, sans comprendre les règles du jeu… J'ai eu une vision juste après avoir quitté le bureau de la Chancelière, ce qui explique peut-être mes trous de mémoire.

— Ça t'est déjà arrivé ? De perdre la mémoire après une vision ?

— Je ne peux pas en jurer, mais ça ne m'étonnerait pas. Les visions, et la façon dont elles se manifestent, ont changé à mesure que j'ai appris à les maîtriser, alors c'est tout à fait possible.

— N'y pense plus, d'accord ? Tout va bien se passer. On va trouver une solution. C'est ce que tu dis toujours, non ?

Je le force à me regarder dans les yeux. Il appuie sa tête sur son poing fermé, comme exténué, et je répète, plus pressante :

— D'accord ?

— D'accord. Tant de choses peuvent aller de travers… Je ne peux pas perdre le contrôle de cette mission.

— Tu n'as pas à tenir un rôle devant moi. Tu m'as dit qu'il est sain d'éprouver des émotions. Que t'arrive-t-il ?

— Je ne peux pas me permettre d'être faible. À une époque, j'étais sûr de moi, j'avais une confiance aveugle en mon don. Ces derniers temps… j'ai assuré des dizaines de missions auparavant, mais là, c'est différent. Je ne peux plus me fier à mes visions et il y a trop de gens qui dépendent de moi. Si quelque chose t'arrive parce que je n'ai pas réussi à le voir à temps…

— Adrien…

— Écoute. À propos de la vision que j'ai eue après la convocation de la Chancelière : il y a un autre glitcher à l'Académie. C'est aussi ce qui me tracasse.

— Dans notre Académie à nous ? Encore un ?

Adrien répond par l'affirmative et nous échangeons un regard muet. Étrange qu'autant de glitchers fréquentent le même établissement en même temps, inutile de le rappeler. Je reprends mon interrogatoire, sans le brusquer :

— C'est l'un des sujets que tu as vus l'autre jour dans les fichiers ?

— Non. Un étudiant qui est arrivé récemment, dans la même classe que Molla. Ma mission commence à devenir un vrai casse-tête. Ce serait bien que tout ce petit monde se réunisse. Il faudrait leur demander s'ils ont été eux aussi convoqués chez la Chancelière, s'ils ont remarqué quelque chose qui sort de l'ordinaire.

— Max a trouvé un endroit sûr où nous pouvons nous réunir. Si la Chancelière veut passer à l'attaque, il faut se serrer les coudes, trouver une solution tous ensemble. Je pourrais demander demain à Max de tout organiser et te dire ensuite où et quand se tiendra la réunion.

— Seulement s'il est certain qu'on ne risque rien.

Adrien s'apprête à partir puis il se retourne pour me regarder une dernière fois.

— Sois prudente, chuchote-t-il. S'il te plaît, promets-moi de ne rien tenter. Pas de risques inutiles. N'essaie pas de contacter le garçon, n'aborde ni Max ni Molla pendant les cours ou dans les couloirs. Je ne sais pas ce qui se trame, mais ça m'inquiète. Tout m'inquiète. Il est clair que nous sommes sous surveillance constante.

Je reste désespérément muette.

— Sois prudente, pour moi, dit-il en m'attirant dans ses bras. Tu me le jures ?

Le choc me noue la langue et je m'effondre contre lui. C'est si bon, si agréable d'être dans ses bras. Un raz-de-marée émotionnel me soulève et m'emporte.

— Alors, tu me le jures ? insiste-t-il. Son étreinte se resserre et je m'abandonne à son contact. La proximité de nos deux corps fait prendre son envol à mes émotions, comme si je m'élevais, toujours plus haut.

— Je ne te promets rien, mais je vais essayer.

Je me détache d'Adrien et plonge mon regard dans le sien, captivée par ses longs cils noirs, ses yeux qui me font chavirer. Mon regard caresse son nez, puis l'ourlé de ses lèvres pulpeuses, et c'est alors que je fais ce qui me semble le plus naturel au monde – comme deux aimants qui finissent par se rattacher : je pose mes lèvres sur les siennes avec une douceur indicible. Nos deux bouches fusionnent, une joie éclatante entre en éruption au creux de ma poitrine et, dans une déflagration assourdissante, se dissipe le long de mes membres. Adrien m'observe, une lueur de panique fugace dans les pupilles. Je recule soudain. Oh non, je n'aurais pas dû faire ça !

J'ai à peine le temps de comprendre ce qui se passe, il enroule sa main autour de ma nuque et m'attire ainsi vers lui. Un baiser, tendre au début, qui traduit peu à peu un désir exacerbé. Comme s'il attendait ce moment depuis toujours.

D'une pression de la paume, il m'invite à me rapprocher de lui. J'enfonce fébrilement mes doigts dans ses épaisses boucles brunes et réponds à son baiser, prise d'une faim féroce. Notre étreinte a quelque chose d'animal, il s'en dégage une certaine violence. Ses mains s'attachent à mes hanches et malaxent mon corps. Ce contact éveille en moi des sensations dont je ne soupçonnais pas l'existence et je laisse échapper un gémissement. Comme en écho, Adrien est parcouru d'un frisson. C'est donc cela, ce fameux plaisir qui obsède tant Max. *Max.* Hébétée, je me décolle d'Adrien. Il reste sans voix un long moment, médusé, puis dépose un baiser aussi délicat qu'un chuchotement sur ma joue.

— Bonne nuit, Zoe.

Il se hisse dans la gaine d'aération et me laisse seule au milieu de la pièce.

Je m'allonge sur mon lit, brûlante de fièvre. Du bout des doigts, j'étudie mes joues, mes lèvres, et je rejoue dans ma tête la scène qui vient de s'achever.

Que se passe-t-il ? J'ai l'impression de trahir Max. Depuis le début, il redoute que je tisse des liens avec Adrien. Je l'ai accusé de réagir de manière excessive mais il a remarqué ce que j'ai été trop naïve pour comprendre : l'air se charge d'électricité chaque fois que je retrouve Adrien.

Je rajuste mon oreiller. Dormir. Besoin de dormir. D'oublier les lèvres d'Adrien sur les miennes, ses bras puissants qui m'enlacent, son torse appuyé contre le mien… le désir le consume…

Je me tourne et me retourne sous ma couette, dans un état d'agitation indescriptible. Le sommeil ne viendra pas ce soir.

Le lendemain matin, je rallie discrètement le point de réunion dont Max nous a parlé en suivant ses instructions à la lettre – je rase le mur gauche du couloir en restant hors du champ des caméras et je présente au lecteur fluorescent le badge que Max m'a donné. La porte s'ouvre sans protester. Max a reproduit en plusieurs exemplaires le passe d'un administrateur (car les officiels de haut rang n'ont pas de puce greffée au creux du poignet, au contraire du tout-venant. Ils se rabattent sur des puces externes).

Adrien m'accueille sur le seuil.

— Zoe, très bien.

Il vérifie que le couloir est vide avant de refermer la porte. Je sens aussitôt mes joues brûler et j'avance sans me retourner. Les joues rouges sont synonymes d'embarras, je ne l'ai pas oublié, et je deviens plus rouge encore.

Je découvre une salle encombrée de caisses, de chaises et de tables, certaines empilées avec méthode, d'autres en piteux état, grises de poussière. Max et Molla sont assis sur des tabourets métalliques dans un coin, Adrien se poste du côté opposé. Molla est agrippée au bras de Max, qui ne la repousse pas. Il n'a pas l'air particulièrement ravi mais il domine sa répugnance. Je lui adresse un sourire à travers ma culpabilité. La gentillesse surprenante qu'il témoigne envers Molla m'attendrit. À l'instant où nos regards se croisent, je me détourne. Après ce que nous avons vécu ensemble, je me vautre dans le mensonge. Mais je ne peux pas me résoudre à avouer. Pas encore.

— Coucou Molla. Ça fait plaisir de te voir.

Elle interroge son voisin du regard, manifestement terrifiée par ce salut informel.

— Tout va bien, la rassure Max. Tu peux faire confiance à Zoe. C'est elle qui t'a contactée, tu te rappelles ?

— Oui, bien sûr, répond-elle avec un sourire timide.

— Je suis heureuse de tous vous retrouver, c'est important de savoir que nous ne sommes pas seuls.

— Que les choses soient bien claires, m'interrompt Max. Je suis ici parce que Zoe et moi, nous sommes sur le même bateau. Si cela veut dire que nous devons nous reposer sur la Résistance, qu'il en soit ainsi. Mais je serais curieux de savoir ce que la Résistance réclame de nous en retour.

Adrien apporte deux chaises. Il en choisit une et m'invite à prendre l'autre, à côté de lui. Il y a maintenant deux clans en présence. Comme ce clivage me paraît de mauvais augure, je m'installe au milieu de la pièce. En territoire neutre.

— La Résistance ne veut qu'une chose, déclare Adrien. Que vous soyez en sécurité.

— À d'autres ! ricane Max, une lueur mauvaise dans le regard. Ce qui l'intéresse, c'est d'exploiter nos pouvoirs !

— Je ne vais pas vous mentir : vos pouvoirs nous intéressent, bien sûr. Mais si vous n'aviez aucun don, si vous n'étiez pas des glitchers, le Réseau viendrait aussi à votre secours.

— Vous êtes nombreux, dans la Résistance ?

— Je l'ignore. Seuls les chefs des différentes cellules détiennent ce genre d'informations.

— Comme c'est pratique. Qu'est-ce que tu sais, toi ?

Sentant bien la conversation s'envenimer, je m'interpose :

— Max, Adrien essaie de nous aider…

— Vraiment ? Je n'en jurerais pas. Réfléchis, Zoe. Tes problèmes ont commencé juste après son arrivée : le diagnostic qui tourne mal, la nomination de la nouvelle Chancelière… tu ne trouves pas ça louche ?

— Cela devait se produire, tôt ou tard, Max. C'est pour cela que nous devons rester solidaires…

— Ah ouais. Alors il débarque comme ça de nulle part, mais il te connaît par cœur ! s'agace Max. Et il te fait tout un tas de promesses, il te parle d'un endroit où on peut, soi-disant, vivre libres, aider les autres. Le paradis, non ? C'est un beau parleur qui te baratine pour mieux t'endoctriner !

— Arrête, Max.

— Et tes pouvoirs à toi ? lâche Max en s'adressant à Adrien. Tu vois l'avenir, c'est ça ? Alors, quel avenir me prédis-tu ?

— Je ne choisis pas mes visions, répond Adrien sans se départir de son calme, et je ne t'ai pas vu dans les miennes.

— Mais en revanche tu vois Zoe… Quel est son avenir à elle ?

— Son avenir, c'est ce qu'elle décide d'en faire.

— Tu te fous de moi ? Tu n'as rien vu, en réalité ! À force de mentir et de manipuler les autres, tu n'arrives même plus à être d'accord avec toi-même.

— Max, arrête. Adrien sait qu'il y a un autre glitcher. C'est pour cela que nous sommes réunis.

— Un garçon dans ta classe, Molla, poursuit Adrien, prêt à exploser.

Je devine qu'il essaie de redresser la situation, même s'il a beaucoup de mal à se contenir. Molla garde les yeux rivés au sol. Elle tremble comme une feuille.

— Et quel est son pouvoir ?

— Il s'appelle Juan. Et son don, c'est la musique. Je l'ai vu jouer de la guitare dans mes visions. Un véritable phénomène, et il est capable d'influer sur l'humeur des gens grâce à ce talent.

— Ah ouais. Donc il maîtrise une machine extraordinaire qui s'appelle une guitare, raille Max. C'est une blague ? Pourquoi mettre nos vies en danger pour le sauver ? Nous est-il d'une quelconque utilité ?

— La musique est d'une importance capitale. C'est un vecteur de beauté, d'émotions, et elle entretient la flamme de l'espoir, ce dont notre génération va avoir terriblement besoin. La créativité et l'expression artistique représentent ce que l'être humain fait encore de mieux. En plus, il pourrait hypnotiser ou distraire des foules entières…

— Sans intérêt, d'un point de vue tactique.

— Max !

Exaspérée par ses commentaires, je me laisse gagner par la tension qui règne dans la pièce.

— Je ne fais que pointer l'évidence, Zoe.

— Le Réseau veut proposer un refuge pour tous les glitchers, rétorque Adrien.

— Si cette Résistance dont tu te gargarises a des chances d'éliminer la Communauté, il faut que quelqu'un sorte de ce cadre. Que chaque étape soit réfléchie. Les risques à prendre doivent être calculés. Et donc, je répète, pourquoi risquer notre vie pour lui ?

— Parce que c'est la solution la plus morale de toutes !

Max bâille maintenant à s'en décrocher la mâchoire.

Révoltée par son mépris, je me lève en faisant tomber ma chaise. Il vient de dépasser les bornes.

— Parce que selon toi, aller à des fêtes organisées par les Supérieurs et apprendre des jurons, cela mérite de prendre des risques, mais pas la vie d'un de tes semblables ?

Max se poste lentement devant moi, mâchant sa fureur.

— Je n'ai de conseil à recevoir de personne. Et j'exploite mon pouvoir comme bon me semble. Je ne vois pas l'intérêt de me mettre en danger pour un type que je ne connais même pas. Un simple esclave, un pantin !

— Tu n'as donc aucune sympathie pour lui ? Aucune pitié ?

— Zoe, enfonce-toi ça dans le crâne. Tu ne peux pas sauver tout le monde.

— Et pourquoi pas ?

— Parce que ! Tu vas te faire désactiver !

Il m'attrape par les épaules et me secoue brutalement. Adrien saute aussitôt sur ses pieds et le bouscule.

— Ça suffit !

— Ne me touche pas, connard !

Max lui assène un coup de poing et Adrien bascule en arrière. Sans réfléchir, je tends le bras et un bourdonnement que je ne reconnais que trop bien s'empare de ma boîte crânienne.

— Arrêtez !

Le corps d'Adrien se fige en pleine chute, son crâne frôle l'angle d'une boîte en métal.

— Tu as réussi ! s'exclame-t-il, surexcité, alors qu'il est suspendu dans les airs et que le danger n'est pas écarté. Continue. Comme pendant les séances d'entraînement. Essaie de décrypter tes émotions, de penser à ce que tu fais.

Je cligne des yeux et la rumeur s'éteint peu à peu. Plus je me concentre, plus elle semble faiblir. Je vacille une fraction de seconde, Adrien tombe de quelques centimètres. La panique me submerge et c'est cette perte de contrôle qui me permet, paradoxalement, de mieux dompter mon pouvoir. Un équilibre fragile dont je suis seule responsable.

Les yeux fermés, je sens le corps d'Adrien morcelé en une multitude de fragments géométriques encastrés les uns dans les autres. La rumeur s'intensifie lorsque j'analyse sa silhouette par la pensée. Je lève le bras afin de canaliser mon énergie et son corps s'éloigne, je le devine, de la boîte aux angles tranchants.

— Continue, Zoe !

Je le soulève de plus en plus haut, il flotte maintenant à quelques centimètres du plafond. Il n'est pas très lourd – en fait, il ne pèse rien. La gravité n'a plus aucune emprise sur lui – ni sur moi, d'ailleurs. J'évolue dans un espace mental en trois dimensions, un flux d'énergie pure coule dans mes veines.

Lorsque j'ouvre enfin les yeux, Max et Molla ont quitté leur chaise. Max affiche un sourire énigmatique que je n'arrive pas à décrypter ; quant à Molla, elle se cramponne de plus belle à son protecteur. Je sens alors mes forces me quitter et commence à douter de moi-même. Je veux ramener Adrien près de moi mais je le lâche avant qu'il ne regagne le sol. Adrien tombe en chute libre et s'écrase sur le béton avec un grognement de douleur. En un clin d'œil, il se remet sur ses pieds.

— C'était génial, Zoe ! Tu as réussi ! s'exclame-t-il, survolté.

Max abandonne Molla pour me serrer contre lui et me fait tournoyer dans les airs. J'éclate de rire, grisée par mon succès. C'est la première fois que je réussis à tenir mon pouvoir en bride aussi longtemps. D'un seul coup, j'ai l'impression d'avoir retrouvé toutes mes facultés.

— Maintenant, l'ambition, ce serait d'y arriver presque en claquant des doigts.

— C'est faisable, me rassure Adrien, avec de la patience.

— Pour une fois, je suis d'accord avec lui, ajoute Max. On peut s'entraîner ensemble, chez moi.

J'accepte son invitation d'un hochement de tête. Il faut vraiment que je parle à Max de mes sentiments pour Adrien, même si leur nature précise m'échappe. L'amitié qui me lie à Max est beaucoup moins intense.

— Je vais essayer d'entrer en contact avec Juan, ajoute Adrien. Au départ, je voulais attendre un peu plus longtemps mais je pense que ce sera notre dernière recrue et qu'il faut partir d'ici dès que possible. La Chancelière est en train de refermer son piège sur nous. Il faut agir, et sans perdre de temps.

— Comment ?

— Mes contacts planifient notre fuite en ce moment même. Ils décryptent les codes qui tromperont le système. Ils se chargent également de tracer l'itinéraire le plus sûr, avec des points de chute qui nous permettront de semer nos éventuels poursuivants. Quand tout sera en place, je vous contacterai individuellement. Préparez-vous à quitter la Communauté dans les prochains jours.

— Et Markan ? On va le faire sortir d'ici ?

— C'est l'un des éléments sur lesquels nous travaillons. Nous allons insérer un lecteur externe dans son port USB et installer dans son système un programme qui le forcera à nous suivre sans regimber. Je sais que ça va à l'encontre de tes principes, Zoe, mais ça reste le moyen le plus sûr.

— Bien entendu.

Soudain Molla pousse un petit cri. Elle est si discrète, j'avais fini par oublier sa présence.

— Quelqu'un approche ! souffle-t-elle, tremblante.

L'angoisse me serre les tripes. Max réussit à se dissimuler derrière l'une des tables lorsque la porte s'entrouvre. Je cherche une cachette du regard mais Molla reste plantée au milieu de la pièce, pétrifiée. Un homme vêtu d'un uniforme brun apparaît sur le seuil. De taille et de carrure moyennes, il porte la tenue des Intendants. Il étudie Molla d'un regard placide, puis se tourne vers moi.

— L'accès à ce local vous est strictement interdit. Vous avez un comportement déviant.

Et il s'apprête à activer son interface sous-cutanée.

19.

Je vois Adrien bander ses muscles dans l'ombre, prêt à se jeter sur l'intrus. C'est alors que la Chancelière surgit de derrière la table. Max a décidé de prendre les choses en main.

— Stop, ordonne-t-elle, s'adressant à la fois à Adrien et à l'Intendant.

Adrien se fige à mi-geste, décontenancé. Il découvre enfin en quoi consiste le pouvoir de Max.

— Chancelière Bright, lance l'homme.

— Que faites-vous ici ?

— J'acquitte mon devoir communautaire dans le cadre d'une Unité de Redistribution des Ressources. Je me trouvais dans le couloir quand j'ai entendu des voix. Cela m'a semblé anormal, alors je suis venu vérifier.

— Vous êtes seul ? Avez-vous prévenu un collègue que vous quittiez votre poste pour fourrer votre nez dans une affaire qui ne vous regarde pas ?

— Les comportements déviants, cela concerne tout sujet scrupuleux. Et non, personne ne sait que je suis ici.

— Tant mieux, lâche Adrien qui s'est approché en catimini de l'homme tandis que Max l'embobinait. Il lève une lourde barre en métal et l'abat sur son crâne.

L'Intendant s'écroule par terre, ce qui m'arrache un cri de panique. Adrien lâche alors son arme, qui roule au sol avec un bruit assourdissant, et recule d'un pas. Horrifié par son acte.

Max retrouve son apparence ; la fureur déforme ses traits.

— Je croyais que tes visions te prévenaient toujours en cas de problème ! Comment tu as pu rater ça, l'extralucide ?!

— Je ne sais pas ! réplique Adrien, l'air perdu. C'est à n'y rien comprendre. Je ne vois pas…

— Que fait-on maintenant ? Un coup sur la tête ne va pas effacer sa mémoire, et il a vu nos visages. Adrien, tu as un instrument pour gommer ses souvenirs ?

— Non, je ne transporte pas ce genre de matériel sur moi, au cas où je me ferais fouiller.

— Tu n'aurais pas dû le neutraliser, s'agace Max. J'avais la situation sous contrôle. Il me suffisait de lui donner quelques ordres.

— C'est là que tu fais erreur. Le protocole exige que les sujets prennent note du moindre détail qui sort de l'ordinaire, peu importe sa nature. Quand un incident implique un ou plusieurs Supérieurs, les Systèmes l'ignorent, mais admettons que la Chancelière ait pris connaissance du rapport de l'Intendant, elle nous aurait traqués sans relâche. Je ne pouvais pas prendre un risque pareil.

— Comment s'assurer qu'il ne parlera pas ? En le désactivant ? En retirant sa carte-mémoire ?

— Max ! dis-je, catastrophée. Comment peux-tu suggérer cela ?

— Écoute, Zoe, il nous a vus ! On choisit, c'est lui ou nous, et pour moi, le choix est déjà fait. En plus, avec sa puce A-V, il est condamné à être soumis au Lien toute sa vie. Qu'est-ce que ça change, en fin de compte, de le désactiver ?

Nous nous tournons vers Adrien, qui ne semble pas avoir suivi notre échange.

— Je ne comprends pas ce qui s'est passé, s'étonne-t-il, les yeux dans le vague. C'est la première fois que ça m'arrive. J'ai toujours pu me fier à mes visions…

— Tu te poseras ces questions plus tard. On doit tout d'abord trouver une solution pour cet homme.

— Comment vous procédiez, autrefois, dans la Résistance, avant de développer votre technologie ? demande Max.

— Malheureusement oui, on les désactivait, avoue Adrien. Mais une désactivation déclenche obligatoirement une enquête. Par ailleurs j'aimerais autant éviter une solution aussi barbare. Quand même…

— Quoi ?

— Eh bien, j'ai vu, un jour, un combattant de la Résistance procéder à un effacement manuel. Mais c'est gore.

— Est-ce que… est-ce qu'il s'en tirera ?

Un frisson me parcourt le dos lorsque Adrien se mord la lèvre.

— Si j'effectue la procédure dans les règles de l'art, oui. Ses souvenirs récents seront nébuleux mais il s'en sortira sans trop de dégâts et personne n'arrivera à nous soupçonner.

— Et dans le cas contraire ?

Adrien se détourne, la gorge nouée, son silence pour toute réponse. Lorsqu'il revient vers nous, il commence à s'affairer.

— Zoe, apporte-moi ma tablette. Max, enlève sa chemise, on va le tourner sur le ventre.

Les mains tremblantes, je m'exécute. Adrien ouvre sa besace tandis que Max s'occupe de l'homme.

— Assure-toi que sa tête reste sur le côté et qu'il respire correctement.

Adrien s'arme de sa tablette mais, au lieu de l'allumer, il la frappe contre le sol, la disloque et ouvre la coque plastique, ce qui met au jour les circuits internes.

— Zoe, tu peux me prêter une barrette ?

Je retire l'une des épingles métalliques qui retiennent mes cheveux et je la lui tends sans un mot, sans poser la moindre question. Adrien tord l'épingle, l'aplatit et la transforme en un long crochet.

— Molla, tu vas monter la garde. Max, tu vois ce ventilateur dans le coin, là-bas ? Dénude le fil électrique et ramène-le-moi. Zoe, attrape l'une de ces chaises cassées.

Je reviens chargée de la chaise, Max rapporte le câble électrique. Adrien est en train d'extraire, avec mille précautions, un filament à peine plus épais qu'un cheveu d'un des circuits de la tablette.

— Qu'est-ce que tu fais ? s'inquiète Max.

Adrien lui répond par une autre question :

— Je pourrais avoir une autre barrette ?

Ce coup-ci, il se sert de mes épingles à cheveux comme d'une pince. Grâce à cet outil improvisé, il insère le filament sous un faisceau de micro-câbles puis il pousse un soupir de soulagement.

— Voilà. Ça devrait faire l'affaire.

— Faire l'affaire pour quoi ?

— J'ai rerouté le couplage dans la tablette afin d'ajuster l'ampérage qu'elle est en mesure de produire.

C'est avec un frisson d'horreur que je comprends enfin ce qu'il s'apprête à faire.

— Tu vas l'électrocuter !

— Je ne vais pas l'électrocuter, rassure-toi. Je vais court-circuiter sa carte-mémoire… Très bien, Molla, je vais te demander d'utiliser ton don. Tu peux voir à travers les objets, c'est bien ça ? Il faut que j'insère ce morceau de métal dans son cerveau, en le mettant en contact avec sa carte-mémoire. Je veux que tu deviennes mon tube à rayons X, que tu me dises quand je touche au but. Je sais que tu en es capable.

Ainsi donc, le pouvoir de Molla s'est déjà manifesté. Lorsqu'elle pose un regard apeuré sur Adrien, il tente à nouveau de la mettre en confiance :

— Montre-leur ce que tu sais faire, ma belle.

Elle s'agenouille près de l'homme, toujours K-O. Je me décale de quelques centimètres, afin de lui laisser ma place. Elle sera plus utile que moi.

— Pourquoi on lui a enlevé sa chemise ? demande Max.

— Pour éponger le sang, répond Adrien en essuyant la sueur qui perle à son front. Max, tiens-moi cette chaise. L'un des pieds va servir de marteau. On va enfoncer la barrette comme ça, faute de mieux.

Il glisse l'épingle dans la chair, à quelques millimètres du port USB. Je me force à ne rien perdre de l'opération, même si je tressaille à chaque coup qu'ils portent pour ficher l'épingle aussi loin que possible dans le crâne de l'Intendant.

— Attention ! siffle Max. Elle va se tordre si tu ne frappes pas au bon angle.

Un filet de sang s'échappe de la plaie. Je l'essuie à l'aide de la chemise.

— Molla, j'en suis où ? souffle Adrien.

— Encore un centimètre et demi, chuchote-t-elle, et il faut que tu la décales un peu vers la gauche… Stop ! C'est bon. Tu touches sa carte-mémoire.

Adrien assène un dernier coup, assez faible.

— Il faut que l'épingle soit fixée dans la puce, mais pas trop. Ça va ?

— Parfait, conclut Molla.

Notre neurochirurgien se remet debout, exténué, avant de passer à l'étape suivante.

— Maintenant, le courant électrique.

Max lui confie le câble dénudé par ses soins. Adrien raccorde l'une des extrémités à sa tablette, puis il approche l'autre de l'épingle qui jaillit de la nuque de l'homme.

— Zoe, tu veux bien brancher la tablette sur le secteur ?

Le câble d'alimentation à la main, j'hésite un instant. Et si c'était une erreur ? Et si je tuais ce pauvre homme en me conformant aux instructions d'Adrien ?

— Zoe ? Tu préfères que je le fasse ? demande Adrien, pressant.

— Non. Je m'en charge.

Après une profonde inspiration, je recouvre mon calme et glisse le câble dans la prise électrique. Un léger chuintement, une étincelle qui fuse de la tablette, et la tête de l'Intendant est parcourue d'un soubresaut. Adrien démantèle déjà son installation.

— Très bien. Je crois qu'on a réussi.

— Et il va s'en tirer ?

Je pose ma main sur le torse de l'homme, qui semble respirer sans problème. Nous échangeons, Adrien et moi, un sourire rassuré.

— Oui, je pense. Très bien, tirons-nous d'ici. Max…

Tout en rassemblant son matériel, il lève la tête, puis étouffe un hoquet de surprise. Max a emprunté l'apparence du technicien étendu par terre.

— Je t'ai pris de vitesse, hein ? Normalement, il devait pousser son chariot de service dans les couloirs. Je vais le chercher, on cachera le type sous une bâche et je l'emmènerai loin de cette zone.

— Dépêche-toi, alors. Quand il se réveillera, l'alarme de son moniteur cardiaque va partir en vrille, à cause de la douleur. Ça te laissera quand même le temps de disparaître. Zoe et Molla, partez d'ici, mais soyez prudentes. Et restez dans les angles morts des caméras !

J'ai bien du mal à trouver le repos ce soir-là, l'esprit assailli par des questions angoissantes : est-ce que l'Intendant s'en est sorti ? Et l'effacement manuel, a-t-il produit les résultats escomptés ? Le souvenir de l'incident peut être intact sur sa carte-mémoire, auquel cas un bataillon de Régulateurs risque de débarquer d'une minute à l'autre. J'espère – c'est tout ce qu'il me reste, l'espoir – que la décision d'épargner cet homme ne va pas nous coûter la vie à tous.

Je sombre quelques instants dans un sommeil agité. Lorsque démarre mon cauchemar rituel, je remplace le visage de Daavd par celui de Max. Il est pourchassé par les Régulateurs et je l'abandonne à son sort. À cause de moi, il se sent seul. Il souffre.

Et pas seulement dans mes rêves.

Markan n'est pas encore rentré. Quel plaisir d'avoir l'unité-logement pour mon seul usage. Cela m'arrive rarement de savourer à ce point la solitude.

À l'instant où j'ouvre la porte de ma zone pour rejoindre la salle d'eau, j'étouffe un hurlement.

— Adrien !

Sourire aux lèvres, il descend les derniers barreaux de l'échelle. M'attend-il depuis longtemps ?

— Pardon. Je ne voulais pas te faire peur.

— Qu'est-ce que tu fabriques ici ? Il est déjà tard. Mon frère va rentrer d'un moment à l'autre.

— Il fallait que je te voie.

La tension quitte alors mes membres et cède la place à une exaltation qui me chatouille des pieds à la tête. Bizarrement, le visage d'Adrien semble s'assombrir.

— Que se passe-t-il ?

— Rien.

Ses yeux bleu-vert s'éclairent lorsqu'il sourit à nouveau. Il s'approche de moi et me prend la main, la douceur incarnée. Puis il m'embrasse, toujours aussi tendre. À l'instant où ses lèvres effleurent les miennes, toutes mes peurs, tous mes doutes sont balayés. Il m'attire contre lui, un peu plus brutalement, ce qui précipite les battements de mon cœur. Mon moniteur s'emballe mais je ne m'inquiète pas trop : cela fait des semaines qu'il n'a pas bipé, je ne risque pas d'être repérée par les Systèmes Centraux. Enivrée par son odeur, je me colle contre Adrien mais, à l'instant où je veux plonger mes doigts dans ses boucles touffues, il me repousse.

— Pourq...

Adrien a disparu. C'est Max qui se tient devant moi.

— Je le savais ! rugit-il.

— Max, je suis désolée. J'allais te le dire...

— Me dire quoi ? Quoi ?! Que ton moniteur cardiaque vibre quand il t'embrasse ?

Ivre de colère, Max n'essaie plus de se cacher derrière une autre identité, il n'essaie pas non plus de camoufler son chagrin. L'eau s'accumule au coin de mes yeux. Je détourne le regard et je bafouille :

— Tu sais que tu comptes beaucoup pour moi...

— Mais ?

— Mais ce que j'éprouve pour Adrien, c'est… ce sont des sentiments qui me poussent à être avec lui.

— Ne dis pas ça. Tu ne le penses pas.

— Bien sûr que si. Je t'assure. Ça m'est tombé dessus sans que j'aie mon mot à dire. Je n'avais pas l'intention de te faire de la peine. Et j'allais t'en parler…

Max s'accroche à moi ; ses doigts m'enserrent les poignets à la façon d'une tenaille.

— Max, tu me fais mal.

— Ouvre les yeux, Zoe. Il te ment. Il te manipule. Son Réseau, c'est du délire. Il n'est pas de notre camp.

— Détrompe-toi. Il me fait ressentir…

— Quoi ?! hurle Max en me secouant de toutes ses forces. Qu'est-ce que tu ressens ? Dis-moi ! Je vais le tuer !

— Tu vas trop loin. Arrête, Max. Quelqu'un va t'entendre. Je suis désolée.

Il me lance un regard qui me pétrifie, frappe le mur du poing avec une violence telle qu'il perce un trou et laisse échapper un cri de rage pure.

— Je refuse de tirer un trait sur toi !

— Max… je crois qu'Adrien et moi, nous étions ensemble avant même que tu… notre relation a démarré pendant mon séjour à la Surface, j'en suis certaine. Oui, c'est à la Surface que nous nous sommes mis ensemble. Même si mes souvenirs restent vagues. Autrement dit, avant même que nous devenions amis, toi et moi.

— C'est moi qui aurais dû te sauver le jour où tu as disparu. Avant qu'il ne s'interpose.

— Arrête, Max…

— Zoe, écoute-moi ! Tu ne sais rien de lui. Réfléchis une seconde. Il connaît tous tes secrets grâce à ses visions. Il sait t'enjôler par de belles paroles. Tu ne trouves pas ça suspect ? Sans oublier son fameux Réseau. J'ai mené ma petite enquête et j'ai découvert qu'ils mènent tout un tas d'expérimentations sur le bioterrorisme, la guerre bactériologique. Ils n'ont aucune leçon de morale à donner à la Communauté. Et Adrien veut que tu tombes entre les mains de ces ordures. Ils ont besoin de ton don. Moi, ton don, il ne m'intéresse pas. C'est toi que je veux. Toi.

Il me plaque soudain contre le mur, m'embrasse avec une fougue agressive et m'écrase sous son poids. Je me débats, tant bien que mal. Prise au piège.

— Ça suffit !

— Un jour ou l'autre, tu seras à moi. De gré ou de force.

Ma patience s'est envolée, supplantée par une sensation horrible, une sensation infâme que je ne pensais pas un jour éprouver en présence de Max : la peur. La fureur chuinte dans mes oreilles.

— Va-t'en. Lâche-moi ! Avant que je ne te force à me lâcher.

Il éclate d'un rire sinistre et recule d'un pas.

— Ça crève les yeux, non ? Tu es faite pour moi. Tu as ce côté sombre, au fond de toi.

Ses mots me laissent comme une cicatrice indélébile. Elle ne lui a pas échappé, cette lourde culpabilité que je porte autour de mon cou, à la manière d'un boulet. Il sait qu'au fond, je suis lâche et fourbe. Marquée à vie par ce que j'ai fait à mon frère. Me raccrochant aux lambeaux de ma dignité, je bombe le torse :

— Peut-être. Mais je ne veux pas renoncer à Adrien.

Max demeure immobile un instant, rendu aphone par ce qui sonne comme une déclaration de guerre. Un silence terrifiant nous enveloppe. Ses yeux se voilent d'une pellicule d'eau qu'il essuie aussitôt du revers de la main, puis il se précipite sans un mot hors de ma zone individuelle. J'entends la porte d'entrée se refermer en claquant. Il est parti. Parti pour de bon.

20.

Le lendemain, à la pause déjeuner, je m'attache à Max dès que je l'aperçois. Piégés par le conformisme ambiant, nous sommes forcés de ménager les apparences. Il ne peut pas m'éviter mais je sens que sa colère n'est pas retombée, loin de là. Il fulmine, littéralement. Et il arrive à me gommer de son champ de vision sans aucun état d'âme. Triturant ma fourchette, j'essaie d'attirer son attention mais il reste stoïque – et indifférent. Je finis par baisser les bras.

C'est lorsque je quitte la table que j'entends un cri étranglé à l'autre bout du réfectoire. Je me tords le cou, les yeux écarquillés, et je vois un garçon encadré par deux Régulateurs qui viennent de le prendre au collet. Je le reconnais immédiatement : il s'agit de Juan, le garçon qu'Adrien m'a montré un peu plus tôt. L'autre glitcher.

— Au secours ! s'époumone-t-il. Je vous en supplie, aidez-moi !

J'observe les visages impassibles qui m'entourent. Tous observent l'arrestation sans se sentir concernés. Juan réussit toutefois à se dégager de la poigne d'un des gardes, l'autre le retient d'une main ferme. Surgis de nulle part, d'autres Régulateurs scannent la foule du regard, à l'affût de toute réaction déviante. La colère brûle en moi et je sens mon pouvoir se réveiller. Je ne peux pas rester bras croisés. Pas cette fois.

La scène qui se déroule sous mes yeux reflète fidèlement les cauchemars montrant la triste fin de Daavd. L'un des Régulateurs vient de sortir une seringue et la fièvre me gagne. Je sais que mon visage trahit ma panique intérieure. Je veux me lever, mais Max me retient en serrant mon bras de toutes ses forces. Il me bloque les jambes sous la table et me dissuade d'agir avec un mouvement imperceptible de la tête. Je suis renvoyée à mon impuissance et à ma passivité.

Mon pouvoir ne se laisse pas réprimer facilement, il oppose une résistance farouche à mes tentatives et je me sens peu à peu perdre le contrôle. Une fourchette tombe par terre, sans aiguiser pour autant la curiosité de nos voisins. Un plateau glisse de droite à gauche. Max continue de se cramponner à moi de toutes ses forces.

Juan s'effondre par terre, inconscient, et les Régulateurs l'entraînent sans ménagement hors du réfectoire. Tout autour de moi, les Académiciens commencent à rassembler leurs affaires, calmes et indifférents.

Des monstres. Nous sommes tous des monstres.

Et je m'inclus dans le lot. J'aurais pu empêcher cette arrestation mais je ne voulais pas mettre Max en péril, ni courir de risques inutiles. Le pouvoir était au bout de mes doigts. J'aurais pu sauver Juan. J'aurais pu... mais je suis restée apathique.

Je me réfugie quelques instants dans le carré-hygiène de l'étage et je donne libre cours à ma fureur dans l'intimité d'une cabine. Mon pouvoir me supplie de le libérer et m'agite de tremblements qui me projettent contre la porte. Je m'effondre par terre.

Max m'attend à la sortie. Il m'attrape par le bras et me conduit à bonne distance de la marée humaine, plus brutal qu'à son habitude. Plus froid, plus dur.

— Jure-moi que tu ne vas rien faire de stupide, siffle-t-il dans mon oreille.

— Juan a besoin de notre aide. Ça aurait pu tomber sur toi, ou sur moi !

C'est moi que les Régulateurs auraient dû arrêter. Pas Juan, ni Daavd.

— Ne crie pas. Est-ce que tu me fais confiance ? Dans ce cas, tu peux me croire quand je te dis que je m'en occupe. Je te le jure. Toi, jure-moi de ne rien tenter de ton côté.

Max a-t-il vraiment l'intention de voler au secours de Juan ? Dois-je lui faire confiance ?

Le reste de la journée se déroule dans un épais brouillard mental. Je refuse de me reconnecter au Lien car je veux m'abandonner, corps et âme, à la douleur. J'en mérite chaque piqûre et chaque aiguillon, je mérite le vide béant dans ma poitrine, le supplice de la mauvaise conscience. Pas de répit.

Adrien a prévu de me rendre visite ce soir. Je ne sais pas quoi lui dire, je ne mérite pas d'être réconfortée et je n'ai pas envie de le voir. Lorsque la dalle du plafond s'ouvre, je ne réagis pas. Recroquevillée sur moi-même, j'enfonce le visage dans mon oreiller.

— Zoe, tu te sens mal ? Zoe, regarde-moi. Le Réseau est au courant pour Juan. Ils font tout ce qui est en leur pouvoir…

— Tu crois qu'ils pourront l'exfiltrer ?

— Parfois, il n'y a aucune solution, il va falloir que tu l'acceptes. À partir du moment où un glitcher est conduit dans un centre de reformatage, il s'avère impossible de le récupérer avant qu'il ne soit reprogrammé ou… ou pire encore.

— Désactivé, tu veux dire.

Adrien veut me prendre dans ses bras mais je le repousse pour laisser s'exprimer mon chagrin.

— Non, je ne mérite pas que tu me consoles ! Je suis un monstre. J'ai laissé les Régulateurs emporter Juan. J'ai cru qu'en me débarrassant de la puce A-V, je serais différente, plus libre, plus courageuse. J'ai fléchi le genou devant la Communauté. Je n'ai aucune excuse.

— Zoe, arrête. Il n'y avait rien à faire. Max et moi, on n'a pas non plus volé au secours de Juan. Tu nous qualifierais de monstres ?

— Non !

— Dans ce cas, pourquoi culpabiliser ? Pourquoi te rendre responsable d'une histoire qui n'est pas du tout de ton ressort ? Ce sont les Supérieurs et la Chancelière qui sont coupables de cette tragédie.

— Ça aurait pu être toi, ou Max, ou… ou Markan.

— Tu ne peux pas voir les choses sous cet angle.

— Je lâche les gens qui me sont le plus proches. J'ai lâché mon propre frère. Et j'ai déçu Max, aussi. Tout ce que Max voulait, c'est que j'aie envie d'être avec lui.

Je m'écroule sur le torse d'Adrien, secouée de spasmes incontrôlables. Il me serre contre lui.

— C'est pour cela que tu pleures ? Zoe, tu me fais peur !

J'entends soudain la porte de Markan s'ouvrir.

— Cache-toi, vite ! Referme la trappe et colle-toi contre le mur, sur la mezzanine.

Adrien gravit l'échelle aussi vite et aussi discrètement que le permet la panique. L'oreille plaquée contre ma porte, j'entends des pas qui se dirigent vers la salle d'eau. Soupir de soulagement. Sur son perchoir, Adrien ne pipe mot.

Je grimpe sur la mezzanine et je m'allonge près de lui, les mains sous mon oreiller. Assez loin pour que seuls nos genoux se touchent, assez près pour sentir son haleine mentholée.

— Parle-moi de la haine, Adrien.

— Zoe…

— S'il te plaît.

— La haine, c'est une émotion très forte. L'une des plus puissantes de la palette humaine.

— Mais qu'est-ce que c'est ?

— Je ne saurais la décrire. Ni la définir. La haine que suscite en toi une chose ou une personne peut prendre une telle ampleur qu'elle finit par te dévorer. En voyant la cruauté dont l'être humain est capable à l'égard de ses semblables, je me dis parfois que c'est notre principal moteur, l'émotion qui nous vient le plus naturellement.

— Du coup, les gens veulent en désacti… en tuer d'autres ?

Adrien acquiesce.

— Tu as déjà éprouvé de la haine, toi ?

— Bien sûr. J'ai de la haine pour les Supérieurs, pour le système du Lien qui nous a réduits en esclavage… pour ceux qui t'ont mise en danger.

— Mais le contraire de la haine, c'est l'amour… Parle-moi de l'amour, alors.

Adrien entremêle ses doigts dans les miens, troublé, et mon moniteur cardiaque s'emballe.

— Je pense, peut-être un peu naïvement, que l'amour est plus fort encore que la haine. Même si je n'y comprends rien, par moments – son existence même me semble tenir du miracle. J'en ai trop vu. Trop de haine, trop de mort, trop de douleur. Certains s'acharnent à survivre et sont rattrapés par le chaos. D'autres sont assoiffés de pouvoir et prêts à tout, même au pire, pour l'obtenir. Mais l'amour ? L'amour qui pousse à tous les sacrifices, jusqu'au sacrifice ultime ? Cela m'échappe depuis le début.

— Adrien…

— L'amour, selon toute logique, ne devrait pas exister. La plus grande anomalie, certains diront le plus grand défaut, du genre humain. Mais c'est surtout sa plus grande beauté, je le comprends à présent. Et je sacrifierais tout pour toi, même si ce sentiment n'est pas réciproque. Parce que je t'aime.

Adrien se redresse et se masse les tempes puis, d'une voix détachée :

— J'ai eu une vision, juste avant ton retour à l'Académie – je vous ai vus échanger un baiser, Max et toi, et j'ai préféré taire mes sentiments. Mais plus je passe de temps avec toi, plus je te dois la vérité. Surtout après notre baiser de l'autre soir.

— J'ai des sentiments forts pour Max, c'est vrai, mais ils sont d'une nature différente. Il m'a porté assistance le premier, quand j'étais seule. Le souci, c'est qu'il réclame de moi plus que je ne peux lui donner. Je ne l'ai compris que récemment, et nous nous sommes disputés.

— Tu n'es pas obligée de me raconter ça.

— Adrien, si nous nous sommes disputés, c'est à cause de toi. Parce que je lui ai dit ce que j'éprouve pour toi. Depuis un long moment, sans savoir le mettre en mots. Même s'il signifie beaucoup pour moi, mes sentiments envers toi sont mille fois plus forts. Trop intenses, même, pour que j'en saisisse la portée.

— C'est vrai ? demande Adrien dans un soupir.

— La description que tu en fais – c'est aussi ce que je ressens. De l'amour. Je t'aime, Adrien.

Après cet aveu, dont j'ai peine à croire qu'il a franchi mes lèvres, j'éclate de rire. Je suis stupéfaite de constater qu'autant d'émotions contradictoires peuvent être contenues dans une seule et même journée.

— Répète.

— Je t'aime, Adrien.

Il me serre sur son cœur, puis il m'embrasse avec fougue. Sa joie pleine et sincère me remplit de bonheur et nous échangeons un long baiser, maladroit d'abord, aveuglés par l'euphorie. Demain, je penserai à Juan. Demain. Je veux profiter de l'instant présent. Profiter d'Adrien.

Peu à peu, une sensation de légèreté s'empare de moi, comme si nous avions pris notre envol, ensemble, comme si nos corps avaient fusionné. L'osmose est parfaite.

Adrien finit par se détacher.

— Zoe, regarde !

Je découvre alors que mon oreiller tournoie au-dessus de nos têtes. Mon cri émerveillé rompt le charme. Sous l'effet de la gravité, l'oreiller retombe et je me le prends en plein visage. Adrien s'esclaffe, m'embrasse à nouveau.

— Je n'arrive pas à le croire. Je savais que tu étais importante pour la cause, pas que tu deviendrais si importante pour moi. Ma vie n'a pas été une partie de plaisir, loin de là, et je ne pensais vraiment pas, un jour, connaître le bonheur. Quand je vous ai vus ensemble, Max et toi, je me suis résigné. Tu me regardais comme si je n'étais personne, comme si je t'inspirais de la peur. Cela m'a fait encore plus mal… Puis, quand j'ai cru avoir fait la paix avec ton attitude, j'ai repéré une lueur chez toi, un petit espoir…

— Nous avons fini par nous retrouver, Adrien. Et tu ne vas pas te débarrasser de moi de sitôt !

— Bientôt, chuchote-t-il, nous serons loin d'ici. En sécurité.

— Qu'est-ce qui t'a poussé à avancer la date de notre fuite ? Tu as oublié mes allergies ?

— J'ai un mauvais pressentiment. Mes visions ne sont plus aussi fiables qu'avant. Je ne sais toujours pas pourquoi je n'ai pas vu venir ce qui s'est passé avec l'Intendant. J'avance à l'aveugle, du coup. Quel intérêt d'avoir le don de prescience si c'est pour rater des événements aussi importants ?

— Je suis sûre que tout va s'arranger.

Les yeux fermés, je serre Adrien contre moi, formulant le souhait égoïste que cet instant s'inscrive dans l'éternité. Soudain, je sens son corps se raidir entre mes bras et je me retourne, alarmée. Markan nous a-t-il surpris ? Mes parents ? Mais non, la porte est close. Adrien, par contre… les traits figés, les yeux vides, le corps rigide…

— Adrien ! Adrien, que se passe-t-il ?

Livide, le front luisant de sueur, il cligne des paupières à plusieurs reprises. Je l'ai déjà vu dans cet état. Pendant l'une de ses visions.

— C'était Juan ?

— Non. Il faut fuir. Tout de suite. Demain au plus tard.

— Pourquoi ? Qu'est-ce que tu as vu ?

— Molla est enceinte.

21.

— Tu te trompes forcément ! Molla est trop jeune. L'accès à la clinique génétique lui est interdit.

— Il existe d'autres moyens de tomber enceinte, des moyens plus… naturels… Oh non, Max ! J'aurais dû me méfier ! L'imbécile ! Excuse-moi, j'aurais mieux fait de prendre des pincettes pour t'annoncer ça. Si tu es jalouse, je comprendrais.

— Non. Tout cela me dépasse. Il semblait tenir beaucoup à moi.

— Rien n'oblige à nourrir des sentiments très forts pour une seule personne à la fois… Enfin bref, là n'est pas la question. Il faut qu'on la fasse sortir de la Communauté. Au plus vite. Molla ne sait pas camoufler ses émotions. Elle va comprendre que quelque chose cloche et perdre les pédales. Si cela arrive, on est tous foutus.

— C'est bien l'avenir que t'a montré ta vision, n'est-ce pas ? Ils vont peut-être finir par, comment dit-on déjà, tomber tous les deux amoureux ? Ce serait formidable, non ? Max sera enfin heureux avec une fille qui lui retourne son amour…

— Zoe, j'ai l'impression que ma vision m'a montré un avenir proche. Elle est enceinte à l'heure qu'il est. Maintenant. Il faut l'exfiltrer au plus vite.

Je ressens une culpabilité exaspérante quand j'observe Markan à la table du petit déjeuner mais elle est vite remplacée par une détermination à toute épreuve. J'ai abandonné Daavd, je n'abandonnerai pas mon petit frère. À cette perspective, une bouffée de joie me monte à la tête.

Les soucis ont beau s'accumuler, j'ai envie de sourire d'une oreille à l'autre chaque fois que mes pensées dérivent vers Adrien. J'aimerais tant faire résonner mes cris de joie dans ces tunnels lugubres, danser sur le quai du métro et sourire, sourire nonstop, sourire à la Terre entière. Si je m'écoutais, j'adresserais même des risettes à mon pâté protéiné. Je dois me faire violence pour rester impassible, me tenir bien droite.

Je remarque soudain que mon père scrute chacun de mes gestes et je me sens mal à l'aise sous son regard inquisiteur. J'avale une bouchée de pain-dur qui m'étouffe à moitié. Encore un peu de patience. Un peu de patience, un peu de courage, et je n'aurai bientôt plus à me prosterner devant la Communauté. Je pourrai être moi-même. Enfin.

Après mon dernier petit déjeuner en famille, je quitte l'unité-logement et remonte le couloir qui mène au métro, en essayant de brider mon impatience. Plusieurs sujets me rejoignent dans le tunnel et je ralentis afin de calquer ma démarche sur la leur.

Une femme aux cheveux roux se détache inopinément de la file et s'approche de moi. Elle s'attache fidèlement à mes pas et nous marchons à l'unisson. Inquiète, je lui jette un coup d'œil. Une Sentinelle ? Une espionne du Réseau ? Suis-je sauvée ou condamnée à la désactivation ? La paranoïa me guette. C'est alors que la femme se penche vers moi :

— Prends la prochaine issue de service.

Les yeux écarquillés, je pousse la première porte de service qui croise mon chemin (les portes des tunnels secondaires s'ouvrent grâce à des poignées obsolètes, à croire que la technologie n'est pas arrivée jusqu'ici), comme si cela faisait partie de ma routine quotidienne, et la femme m'emboîte le pas. J'étudie, non sans anxiété, le réseau de canalisations rouillées qui nous enferme dans sa nasse et c'est Max qui referme la porte derrière nous.

— Max ! Mais que se passe-t-il ?

— Zoe, tu n'es plus en sécurité. Il faut partir, toi et moi. Sans plus tarder.

— Quoi ?

— Zoe, écoute-moi ! Je sais que tu ne vas pas me croire, mais c'est la vérité. Adrien t'a caché son véritable rôle. C'est une Sentinelle. Il travaille pour la Chancelière ! C'est sûrement lui qui a dénoncé Juan.

— Arrête ! Tu es ridicule avec tes soupçons. Ta haine devient dangereuse.

— Peut-être préfères-tu l'entendre de sa propre bouche.

Max s'agenouille sur le sol du tunnel et pose une tablette près de lui.

— On n'a pas le temps, Max ! On doit contacter le Réseau, retrouver Juan, Molla et Markan.

— C'est justement ce que je faisais quand je suis tombé sur cette vidéo. Je me suis planqué après les cours, j'ai pris l'apparence d'un Régulateur et je suis allé voir les autres pour leur poser des questions sur Juan. Ils m'ont regardé d'un air bizarre et ils m'ont dit que le garçon avait déjà été transféré.

— Oh non.

Je m'effondre par terre. Des crampes insupportables me tordent l'estomac. Nous avons laissé passer l'occasion d'apporter notre aide au pauvre Juan.

— Ensuite je me suis faufilé dans le bureau de la Chancelière pour chercher dans ses dossiers l'endroit où Juan est détenu.

Je n'arrive pas à camoufler mon étonnement et Max lâche un rire sinistre.

— Cela t'étonne que j'aie fait autant d'efforts pour lui, Zoe ? Tu me méprises à ce point ?

— Excuse-moi.

— Pendant mon exploration, j'ai trouvé ça. Cela remonte à deux jours.

Il insère dans sa tablette une clé USB miniature qui projette une vidéo. Plan général du bureau de la Chancelière. Assise devant ses dossiers, elle lève la tête lorsqu'un étudiant fait son entrée. Le sang se glace dans mes veines. Adrien.

— Assieds-toi, ordonne-t-elle, et Adrien prend une chaise. As-tu eu des visions récemment ?

— Oui.

— Raconte.

— Il y a un autre glitcher. Il s'appelle Juan.

Révoltée, je chuchote :

— C'est un montage. Je n'y crois pas une seule seconde.

— Regarde donc la suite, rétorque Max.

Je vois la Chancelière ouvrir un répertoire 3D. Elle pianote sur son clavier et un visage surgit dans le cube de diffusion.

— C'est lui ?

— Oui.

— Très bien, Adrien. Tu m'es d'un grand secours. Maintenant, dis-moi ce que tu sais sur cette fille. Zoe.

Je vois Adrien remuer sur sa chaise, comme embarrassé.

— N'hésite pas, l'encourage la Chancelière.

— Dans les visions que j'ai eues d'elle, reprend Adrien sur un ton contraint que je ne lui reconnais pas, elle est devenue chef de la Résistance.

— Tu l'aides à contrôler son pouvoir ?

— Oui.

— Se doute-t-elle que tu collabores avec moi ?

— Non.

— Elle te fait confiance, alors ?

— Oui. Elle me confie ce qu'elle n'a confié à personne d'autre.

— Par exemple ?

— Elle tremble pour son frère, Markan. Elle redoute qu'il ne soit capturé, comme son frère aîné, par sa faute.

— Très bien. Si tes visions se concrétisent... il ne faut pas brusquer les choses. Ne la quitte pas d'une semelle. Il faut que tu conserves sa confiance, par tous les moyens.

— Très bien, Chancelière.

— Et tu as utilisé le tube souillé que je t'ai donné pour sa dernière injection, j'espère ?

— Bien sûr.

— Excellent, conclut la Chancelière avec un rictus. Merci, Adrien. Tu es congédié.

La vidéo s'interrompt, l'écran s'éteint... et je suis effondrée.

— C'est une vidéo truquée ! Ils ont récupéré l'image et la voix d'Adrien ailleurs pour les trafiquer. Ce serait un jeu d'enfant pour eux.

— Et ce qu'il a dit à la Chancelière ? Tu savais qu'il te faisait des injections, ou est-ce qu'il te les a faites de force ?

— Oui, je le savais. C'est un traitement antiallergique qui m'aidera à vivre à la Surface après notre fuite. Adrien serait incapable de me faire du mal !

— Tu es donc aveugle ? crache Max. C'est la marionnette de la Chancelière, une Sentinelle, un vulgaire espion à sa solde ! Ils ont dû conclure un marché avec lui quand il s'est fait repérer dans l'Académie qu'il fréquentait avant. Peut-être même qu'il les a ralliés de son plein gré. Quoi qu'il en soit, il faut qu'on parte d'ici.

— Non ! Je connais Adrien. C'est impossible.

— Et toutes ces choses que tu n'as dites qu'à lui ? demande Max, comme s'il me faisait subir cet interrogatoire à contrecœur. Tes allergies, tes rêves, ton frère ? Personne d'autre ne savait cela, Zoe. Pas même moi.

— Ils ont dû mettre des caméras ou des micros dans ma chambre.

— Pourquoi refuses-tu de voir l'évidence ? Il s'est moqué de toi. Il a joué sur ta naïveté, sur le fait que tu ressentes ce genre d'émotions pour la première fois, sur ta crédulité. Il t'a dit ce que tu voulais entendre et les Régulateurs vont nous tomber dessus d'un instant à l'autre. Ils ont déjà Molla, il s'en est fallu de peu qu'ils m'attrapent. Viens avec moi, Zoe. Partons d'ici avant qu'il ne soit trop tard !

— Non...

Non, non, non. Je marque un temps d'arrêt, atrocement tiraillée. Je voue à Adrien une confiance aveugle, inconditionnelle. Je l'aime.

Mais... et si Max avait raison ? Et si Adrien me manipulait ? Je ne le connais pas si bien, après tout, et je ne sais rien du monde qu'il m'a promis.

— Et quand j'ai disparu à la Surface ? C'est lui qui m'a aidée à m'échapper.

— Zoe, tu ne gardes aucun souvenir clair de cette période. Les officiels t'ont sûrement enlevée pour faire des expériences sur toi. Et même t'implanter de faux souvenirs, avec l'objectif que tu lui fasses une entière confiance. Tu sais qu'ils ne reculent devant rien.

Mon regard se voile. Non, je ne peux accepter ça.

— Zoe, poursuit Max, comme frappé par une illumination. Il a dû avoir une vision qui lui montrait que j'essayais de vous sauver, Molla et toi. Ce qui explique ce qui se produit au moment où je te parle.

Il range le cube de projection dans sa housse et se remet debout. Je l'imite, mutique, détachée des événements, déconnectée de mon propre corps. Réflexions et souvenirs entrent en collision sous mon crâne, comme les wagons d'un train de marchandises, et je peine à les passer en revue. Où est la logique dans tout cela ?

— On peut prendre le métro et nous rendre dans cet endroit que j'ai repéré à Cité-Centrale. J'usurperai l'identité de différents officiels pour nous déplacer en toute liberté et mettre un maximum de distance entre nous et la Communauté. Il faudra gagner l'autre côté du Secteur, ou nous réfugier dans d'autres Secteurs, si les choses se gâtent. On pourrait aussi changer la puce de notre poignet et endosser de fausses identités. Si Adrien nous dénonce, on fuira encore. L'important, c'est qu'ils ne mettent pas la main sur toi.

Sans me laisser le temps de répondre, Max reprend l'apparence de la femme rousse, ouvre la porte et s'assure que la voie est libre avant de me tirer dehors.

Tempête dans mon esprit. Contre toute logique, Adrien collabore avec les officiels. Il nous a trahis. Molla, Juan, Max, moi… nous sommes tous en danger par sa faute. Pour une fois je peux aider quelqu'un auquel je tiens.

En même temps, la douleur est indicible. Adrien.

Max m'entraîne dans le tunnel et nous rasons le mur tête baissée, afin d'échapper aux caméras. Lorsque le tunnel s'ouvre sur le quai du métro, il se fraye un chemin dans la foule des usagers à coups de coude, sa main enserrant mon poignet. Soudain, il m'attire dans un recoin sombre.

— Des Régulateurs, chuchote-t-il de sa voix de femme en désignant le quai du menton.

Une meute de Régulateurs – leur patrouille est deux fois plus nombreuse qu'à la normale – bloquent l'accès pour effectuer des contrôles au hasard. Ils retournent les gens comme des poupées de chiffon, scannent les visages et vérifient les puces avant de les jeter de côté. Les sujets contrôlés réintègrent la file et poursuivent placidement leur progression. Je dois étouffer la peur qui m'étreint. Comment atteindre le métro sans être repérés ?

— Qu'est-ce qu'on fait ?

— Ils doivent être à nos trousses. Adrien nous a vendus. Couvre-moi pendant que je me transforme.

Il se plie en deux, soi-disant pour renouer son lacet, et je me plante devant lui pour le cacher aux regards. Lorsqu'il se redresse, il ressemble trait pour trait à la Chancelière Bright. Il m'agrippe alors le bras et se dirige d'un pas déterminé vers le groupe de Régulateurs.

— J'ai la fille, déclare-t-il. Mais le garçon m'a échappé. Dispersez-vous et partez à sa recherche. Je l'emmène directement au centre de détention.

Le Régulateur responsable de sa patrouille hoche la tête et fait signe à ses comparses, qui s'égaillent. Je pousse un soupir de soulagement lorsque j'entends le bruit sourd de la rame à l'approche. Tout ce que je sais, c'est que nous devons quitter ce quai au plus vite.

La rame s'immobilise. Max, toujours dans la peau de la Chancelière, m'entraîne et se poste à l'avant de la file. Pas de protestation, pas de résistance : dociles, les sujets se soumettent à son bon vouloir. Soulagée, j'aperçois les Régulateurs loin, très loin, à l'autre bout du quai. D'ici quelques secondes, nous serons définitivement hors de leur portée.

Les portes de la rame s'ouvrent et c'est alors que la Chancelière, en chair et en os, nous coupe la route, Adrien à son côté, une dizaine de Régulateurs sur ses talons, et un sourire mauvais sur le visage.

Je m'entends pousser un cri de stupéfaction qui franchit trop vite mes lèvres. Voir Adrien en compagnie de la Chancelière, c'est comme un coup de poignard en plein estomac. Ne pas tomber à genoux exige de moi un effort surhumain, tant le choc est violent.

— Adrien !

Max redevient lui-même et me pousse vers l'avant.

— Cours, Zoe !

La Chancelière claque des doigts ; les Régulateurs se jettent sur nous alors que Max pivote sur ses talons afin de prendre la fuite. Il trébuche, l'un des

Régulateurs le rattrape et le harponne par le col. Adrien assiste à la scène, indifférent.

D'instinct, je me tourne vers Max et je tends le bras. Un bourdonnement familier envahit soudain mon cerveau, le temps semble ralentir puis buter sur un obstacle. Le Régulateur qui retient Max est précipité vers l'arrière et s'encastre dans un pylône. Son crâne se pulvérise sur le béton avec un bruit qui me soulève le cœur.

Max se métamorphose une nouvelle fois, en homme de petite taille ; il me prend par la main et me tire vers lui. Figée sur place, je lève le bras et les Régulateurs qui s'apprêtaient à nous arrêter s'envolent aux quatre coins du quai, comme dispersés par une explosion invisible. Les usagers se tiennent immobiles sur le quai, indifférents au danger, et enregistrent leurs rapports sur leur interface sous-cutanée. Adrien s'approche de moi avec des gestes mécaniques.

Je sens mon pouvoir s'éveiller en moi, courir le long de mes bras telle une décharge électrique, effacer ma peur et ma rage.

— Zoe ! s'écrie Max. Viens, on s'en va !

— Cours, Max. Va-t'en ! Je les retiens. Moi, je reste. Je veux comprendre !

Résolue, je me dirige vers Adrien, étudiant par la pensée les méplats, les angles et les courbes de son corps. Il y a forcément une explication.

C'est alors qu'un élément étrange accroche mon attention. Un minuscule disque dur est inséré dans son port USB. La voilà, la raison. Il agit sous la contrainte, son comportement lui est dicté par un gadget électronique. J'essaie de retirer le disque dur mais, à cause du chaos ambiant, je n'arrive pas à convoquer la concentration nécessaire. Les Régulateurs sont des cibles bien trop imposantes. Autant chercher une aiguille dans une meule de foin.

Max jette des regards désespérés vers le tunnel de sortie. Son désespoir est palpable, mais j'ai fait mon choix. Je me tourne vers Adrien.

— Maîtrisez-la ! s'exclame la Chancelière. Sa voix sonore se répercute sur la voûte du quai.

Je m'approche d'Adrien à pas de loup, une idée en tête. Plus qu'un mètre ou deux et je serai en mesure d'enlever le disque dur manuellement.

— Adrien, je sais que ce n'est pas toi.

Avec l'aide de Max, nous pourrons prendre la fuite. J'en suis certaine. Le sang bat à mes tempes et je convoque chacune des fibres de mon corps, les yeux fixés sur le port USB d'Adrien. Lorsqu'il tend le bras dans un dernier sursaut d'énergie, je suis capable d'analyser la forme du disque dur et je tire dessus. Il cède à ma force, se détache de la nuque d'Adrien et se brise en mille morceaux contre le béton.

Adrien cligne des yeux. Mon soulagement est indescriptible.

— Arrête-la ! aboie la Chancelière, ivre de colère.

Il n'hésite qu'une fraction de seconde avant d'enfoncer l'aiguille d'une seringue dans mon cou. Aussitôt, je vois le sol se dérober sous mes pieds. Deux yeux aigue-marine qui me dévisagent avec froideur, c'est l'image que j'emporte dans les ténèbres.

22.

Je me réveille en sursaut mais le contact de l'oreiller me rassure. J'ai le cou endolori et la gorge horriblement sèche. À croire que je suis restée sans boire des jours entiers.

Je me redresse sur ce qui s'avère être un matelas défoncé et je me masse la nuque.

— Où est Max ? me lance une voix. Est-ce qu'il est en sécurité ?

Les paupières papillonnantes, je découvre Molla face à moi, assise sur une étroite couchette. Nous nous trouvons dans une cellule lugubre, à peine plus grande que ma propre zone individuelle, contenant en tout et pour tout deux lits et, dans un coin, des latrines. Molla me rejoint d'un bond sur ma paillasse.

— Où est Max ? répète-t-elle.

Le ciel me tombe soudain sur la tête. Ce n'est pas un rêve, et je reviens durement à la réalité.

Adrien est bien une Sentinelle et il m'a trahie. La douleur devient si intense qu'elle pénètre mes os, mes orteils, mes doigts et, pire que tout, mon cœur. Un vrai miracle s'il arrive encore à battre. Il aurait dû se s'arrêter, se fracasser, se morceler sous les coups de boutoir de la souffrance.

J'essaie de me concentrer sur l'instant présent et je sens les larmes me monter aux yeux. Je serre Molla dans mes bras, qui s'agrippe à moi comme à une bouée.

— Je ne sais pas. Je n'ai pas vu s'il a pu s'enfuir – ils m'ont attrapée la première. Max m'a dit qu'ils t'avaient attrapée aussi. Je suis navrée de t'avoir impliquée là-dedans.

— C'était horrible. Ils m'ont arrêtée le matin, quand je suis arrivée à l'Académie.

À cet instant, elle porte la main à sa bouche.

— Oh non, ça recommence..., gémit-elle, puis elle se précipite vers les latrines et y vide son estomac.

Elle s'essuie le visage du revers de la main et retourne se coucher en rampant sur la paillasse, les joues baignées de larmes.

— Molla, tu es malade ?

— Ça fait une semaine que ça dure. Il doit y avoir un problème, mais je n'ai pas envie de consulter un technicien. Il va découvrir que je passe mon temps à bugger, explique-t-elle entre deux sanglots.

— Tu te tracasses trop...

J'espère qu'elle ne distingue pas l'angoisse qui perce dans ma voix. Elle se tourne sur le flanc, puis se cramponne à son oreiller. Je m'assieds près d'elle pour tenter de la réconforter. Sa respiration finit par redevenir régulière. J'espère qu'elle s'est endormie.

Je me laisse tomber sur le plancher glacial et je me recroqueville sur moi-même. La douleur est un fardeau trop lourd à porter. Max a raison depuis le début, il savait qu'Adrien n'était pas digne de confiance. Il a même tenté de m'avertir mais je suis restée sourde à ses conseils. J'ai cru ce que j'ai voulu croire. J'ai pris tout ce qu'Adrien m'a dit pour argent comptant. Et voilà où mon aveuglement stupide m'a menée. Ce coup-ci, impossible d'échapper à la désactivation. Et si, par miracle, la fuite est possible, où aller ? Sans l'aide de Max, nous ne pourrons pas nous terrer très longtemps à Cité-Centrale, et je ne pourrai pas survivre à la Surface.

Prise de vertige, je ferme les yeux. Adrien s'est joué de moi avec un art consommé de la manipulation à chaque étape du parcours. Pour que je revienne à l'Académie. Que je me livre à la Chancelière. Que je tombe amoureuse de lui. Et je me suis laissé sagement conduire dans le piège qu'il m'a tendu. L'émotion que j'ai retenue devant Molla se déverse maintenant sur mes joues. Tout ce que j'ai ressenti de pur, Adrien l'a sali, traîné dans la boue. Mais ce n'est pas le seul problème, malheureusement. Il y a aussi Markan. Je ne peux plus le sauver. Il grandira sans moi, il sera avalé par l'oppression du Lien. On va m'effacer de ses cartes-mémoire. Un jour, on lui implantera la version définitive de la puce A-V et il perdra pour toujours la faculté de penser, de ressentir, d'être lui-même. Un autre échec impardonnable de ma part.

La douleur se mue en une rage aveuglante et je comprends, pour la première fois, ce qu'est la colère, ce qu'est la soif de violence. Je veux me venger d'Adrien.

Ce n'est que lorsque ma paillasse frappe le mur de notre cellule avant de s'écraser par terre que je me rends compte que je viens de libérer mon pouvoir. Molla bondit, une lueur de terreur dans le regard. Son moniteur cardiaque hulule.

— Molla, excuse-moi !

Elle rejette au loin son oreiller et recule, aussi loin que possible, en se plaquant contre le mur opposé. Une terreur insondable se lit sur son visage. Elle a peur de moi, et ma colère cède bientôt la place à la honte. Daavd m'a-t-il regardée de la même manière quand je l'ai trahi ?

Je ferme alors les yeux, je prends une profonde inspiration et répète le Credo Communautaire, même si chaque mot me fait dresser les cheveux sur la tête. Je n'arrive pas à contrôler mes émotions ; impossible de dire quels dégâts mon pouvoir peut produire dans ces conditions. Si je veux protéger Molla, il faut que j'aie les idées claires.

Lorsque je recouvre enfin mon courage, la porte de la cellule s'ouvre et la Chancelière fait son entrée, Adrien à sa suite.

Mes yeux ont dû trahir ma haine profonde car cette harpie m'adresse un sourire infect. Dans ma tête tournoie le sentiment de ma propre puissance, mêlé à l'angoisse. Mon pouvoir n'a qu'une envie : briser ses chaînes.

— N'y pense même pas, ma belle, déclare-t-elle d'une voix obséquieuse. Suivez-moi toutes les deux, s'il vous plaît.

Molla, qui tremble de tous ses membres, s'est redressée précipitamment lorsqu'elle a aperçu la Chancelière. Elle pivote sur ses talons et quitte la pièce sans un regard en arrière. Mes yeux se posent sur Adrien, une coulée de rage brûlante me dévore l'estomac et je lui lance sur un ton glacial :

— Maintenant, la haine n'a aucun secret pour moi.

Je n'ai qu'une envie : me jeter sur Adrien, l'étrangler, l'étriper, lui arracher la tête. Il faut que j'aide Molla, quoi qu'il m'en coûte. Cette pensée me permet de rester saine d'esprit, et concentrée sur mon objectif. Avec un coup de pouce de la chance, je pourrais diriger mon pouvoir avec précision, mais j'ignore encore où nous sommes détenues. Je ne sais pas quelles forces se tiennent en embuscade dans ces couloirs. Une seule erreur, même la plus infime, condamnerait Molla à mort.

La galerie étroite dans laquelle la Chancelière nous entraîne ressemble à s'y méprendre aux corridors de l'Académie, mis à part les portes blindées. Très certainement un centre de reformatage dans lequel croupissent les sujets au comportement déviant. Où sommes-nous ? Dans l'enceinte de l'Académie ?

Nous longeons une longue vitre derrière laquelle travaillent plusieurs techniciens. Le temps d'un éclair, je vois mon portrait s'afficher sur un moniteur, puis l'un de mes dessins – celui qui montre Markan en train de sourire d'une oreille à l'autre.

Surtout, ne pas paniquer. Je sais que mon dossier contient des rapports d'incidents, je sais aussi que ma récente tentative d'évasion et mes pouvoirs télékinésiques justifient une désactivation immédiate. Mais les dessins ? Il y a là un mystère. Quand les ont-ils découverts ? Pourquoi m'ont-ils laissée libre si longtemps ? En un mot comme en cent, que se passe-t-il ?

La Chancelière allume un écran de commande, une porte s'ouvre en coulissant. Notre petit groupe pénètre à l'intérieur d'une pièce grise et carrée qui évoque fort une salle de classe. Quelques chaises contre un mur. Un endroit si normal que cela confine à l'absurde.

— Les apparences sont parfois trompeuses, ma petite, assène la Chancelière avant de congédier les Régulateurs. Assieds-toi donc.

Je peux venir à bout de la Chancelière et d'Adrien mais, après réflexion, il sera difficile de lutter contre les Régulateurs postés derrière la porte avec une Molla paniquée dans les jambes.

— Je préfère rester debout.

— Un caractère bien trempé. Max m'avait prévenue.

— Max ?

— Ne te fie pas aux mirages, Zoe. Je suis ici pour t'offrir mon aide. Cela fait quelque temps que je t'observe, figure-toi, et je t'ai protégée de la désactivation. Si tu n'as pas été repérée, c'est grâce à moi. J'avais l'espoir que tu consentes à m'accorder ta confiance au fil des semaines mais la surveillance des Supérieurs rendait nos échanges difficiles. Et ta tentative d'évasion ne me laisse décidément aucune alternative. Le timing n'est pas idéal, mais tu finiras bien par comprendre.

— Comprendre quoi ? Que vous nous avez kidnappés, moi et mes amis ? Qu'Adrien vous a servi d'espion ?

— Je te l'ai dit, Zoe, je ne suis pas la méchante de service qui s'acharne sur des innocents. Je ne fais pas partie de ce système qui vous oppresse, toi et tes amis. L'unique réussite de la Communauté, c'est d'avoir su négocier le passage d'une humanité à l'autre. Mais c'est nous qui représentons l'avenir, pas eux. Tu ne comprends toujours pas ? Je suis l'une des vôtres...

— Pardon ?

— Moi aussi, à une époque, je glitchais. Comme toi et tes amis.

Incrédule, je scrute le visage de la Chancelière, la langue nouée. La Chancelière ? Elle glitchait, elle aussi ? Difficile à croire.

— J'avais quatorze ans. Une gamine perdue dans la masse des esclaves entre les murs d'un hangar à main-d'œuvre, et les hangars sont des endroits qui dépassent tes pires cauchemars, crois-moi. Les Supérieurs nous dépouillent de notre dignité, ils nous forcent à retourner à l'état de bêtes, d'animaux privés de conscience et de libre arbitre. Moi aussi, à leurs yeux, je n'étais que de la chair à travail ! Mais mes œillères sont tombées.

Étrangement, la pitié enfle peu à peu en moi. Il est possible qu'elle mente mais mon intuition me dit que le destin abject qu'elle décrit est réservé à des centaines, des milliers de sujets aux quatre coins du Secteur. D'ailleurs, Adrien me l'a lui-même confirmé. Enfin, ce qu'Adrien m'en a dit... Je ne sais plus si je dois la croire.

— Où est Max ? Et Juan ?

— Max va bien. Tu vas le voir très bientôt. Écoute, Zoe, je comprends ta colère. Ton besoin de sauver les autres. Dans les mauvaises mains, le Lien donne le pouvoir de commettre l'innommable. Le problème, c'est que tu t'y prends mal. Rallier la Résistance n'est pas une solution, bien au contraire. Moi, j'ai décidé d'infiltrer le système, d'œuvrer de l'intérieur pour tout changer en profondeur. Pour que la Communauté respecte ses promesses.

— Mais comment ? Cela fait des années que la Résistance tente d'éliminer les Supérieurs.

— Mon don est très… subtil, dirons-nous, et très persuasif. Je peux influencer les gens qui se trouvent à proximité de moi. En gros, ils font ce que je veux, je n'ai qu'à donner mes ordres. C'est grâce à cette faculté, peaufinée au fil des années, que j'ai pu survivre. Je leur soutirais des informations, puis j'effaçais leurs souvenirs. Les pires individus, je les forçais à se punir eux-mêmes. En définitive j'ai endossé le rôle d'une Supérieure, sans que personne s'en rende compte. Depuis, j'ai gravi les échelons.

L'esprit dans la tourmente, je l'interromps :

— Pourquoi vous contenter du poste de Chancelière ? Pourquoi ne pas prendre la place du Chancelier Suprême du Secteur ?

— Je n'ai pas la bêtise de croire que je peux abattre le Lien toute seule. J'ai très vite compris que d'autres devaient vivre la même situation que moi, et j'avais raison. Les glitchers sont plus nombreux que jamais au sein de notre génération. M'imposer à la tête de l'Académie, c'est la meilleure façon de repérer les glitchers et de les rassembler au même endroit avant que leurs pouvoirs ne soient muselés par la version adulte de la puce A-V. Tes anomalies ont fini par piquer ma curiosité. J'ai besoin de ton aide, Zoe.

» Je transfère à l'Académie d'autres glitchers afin de leur offrir un environnement enrichissant et leur permettre de développer leurs pouvoirs. En restant tout à fait discrète, bien entendu. La base de données officielle a été souvent trafiquée et le nombre d'incidents reportés revus à la baisse. Il faut constamment bluffer, nous soumettre à des examens réguliers, mais ce n'est qu'une comédie à l'intention des Supérieurs. Ils n'ont pas la moindre idée de ce qui se passe réellement à l'Académie.

Je cligne des yeux. Trop d'informations se bousculent en moi, trop de changements à digérer en une seule fois. La Chancelière est-elle vraiment de notre côté ? Si elle dit vrai, nous n'aurons plus à vivre cachés, à quitter notre famille, à nous soumettre à la puce A-V. Mais Adrien ? Il m'a menti. Et les promesses de la Chancelière n'arrivent pas à me convaincre tout à fait. Il y a quelque chose qui me perturbe. Quelque chose que je n'arrive pas à définir.

— Aucun glitcher ne vivra dans la peur quand nous accéderons au pouvoir, siffle-t-elle. Tu peux empêcher qu'il n'arrive aux autres ce qui est arrivé à ton frère. Il avait un don merveilleux…

Des souvenirs que j'essayais vaillamment d'enterrer resurgissent soudain.

— Un don ?

— Tiens, tiens… Ils ont gommé ta mémoire, enchaîne la Chancelière, mais je découvre que tu es capable, contre toute logique, de relier des faits que tout oppose, d'assembler des pièces qui devraient rester dissociées dans ton esprit. Ensemble, toi et moi, nous avons une chance d'évincer les Supérieurs. De réduire la Communauté à néant. D'instaurer une liberté totale pour les glitchers.

Je me laisse presque séduire par cette perspective, par la passion qui semble animer la Chancelière. Tout paraît parfait, trop parfait – en apparence seulement…

C'est alors que le déclic se produit enfin dans mon esprit. La Chancelière prétend que le bien-être des glitchers lui tient à cœur, qu'elle veut les sauver du joug communautaire et de la désactivation, d'accord. Mais les autres, les sujets ordinaires, qu'en fait-elle ?

— Et que se passe-t-il ensuite ? Que faites-vous du système de contrôle par implants bionumériques ? Vous comptez le détruire aussi, j'espère.

— Zoe, les puces sont un mal nécessaire, hélas. D'elles dépend notre capacité à développer des facultés hors normes. Garde à l'esprit que ce sont les élites qui sont gangrenées, pas le système. Pour la première fois dans l'histoire de notre espèce, je vais apporter la paix au niveau mondial. Plus de douleur, plus de tristesse, plus de passions destructrices, plus de hangars à bétail humain. La classe dirigeante sera purgée par mes soins de ses éléments corrompus et les membres de la société qui sortira alors de terre rempliront leur rôle de manière aussi disciplinée que compétente. Nous pouvons instaurer un ordre nouveau, fonder une authentique Sublime Lignée. Logique. Disciplinée. Parfaite.

Je l'observe, bouche bée. J'ai du mal à me l'avouer, mais une partie de moi ne peut qu'acquiescer à ses idées, aussi radicales semblent-elles. Je me suis moi-même posé la question du bonheur, un bonheur dépossédé de tout affect. Le peu que j'ai vu de la haine, de la colère et de la jalousie m'a refroidie dans ce domaine. Un monde sans souffrance, cela aurait un coût exorbitant, mais ne serait-ce pas la solution la plus adaptée, au vu de ce que la nature humaine est capable d'engendrer ?

Puis je pense à mon frère, au sourire que je rêve de voir s'afficher sur son visage. Si la Chancelière parvient à ses fins, il restera un esclave jusqu'à sa mort. Il ne connaîtra ni la douleur ni la guerre, bien sûr, mais la joie, la beauté et l'amour lui resteront étrangers, eux aussi. Ne mérite-t-il pas, tout autant que moi, de vivre ces expériences ? Qu'il soit ou non un glitcher ? Au nom de quoi la Chancelière s'arroge-t-elle le droit de décider qui est digne de la liberté, digne du bonheur ?

Mes yeux se désillent enfin, je vois clair dans le jeu de la Chancelière.

— Les idéaux, vous n'avez que cela à la bouche mais le seul idéal qui vous anime, c'est le pouvoir. En cela, vous n'êtes pas différente des Supérieurs.

Le sourire doucereux de la Chancelière s'évanouit. Un rictus furieux lui barre la bouche et ses joues s'empourprent.

— Ne prends pas ce ton avec moi ! J'ai cru que je pourrais te faire entendre raison, mais je me suis lourdement trompée sur ton compte.

Ses traits se figent alors et elle affiche à nouveau ce sourire faux qui est sa marque de fabrique. Trop tard. J'ai entrevu son vrai visage.

Je dois tirer Molla des griffes de cette femme, coûte que coûte. Les poings serrés, j'empêche mon pouvoir de briser ses chaînes, même si je meurs d'envie de le relâcher. Molla doit être ma priorité.

La Chancelière remarque mon trouble.

— Ma pauvre, tu as encore du mal à contrôler ton pouvoir, n'est-ce pas ? Aux grands maux les grands remèdes...

Elle fait un signe à Adrien, qui se faufile derrière Molla et plaque la lame d'un poignard sur sa gorge.

— Tu me vois navrée, Zoe, de recourir à ce genre de méthode. Je pensais pouvoir l'éviter, mais tu ne me laisses pas le choix. Il n'y a qu'un seul moyen fiable de contrôler ton pouvoir.

— Non, arrêtez !

Une goutte de sang perle sur la peau, là où la lame a piqué la chair. Je m'immobilise, de peur qu'Adrien n'égorge Molla s'il se sent menacé. Mon pouvoir tourbillonne en moi désormais à la façon d'une tornade ; j'ai toutes les peines du monde à le tenir en bride.

— Voilà qui est mieux, déclare la Chancelière avec un sourire. Mais cela ne suffit pas, j'en ai bien peur. Je le regrette profondément. Si tu avais le bon goût de réagir à mon don comme tous les autres, nous pourrions éviter ce genre de scènes pénibles. Amenez-moi l'autre sujet, ordonne-t-elle dans son communicateur portable.

La porte s'ouvre, deux Régulateurs traînent un Max à l'état de loque au milieu de la pièce. Ils le jettent comme un vulgaire sac de farine aux pieds de la Chancelière. Mon cœur se serre à sa vue.

Adrien a beau plaquer une main sur sa bouche, Molla parvient tout de même à se libérer et elle pousse un cri de douleur, un hurlement qui n'a plus rien d'humain. Elle se débat comme une furie. Je veux apporter mon aide au blessé, mais la Chancelière m'interrompt d'un claquement de langue.

— Mauvaise idée, Zoe. Pense à Molla.

— Molla, arrête de te débattre ! Il faut que tu sois calme. Pour Max.

Mon amie s'immobilise, une peur animale dans le regard. Ses cris se convertissent alors en une longue plainte, ses yeux fixés sur le corps brisé de Max déversent de l'eau en continu.

Max est dans un état pitoyable. Les cheveux rougis de sang séché, une paupière enflée, les lèvres fendues, le corps couvert de meurtrissures, il demeure étendu sur le sol glacial. Le moindre mouvement semble déclencher en lui une douleur abominable. Il respire, c'est déjà beaucoup.

Aussi discrètement que possible, j'étudie les issues et je calcule la position exacte d'Adrien. À la première opportunité, je le désarme et j'embarque Molla. Si j'arrive à venir à bout des Régulateurs postés près de la porte, nous aurons une chance de nous en sortir.

La Chancelière m'observe, une tristesse factice peinte sur ses traits.

— Je sais combien tu souffres d'assister à pareille scène, mais c'est l'unique moyen que je connaisse de ne pas subir les foudres de ton pouvoir. Quant à Max, je peux t'assurer qu'il s'est fourré dans le pétrin tout seul, comme un grand, à mon immense chagrin. Les termes de notre accord étaient pourtant très clairs. Quand je lui ai offert le poste de Sentinelle il y a quelques mois, il m'a semblé qu'il saisissait l'importance et la portée de ma mission. Mais il a changé de camp, apparemment.

Max, une Sentinelle, mandaté pour épier et dénoncer les glitchers ? Un collabo, un traître qui aide la Chancelière à faire main basse sur le pouvoir ? Elle ment, j'en ai désormais la preuve formelle.

— Pauvre Maximin. Un comédien hors pair. Un véritable caméléon. Il m'a aidée à surveiller de près les Supérieurs. Max avait accès à tout ce qu'il souhaitait mais il aurait tout abandonné, cet imbécile, pour prendre la fuite avec toi… et si Adrien n'avait pas eu cette vision inespérée, il aurait mené son projet à bien, lui aussi. Et pourquoi diable voulais-tu t'enfuir, hein ?

Avec un éclat de rire sinistre, elle se tourne vers Max et pose une main sur son épaule. Il pousse un cri de douleur.

— Debout.

Max obéit, même s'il souffre le martyre.

— Dis-leur, Max. Parle-leur de tes manigances.

— Arrêtez ! sanglote Molla.

— Ouvre les yeux, espèce de petite idiote ! Il ne t'aime pas. Il ne t'aimera jamais, ricane la Chancelière. Il allait t'abandonner pour fuir avec elle !

Les yeux écarquillés, Molla se crispe dans les bras d'Adrien et me dévisage, hébétée. La Chancelière se rapproche de Max, qui semble capituler.

— Dis-leur, Max. Dis-leur que tu pensais avoir trouvé un moyen de m'échapper sur le quai du métro ? Que tu pensais te soustraire à mon pouvoir en changeant d'apparence ? Et ça a marché, un temps seulement. Je suis beaucoup plus rapide que tu ne l'imagines. Allez, parle !

— C'est vrai, avoue Max, la voix éraillée. La Chancelière m'a abordé il y a plusieurs mois. Elle m'a surpris en pleine transformation sur la vidéo d'une caméra de surveillance et elle m'a proposé le poste de Sentinelle en me faisant de belles promesses. J'allais être l'égal d'un Supérieur. Sans courir le risque d'être désactivé ou lobotomisé par la puce A-V. Elle me promettait une vie idéale, pour toi et moi, Zoe. Je n'avais qu'à lui raconter ce que je voyais à l'Académie. Et j'ai accepté... Elle m'a demandé de me rapprocher de Molla alors que je ne voulais qu'une chose, te récupérer. Quand je lui ai demandé d'influencer tes sentiments, elle a soudain perdu son sang-froid. Elle en est incapable ! Elle ne peut pas te contrôler et elle en ignore la raison. Elle a essayé son pouvoir sur toi à chaque fois qu'elle t'a convoquée dans son bureau, mais elle n'a jamais réussi... Ce que je voulais, je devais l'obtenir par mes propres moyens.

— Ça suffit, s'agace la Chancelière.

— Non...

Tenaillée par le doute, je remets en question toutes mes certitudes. Impossible de faire confiance à mes sentiments. Adrien et Max m'ont donc trahie tous les deux en informant la Chancelière ? C'est un autre traquenard, forcément. La Chancelière contraint Max à mentir.

Dodelinant de la tête, Molla laisse soudain échapper un gémissement. Elle a du mal à rester debout, ses genoux flanchent. Lorsque la lame du poignard lui lacère le cou, elle se redresse avec un cri et s'agite à nouveau, malgré mes recommandations.

— Molla, ne bouge plus. Reste calme.

— J'ai dit ça suffit ! s'irrite la Chancelière.

Molla semble aussitôt paralysée. Elle aussi est sous l'influence de la Chancelière…

Max s'effondre par terre, le visage en sang.

Des souvenirs défilent alors dans mon cerveau à une vitesse incroyable : tous ces moments où j'ai soupçonné Max de maquiller la vérité, de me cacher des choses ; mon retour de l'hôpital, où il m'a affirmé qu'il prenait « toutes les mesures nécessaires » ; cette assurance insolente dont il faisait étalage, la certitude de ne jamais avoir à assumer les conséquences de ses actes… Je le trouvais trop sûr de lui, mais y a-t-il une autre explication à son attitude ? Et s'il savait qu'il ne courait aucun risque en sa qualité d'espion de la Chancelière ?

— Écoute-moi, Zoe, déclare la Chancelière, impériale. Je suis du côté de Max. Je suis de ton côté à toi. Je sais que tu veux soustraire tes amis à l'esclavage, que tu veux changer ce système de fond en comble, sauver des vies. Adrien te connaît bien, il sait que tu souffres, que tu veux être utile aux autres. Si la mémoire lui revient, je suis sûre qu'il te racontera toutes ses visions.

Je me tourne vers Adrien et je le scrute sous toutes les coutures. Comment ai-je pu négliger ce qui sautait aux yeux ? Ma colère et ma haine ont dû m'aveugler. Mes muscles sont contractés, son visage n'a jamais été aussi inexpressif. La Chancelière contrôle Adrien, aussi. Elle contrôle tout le monde !

Un voile se déchire. Il est donc possible, pour ne pas dire tout à fait probable, que la Chancelière ait forcé Adrien à lui confier ses visions, avant de supprimer leurs conversations de sa mémoire. Cela signifierait-il… mon cœur semble se dilater dans ma poitrine… qu'Adrien ne m'a pas trahie ? Qu'il m'aime bel et bien ? Que je dois le libérer de cette influence néfaste ?

Je dirige alors mon regard vers la Chancelière, consciente que la colère enfle en moi. Elle ment. Elle ne veut pas accorder la liberté aux glitchers, elle préfère se servir d'eux pour s'emparer du pouvoir, créer une armée qu'elle manipulerait à sa guise.

— C'est donc ça, votre but ? Le monde parfait que vous garantissez aux glitchers ? Notre liberté n'a aucune valeur pour vous. Vous voulez instaurer une tyrannie qui n'a rien à envier à celle des Supérieurs.

— La fin justifie les moyens, déclare la Chancelière avec un mince sourire qui dissimule mal sa fureur. Je devine que tu as fait ton choix. Un choix qui n'arrange pas mes affaires, je le regrette. À moi de te convaincre de revenir sur ta décision en t'offrant une démonstration de mon don. Faites-vous mal ! lance-t-elle soudain à mes amis.

Aussitôt, Max s'assène de violents coups de poing sur le crâne ; Adrien retourne le poignard contre lui et en taillade sa jambe tandis que Molla se jette tête la première contre le mur. Je pousse un hurlement :

— Arrêtez !

— Stop, ordonne la Chancelière, hilare.

Ils se figent sur place. Le pantalon d'Adrien est imbibé de sang et je me précipite vers Molla pour tamponner son front à l'aide d'un lambeau que j'arrache à sa chemise.

— Vous êtes ignoble !

— Et tu n'as encore rien vu. Molla ? fait la Chancelière en lui lançant un petit objet que ma camarade observe sans comprendre. Désactive-toi avec cette arme si Zoe tente de passer à l'attaque. À l'heure qu'il est, je peux donner l'ordre à tes amis de se tuer, ils obéiraient à la seconde. Ne t'inquiète pas. Je ne vais rien leur imposer, surtout pas à Adrien. Il m'est beaucoup trop précieux. Molla, en revanche... je peux m'en débarrasser sans aucun remords. Voir à travers les murs, ça a une certaine utilité, mais il y a des caméras pour ça.

Et elle esquisse un geste de la main, comme si elle chassait une mouche.

— Zoe, te voilà au pied du mur. J'ai empoisonné ton organisme grâce à une multitude de nouveaux agents allergènes. Tu ne vas pas faire long feu à la Surface, en admettant que tu arrives à prendre la fuite ! Aucun traitement au monde ne peut inverser la tendance. Je me doute que cela te paraît d'une cruauté sans nom, mais j'ai dû imaginer des techniques de persuasion inédites pour m'occuper de ton cas – vu que la méthode habituelle ne donne aucun résultat... Tu vas donc rester ici, Zoe. Avec moi.

La Chancelière me tend alors la main, impatiente de me rendre complice de ses desseins funestes.

Et si je refusais de jouer le jeu ? Elle tuerait Molla, réduirait Max et Adrien en esclavage. Et mon frère, quel sort lui réserve-t-elle ? Quelle que soit ma décision, nous courons droit à la catastrophe...

Je sens la colère bouillonner en moi et s'accumuler dans mes poings. Mon regard passe de la Chancelière au canon de l'arme que Molla tient pointée contre sa tempe. À la limite de mon champ de vision, je vois Adrien, la jambe en sang, prêt à s'entailler à nouveau dès que la Chancelière lui en donnera l'ordre. La fureur fait alors place à une rage aveuglante.

Soudain, le bourdonnement que je reconnais très bien désormais résonne dans mes oreilles et mes digues mentales cèdent sous le flot de mon pouvoir. La pièce s'impose à moi dans tous ses détails. La lucidité et la concentration me viennent lorsque je m'abandonne à mon don pour mieux en prendre les commandes. Aussi naturellement que respirer, ou battre des paupières.

Avec un sursaut d'énergie, je projette mon esprit en dehors de mon enveloppe corporelle. Il avale la pièce entière, étudie le contour des quatre corps, s'infiltre entre leur épiderme et leurs vêtements et, enfin, assimile les lignes dures des armes.

Une fois encore, j'ai la sensation de contenir cet espace captif en moi, dans mon esprit, à la façon d'une image 3D sur laquelle je peux zoomer pour en étudier chaque élément. Je franchis sans encombre ces barrières physiques que représentent le métal et la peau. Je braque maintenant mon pouvoir sur la Chancelière et, en une fraction de seconde, j'envahis son organisme – je distingue les veines et les artères, je palpe les quatre cavités de son cœur palpitant.

Ma haine ne fait que grandir. Ce sera un jeu d'enfant de la désactiver. Tout à coup, les yeux de la Chancelière s'écarquillent, je suis certaine qu'elle a senti mon intrusion. Des battements de cœur plus vifs m'apprennent qu'elle vient de prendre la décision de pousser Molla au suicide.

Non ! Je sens l'index de Molla se déplacer d'une fraction de millimètre sur la détente, j'engloutis l'objet métallique et je l'arrache à sa poigne à l'instant où jaillit le rayon laser. Le faisceau aveuglant frappe le mur et le fend en deux dans un grésillement.

Le temps semble avoir ralenti. Adrien bondit sur ses pieds et se précipite déjà vers moi, son poignard brandi à bout de bras. J'emprisonne la Chancelière dans le filet de mon énergie. Suis-je capable de la tuer de sang-froid ? D'accomplir cet acte ultime qui fera de moi, à mon tour, un monstre ? Les yeux fermés, je localise l'artère qui irrigue son cœur et je la bloque à l'instant où Adrien me bondit dessus. Une étincelle de lucidité enflamme soudain son regard. Il se décale à la dernière seconde et le poignard atterrit sur le sol en béton, avec une violence telle que la lame se détache du manche.

La Chancelière s'effondre, inconsciente.

Molla secoue la tête, étourdie par le choc, incapable de maîtriser ses tremblements.

— J'étais enfermée dans mon corps… j'étais consciente de tout ce qui se passait mais je n'arrivais pas à me contrôler, gémit-elle. Je n'arrivais pas à m'arrêter de frapper !

Je la prends dans mes bras et lui lisse les cheveux pour la calmer.

— Aide Max à se mettre debout. Il faut qu'on sorte d'ici sans perdre une minute.

— Après ce qu'il a fait ? s'étonne Adrien.

— Elle est morte ? demande Max d'une voix étonnamment calme.

Toujours étendu par terre, il observe le visage livide de la Chancelière.

— Non. Je n'ai pas pu m'y résoudre. J'ai interrompu quelques secondes l'afflux du sang à son cerveau, assez pour qu'elle perde connaissance. On n'a pas beaucoup de temps. Et on n'abandonne personne en cours de route.

Furieux, Adrien hoche la tête et aide Max, qui tient à peine debout, à se relever. Je sais qu'il doit faire abstraction de sa propre douleur. Pour ma part, je prends Molla en charge. Je la ceinture et la conduis vers la porte.

Nous remontons le couloir aussi vite que le permet l'état des blessés. Je ralentis soudain le pas et je demande à Molla, essouflée :

— Dans quelle cellule ont-ils enfermé Juan ?

— On n'a pas le temps ! hurle Adrien.

— Quelle cellule, Molla ? Concentre-toi. Est-ce qu'il y a d'autres prisonniers à cet étage ?

— Il y avait un garçon, affirme Molla d'une voix chevrotante.

— Où ça ?

— Deux portes en arrière, sur la gauche.

Je rebrousse chemin, sourde aux jurons d'Adrien qui préfère lâcher Max et me suivre.

— Celle-là ?

Je désigne une porte. Molla confirme de la tête. Je laisse alors une nouvelle fois la fureur tourbillonner en moi et atteindre son paroxysme avant de faire dévier la porte de son rail et d'en briser les mécanismes d'ouverture. Dans la geôle, un garçon saute de sa paillasse, terrifié par cette arrivée spectaculaire.

— Juan ?

Le garçon acquiesce. Je le saisis par la chemise et l'extirpe de sa prison sans lui laisser le temps de réfléchir.

— Ne traîne pas, viens avec nous. Et va aider Max !

Juan va aussitôt servir de seconde béquille à Max tandis qu'Adrien se poste devant le lecteur qui commande l'accès au couloir suivant. Je l'entends prononcer le code d'ouverture.

— Ça ne marche pas ! s'exclame-t-il, le visage blême. J'ai dû révéler à la Chancelière les codes que j'avais appris par cœur. Oh, Zoe, qu'est-ce que j'ai encore fait ?

— Adrien, regarde-moi. Ce n'est pas le moment de t'encombrer l'esprit avec ces affaires-là. Il faut qu'on se concentre sur notre fuite. D'accord ?

Adrien ferme les yeux un instant, puis il opine.

— Parfait. Maintenant, écarte-toi.

— Zoe, cette porte en acier pèse presque une tonne, tu ne vas pas…

Je projette déjà un flot d'énergie qui m'entoure d'un halo électrique. Le pouvoir crépite au bout de mes cheveux, de mes doigts. Le poids ou la taille n'a aucune incidence sur le résultat, je le sais. Je me contente de déplacer des objets, pas de les détruire. La porte finit par coulisser dans l'épaisseur du mur avec un grincement effroyable.

— Tu disais ?

Adrien m'adresse un sourire abasourdi.

— Je disais que je ne fais pas le poids à côté de toi, merde !

— Et maintenant ? Comment sort-on d'ici ? Tu as mémorisé le plan de cette prison, j'espère ?

— Bien sûr. Suis-moi.

Il prête main-forte à Juan et soutient Max de son côté.

— Au fait, Zoe, tu peux me rappeler pourquoi on s'encombre de ce minable ?

— Il était comme moi, Adrien. Tous les deux, nous étions livrés à notre sort, nous vivions dans la peur. La Chancelière l'a enjôlé. Il a souffert autant que nous de ses mensonges.

— Mais il a fini par se plier aux règles du jeu, précise Adrien sur un ton sombre. Et il nous a mis en danger. Tous autant que nous sommes.

— Moi aussi, j'ai mis quelqu'un en danger, Daavd !

— Mais Zoe, tu n'avais que quatre ans à l'époque…

À cet instant, je sens Molla se raidir contre mon flanc.

— Des Régulateurs, chuchote-t-elle, en proie à une terreur qui la fait trembler à nouveau.

Elle se cramponne de toutes ses forces au bras de Max. Pour ne pas perdre l'équilibre, pour lui servir de bouclier ? Je ne saurais le dire.

— Où ça ? demande Adrien.

— Une dizaine, de l'autre côté de cette porte, au bout du couloir. Ils nous attendent.

— Merde ! lâchons-nous en chœur, lui et moi.

23.

Adrien me lance un regard grave et je me tourne vers Molla pour l'interroger.

— Ils ont des armes laser ou à balles classiques ?

— Je n'en sais rien. Qu'est-ce qui les distingue ?

— Tu arrives à voir à travers le métal, lui souffle Max. Alors vérifie s'il y a des chargeurs remplis de projectiles.

Molla s'approche du mur et plisse les yeux.

— Oui, je distingue des balles. J'arrive à les voir d'ici.

— Zoe, ton avis ? me demande Adrien, blême.

— Il existe une autre sortie ?

— Non.

— Je suis trop faible pour prendre l'apparence de la Chancelière, intervient Max. En plus, elle a dû prévenir tous ses hommes.

— Le problème est réglé, alors. Il va falloir passer à travers. Écartez-vous !

Concentrée, je convoque mon pouvoir et il réagit sans attendre, impatient de passer à l'action. Elle fredonne à l'intérieur de mon corps, cette immense vague d'énergie qui fait frémir chacune de ses cellules.

— Attends, Zoe... C'est trop dangereux !

Mais la porte se détache déjà du mur dans un rugissement de béton pulvérisé et de métal tordu. Je l'envoie s'écraser sur les Régulateurs embusqués au bout du corridor. La porte fauche la moitié du groupe, comme des quilles. Les autres dégainent leurs armes et font pleuvoir sur nous un déluge de balles – cent vingt-trois très précisément, m'apprend mon pouvoir. Je sens les projectiles m'effleurer le visage et je me laisse tomber par terre, les mains sur le front.

La rumeur stridente engloutit mes pensées et fend mon crâne en deux, à la manière d'une hache géante. Un hurlement se forme alors dans ma gorge et je projette mon filet mental autour des cent vingt-trois balles en suspens dans les airs. C'est à cet instant que je remarque qu'Adrien, à la faveur de cette nanoseconde de décalage, s'est jeté devant moi. Il me fait basculer par terre, bras écartés, résolu à me tenir lieu de bouclier humain.

Les balles s'arrêtent net et tombent par terre les unes après les autres, crépitant telle une averse de plomb, inoffensives. Molla, Max et Juan, stupéfaits, sont accroupis contre le mur.

Excédée, je repousse vivement Adrien.

— Reste derrière moi !

Je dirige à nouveau mon attention vers les Régulateurs. S'ils sont surpris, ils n'en montrent rien ; la surprise n'est pas incluse dans leur logiciel. Ils rechargent leurs armes et les braquent à nouveau sur nous pour repartir à l'assaut, nous mitrailler de plus belle.

Une fois encore, je neutralise les balles avant qu'elles n'atteignent leur cible, mais je ne sais pas si je vais tenir très longtemps à ce rythme. Comble de malchance, les Régulateurs assommés par la porte se sont libérés des gravats. Tout se bouscule en moi, je n'arrive plus à suivre.

Je concentre mon énergie dévorante sur les vingt-quatre armes de poing en alliage ultraléger et j'étudie le mécanisme de chaque dispositif, un goût de lubrifiant sur la langue, avant de les détruire de l'intérieur. Les armes explosent entre les mains de leurs propriétaires, des fragments de métal voltigent et se fichent dans leur chair. Indifférents au sang qui leur barbouille le visage, ils se redressent sans prononcer un mot, forment un bloc et relancent l'assaut, anesthésiés par leurs puces A-V. Même s'ils ne sont pas responsables de leurs actes, il faut que je mette un terme à ce face-à-face qui risque de tourner à la boucherie. Je ferme alors les yeux et libère mon énergie une dernière fois, pour terrasser les Régulateurs qui déferlent sur nous.

Le bourdonnement devient une douleur brûlante ; j'atteins peut-être mes limites, mais je n'abandonne pas pour autant. Je perce leur enveloppe physique, puis la plaque en métal qui renforce leur crâne, et je m'enfonce dans les méandres de leur cerveau afin d'y localiser l'architecture arachnéenne de la puce A-V. Je réserve le même traitement à chaque Régulateur sans exception, du premier au douzième, les mains plaquées sur mon front, comme pour éviter de me désintégrer.

Quelqu'un me tire vers l'arrière – Adrien, sûrement – mais je ne dois pas me laisser distraire, à aucun prix. *Encore un peu… tu y es presque, trois, deux, un…*

— Zoe !

D'un seul coup, je broie par la seule force de ma pensée les puces incrustées sous le crâne des douze Régulateurs, réduisant en miettes leur réseau neurocérébral. Les Régulateurs sont arrêtés en plein élan et choient les uns sur les autres dans un entassement de chair et de métal. Ils sont désormais affranchis de l'influence de cette maudite puce, et c'est tout ce qui compte.

— Qu'est-ce que tu as fait ? chuchote Adrien, ahuri.

— Je leur ai rendu leur liberté… Viens, aide-moi à marcher. Il faut partir d'ici.

— Zoe… mais comment… où…

— Aide-moi à me relever, Adrien ! S'il te plaît.

Alarmé par mon insistance, il m'aide à me mettre debout. Quelle sensation étrange de réintégrer ainsi mon corps après avoir fusionné avec mon environnement. J'ai l'impression que mon pouvoir, très sollicité aujourd'hui, va rester muet un certain temps. Adrien s'apprête à enjamber les Régulateurs étendus par terre dans un état de confusion extrême. Ils sont jeunes, ils réussiront à survivre à la destruction de leur système interne sans sombrer dans la folie. Je les observe d'un œil méfiant, mais ils sont tous étourdis par le choc. Le sang coule du bioimplant cérébral de l'un, un autre a perdu la moitié de sa main gauche dans la bagarre. J'envisage un instant de leur présenter mes excuses, mais le mot « pardon » ne fait pas partie de leur vocabulaire.

— Vous êtes tous libres à présent. Venez avec nous, si vous voulez le rester !

Je me tourne ensuite vers Adrien, trop fatiguée pour me soucier plus longtemps de leur sort, et je l'implore :

— Fais-nous sortir d'ici…

Ni une ni deux, il guide à travers d'autres couloirs notre petite troupe, à laquelle se sont rattachés la majeure partie des Régulateurs, qui se servent de la puce incrustée dans leur poignet pour déverrouiller les issues successives. Ces hommes mutiques m'obéissent au doigt et à l'œil, sûrement par habitude. À leurs yeux, c'est moi qui incarne l'autorité désormais.

Tandis que nous attendons l'ascenseur, Adrien s'immobilise soudain et me lâche la main. Je manque de perdre l'équilibre. Un jeune Régulateur nous rattrape l'un et l'autre, et nous remet d'aplomb.

— Qu'est-ce qui se passe ? piaille Molla, qui a encore du mal à se remettre de l'affrontement avec la Chancelière.

— Il a une vision.

Au bout de quelques secondes, Adrien recouvre ses esprits et, à ma grande surprise, affiche un large sourire.

— Qu'y a-t-il ? Parle !

— Ma mère a pris contact avec le Réseau, ils arrivent à notre rescousse. Mais ce n'est plus un passage sûr, la Chancelière a dû sonner l'alerte. Je vais nous conduire à l'endroit où la Résistance doit nous retrouver, c'est moins risqué.

— Ta mère saura-t-elle où nous récupérer ?

— Elle a dû avoir une vision, elle aussi.

— Tant mieux. Parce que je ne me sens plus capable de boxer des Régulateurs.

Adrien éclate de rire et plante un baiser sur ma tempe. Puis notre troupe hétéroclite s'entasse dans l'ascenseur et Adrien nous conduit à travers un véritable labyrinthe. Les Régulateurs ouvrent une dernière porte. Au-delà, des ténèbres impénétrables.

— C'est l'escalier de service, annonce calmement Adrien. L'un des gardes va te porter – il y a trois niveaux à monter. Attends-moi ici pour l'instant, je te rapporte un masque à oxygène. Ma vision m'a montré que ma mère, toujours prévoyante, en a apporté un. Une partie des Régulateurs va rester avec toi, histoire de te protéger.

Soucieuse, je m'agrippe à son bras.

— Adrien, prends Juan et Molla avec toi. Lorsqu'ils vont atteindre la Surface, ils vont devenir hystériques. Souviens-toi de ma réaction la première fois ! Il faut que quelqu'un les épaule dans ce moment difficile.

Je me tourne alors vers Molla, presque catatonique, le regard atone.

— Adrien va t'emmener avec lui, d'accord Molla ?

Pas de réponse. Je m'adresse à Max, que j'ai toutes les peines du monde à regarder dans les yeux.

— Max, tu veux bien l'aider ?

— Molla, lâche-t-il, essaie de repérer les balises GPS qu'ils ont implantées dans le corps de Zoe.

Lorsqu'elle entend la voix de Max, le regard de Molla se fait tout à coup plus clair, un voile semble se lever. Elle attend son signal pour me scruter de la tête aux pieds, à contrecœur.

— Ici. Ici, ici, et ici, déclare-t-elle en désignant, à gauche, mon oreille et ma cheville, et à droite, mon épaule et ma hanche.

— C'est tout ?

— Oui, c'est tout, répond-elle de son filet de voix.

— Rejoins Adrien maintenant, lui ordonne Max. Fais tout ce qu'il te dit et n'aie pas peur en arrivant à la Surface. Tu ne risques rien, je te le garantis.

Sans attendre sa réaction, Adrien prend Molla par le bras et s'enfonce avec elle dans les ténèbres, Juan sur ses talons.

Une fois les fugitifs hors de vue, Max m'accorde toute son attention. Les cinq Régulateurs qui nous tiennent compagnie n'ont toujours pas décroché une parole. J'évite toujours de regarder Max, mal à l'aise. Ce n'est pas parce que je l'ai arraché à la Chancelière que j'ai oublié les horreurs dont il s'est rendu coupable.

— Molla a l'air de t'avoir pardonné.

— Elle n'a pas encore pris la mesure de ce qui s'est passé dans la cellule, explique-t-il. Elle vit dans son monde. Elle croit toujours que je l'aime, et qu'entre toi et elle, c'est elle que j'aurais choisie. Comme si Molla t'arrivait à la cheville ! Si c'était à refaire, je ne changerais rien.

— Elle est enceinte, Max. Comment as-tu pu l'abandonner à son sort ?

— Elle est enceinte ? Je l'ignorais.

— Tu vas rester auprès d'elle, alors ?

— Non. C'est toi que je veux. Toi que j'ai aimée avant même de connaître le mot « amour ». Toi qui m'as éveillé à mes premiers sentiments. Chaque jour je me suis enivré de ta présence, de ton parfum, de ton visage. Chaque nuit, j'ai rêvé de toi. Tu as éclipsé tout le reste. Depuis le premier jour.

— Ce qui t'intéresse avant tout, c'est le pouvoir que t'a garanti la Chancelière.

— Si le pouvoir m'intéressait tant que ça, je lui serais resté fidèle, je me serais rangé à son côté ! Tu oublies un peu vite que j'étais prêt à tirer un trait sur tout ce qu'elle m'a promis.

Max esquisse un pas vers moi. Deux Régulateurs s'interposent.

— À quel prix, Max ! Tu étais surtout prêt à sacrifier Molla et Adrien. Si tu me crois capable de vivre avec ce poids sur la conscience, c'est que tu ne me connais pas. Pas vraiment.

— Tu devais rester dans l'ignorance, Zoe. Dans l'innocence. Je comptais te bâtir une vie qui aurait dépassé tes plus beaux rêves. Une vie parfaite pour toi et moi, ensemble. C'est l'arrivée d'Adrien qui a tout gâché. Tu devais être mienne.

J'ai refusé de croire la Chancelière et pourtant, tout ce qu'elle m'a dit se révèle juste. Même les détails les plus scabreux. Max ne semble pas perturbé pour autant. Au contraire. Il assume, il revendique même les atrocités qu'il a commises.

— Peut-être que tu as commencé à prendre tes mensonges pour la réalité, à force de les répéter. Mais sache, Max, que je ne t'aime pas, pas comme tu le souhaiterais. Et cette liberté acquise aux dépens des autres, ce mensonge constant… tu ne vaux pas mieux que la Chancelière !

Ma voix se brise mais je le défie du regard, des gouttes d'eau brillant au coin de mes paupières. Markan… Je repense à mon frère, et mes jambes se dérobent sous mon poids. Markan est condamné à finir sa vie dans le giron de la Communauté. Si nous fuyons, jamais nous ne pourrons le récupérer. Tout cela par la faute de Max.

— Tu arriveras peut-être un jour à obtenir mon pardon, voire regagner ma confiance, mais mon cœur ne sera jamais à toi. J'en aime un autre, Maximin.

Je regrette immédiatement mes paroles, tant il a l'air de souffrir, mais je n'ai pas le temps de revenir dessus : quelqu'un dévale l'escalier. Adrien, masque à oxygène à la main. Je me liquéfie sur place. Son arrivée signifie que ce calvaire touche à sa fin. Max et moi, nous allons avoir une vraie mise au point une fois que la tempête sera calmée.

— Venez, s'exclame le garçon que j'aime, sortons d'ici. Toi, et toi, portez-la !

Un Régulateur aux cheveux bruns me soulève comme une plume et me cale entre ses bras. Son uniforme en lambeaux révèle la surface rutilante de son blindage. Un autre Régulateur se poste près de lui, à la façon d'un garde du corps. Je me tourne alors vers Max, même si je peine à garder les yeux ouverts.

— Viens, Max.

Les poings serrés, il recule de quelques pas, un sourire amer sur les lèvres.

— À la réflexion, je crois que je préfère rester ici.

— Max, ne fais pas l'idiot. La Chancelière va te désactiver !

— Ça m'étonnerait.

— Attends ! Qu'est-ce que tu fais ? Max !

Je comprends qu'il ne plaisante pas. J'ai déjà abandonné Markan, hors de question de sacrifier Max, malgré les erreurs qui ont jalonné son parcours.

— Tu veux que je rejoigne les rangs de ta petite Résistance de pouilleux ? Que je voie tous les jours un autre te rendre heureuse ? Très peu pour moi. Mais Zoe, sois prudente. Très prudente. Tu ne sais pas dans quel pétrin tu te fourres. La Chancelière a une force de frappe phénoménale. Elle réglera leur compte aux Supérieurs, puis liquidera la Résistance.

Il m'observe un long moment, une douleur mêlée de colère au fond des pupilles, puis me tourne le dos et s'éloigne dans l'obscurité du tunnel. Avec son départ, j'ai comme l'impression qu'on m'arrache un bras, ou une jambe.

— Allez, hurle Adrien, il faut qu'on y aille ou on ne sortira jamais d'ici !

Nous nous mettons en mouvement. Je me débats dans les bras du Régulateur mais il me serre plus fort. Chaque pas m'éloigne irrémédiablement de Max et mon cœur saigne comme il n'a jamais saigné.

— Attendez, non… Max. Max !

Adrien positionne le masque à oxygène sur mon visage tout en gravissant les marches. Autour de nous, ce ne sont que ténèbres. Soudain, une porte s'ouvre et une brise fraîche me caresse la figure. La Surface n'est plus très loin.

24.

Un cahot me projette contre la portière et Adrien m'aide à me rasseoir sur la banquette. Le visage collé à la vitre, je contemple, muette, l'horizon. L'aube se lève. Notre groupe s'est dispersé vers un point de rencontre aménagé à la hâte ; Adrien, sa mère, plusieurs Régulateurs et moi, avons embarqué à bord d'une camionnette qui file vers le sud.

Nous voilà donc hors de danger même si, dans cet espace exigu, questions et doutes se télescopent sous mon crâne : quand pourrons-nous récupérer Markan ? Et Max, quel sort l'attend ? Va-t-il se rallier à la Chancelière ? Le torture-t-elle à l'instant même où je pense à lui ? Est-il retombé sous son influence maléfique ?

Adrien interrompt ce douloureux monologue intérieur :

— Mon petit doigt me dit que tu t'angoisses pour des choses qui échappent à ton contrôle.

Le regard vissé sur le paysage qui défile, je chuchote d'une voix assourdie par le masque à oxygène :

— J'ai du mal à croire qu'il ait refusé de nous suivre…

— Max est assez grand pour prendre ses propres décisions. Nous, nous sommes dehors. En sécurité. Cela suffit pour aujourd'hui comme miracle, non ?

À sa voix, je me rappelle que ces derniers jours n'ont pas été de tout repos pour mon cher Adrien.

L'aigue-marine de ses yeux capte les premiers rayons du soleil. Cette couleur vibrante me coupe le souffle. Je repense alors aux leçons qu'il m'a enseignées – sur le monde, l'amour, la joie et la souffrance – bref, sur la vie, pour le pire et pour le meilleur.

— Oui. Ce miracle me suffit amplement, je le reconnais.

J'ébauche un sourire puis je me blottis contre lui.

— Regarde, me chuchote-t-il d'une voix douce. Ton tout premier lever de soleil. Dans l'Ancien Monde, l'aube était symbole d'espoir…

Mes doigts mêlés aux siens, je contemple les collines sur lesquelles l'astre se déverse pour chasser les ombres nocturnes.

J'ignore quel genre d'avenir est possible pour nous au sein d'un monde aussi dangereux. Je ne sais pas non plus si nous serons capables d'affranchir l'humanité du Lien en tuant dans l'œuf les sombres projets de la Chancelière. La bataille ne fait que commencer et nous plongeons, Adrien et moi, dans un inconnu terrifiant. Je me détourne de la fenêtre, résolue à ne pas me laisser miner par l'abattement. J'aime Adrien, et lui m'aime. Pour l'instant, cela suffit à mon bonheur.

— L'espoir, dis-tu ? Je suis maintenant certaine que nous pouvons faire confiance aux hommes de l'Ancien Monde. Les yeux fermés…

Remerciements

Merci à Charlie Olsen, mon formidable agent. Je me rappelle encore où j'étais assise lorsque j'ai reçu ton e-mail me disant que tu avais lu les cent premières pages de mon roman et que tu voulais organiser une réunion téléphonique. Tu as changé ma vie et je ne pourrai jamais assez te remercier pour ton soutien, tes conseils avisés, et le rêve éveillé dans lequel je vis depuis ce jour.

À Terra Layton, mon éditrice qui renverse des montagnes, merci, merci, merci ! Tes instincts éditoriaux ont toujours tapé en plein dans le mille, ton enthousiasme pour le livre et ses personnages m'ont encouragée et aiguillonnée au quotidien. Je suis vraiment chanceuse d'avoir travaillé avec toi. Merci à toute l'équipe de St Martin's Press, et à Ervin Serrano pour sa somptueuse illustration de couverture.

Merci à la fantastique Lyndsey Blessing. Tes efforts incessants ont permis de donner à *Glitch* une envergure internationale, ce qui me donne des frissons à chaque fois que j'y pense.

Merci aux membres de mon groupe d'écriture du Texas qui m'ont accompagnée depuis que je me suis sérieusement mise à écrire il y a cinq ans : Paula Armstrong, Kelly King, Rose Knotts, Rachel Sanborn, et Katherine Toivonen. Mesdames, vous m'avez apporté un mélange parfait de punch et de patience. Quant à toi, Katherine, les mots paraissent bien fades lorsqu'il s'agit d'exprimer ma gratitude pour ton soutien infaillible et tes conseils, tant pour l'écriture que dans ma vie de tous les jours.

Merci à mes lecteurs de la première heure : Anthonee Alvarez, qui a lu tout ce que j'ai jamais écrit, même les très mauvais manuscrits du début. Merci à Bouquet Boulder, Emily Shroeder, Amy Shatila, Abby Dimmick, Erin P., Eric Pendley, Danielle Ducrest et Eve Marie Mont.

Merci aux Apocalypsies ! Ce fut un honneur que de faire votre connaissance et de vous soutenir tout du long de ce processus éditorial de folie.

Un merci tout spécial à la bibliothèque publique San Marcos, en particulier pour l'acheteur de titres jeunes adultes qui, sans le savoir, m'a permis à moi, pauvre étudiante sans le sou, de me tenir au courant de toutes les sorties.

Maman et Papa, vous m'avez donné la meilleure des enfances. Je vous aime et ne pourrai jamais assez vous remercier. Votre confiance a été contagieuse : sans elle, je n'aurais pu envisager quelque chose d'aussi ridicule que d'écrire un roman. Et la ténacité que vous m'avez inculquée m'a permis de ne pas jeter l'éponge lorsque les refus s'accumulaient…

Merci à mes amies de Classic Tattoo, Morgan et Andrea, de m'avoir initiée aux merveilles du body art. C'est avec fierté que je porte vos créations !

Et le dernier, mais non le moindre, Dragoş. Nous savons tous les deux que je n'en serais jamais arrivée là sans ton aide, tes encouragements et ton amour. *Încetu cu încetu.* Je t'aime.

En attendant de découvrir
le tome II de la série ***Glitch***
début 2013...

Entrez
dans un
nouvel

R

avec d'autres romans
de la collection

www.facebook.com/collectionr

DÉJÀ PARUS

STARTERS

de Lissa Price

Vous rêvez d'une nouvelle jeunesse ?
Devenez quelqu'un d'autre !

Dans un futur proche : après les ravages d'un virus mortel, seules ont survécu les populations très jeunes ou très âgées : les Starters et les Enders. Réduite à la misère, la jeune Callie, du haut de ses seize ans, tente de survivre dans la rue avec son petit frère. Elle prend alors une décision inimaginable : louer son corps à un mystérieux institut scientifique, la *Banque des Corps*. L'esprit d'une vieille femme en prend possession pour retrouver sa jeunesse perdue. Malheureusement, rien ne se déroule comme prévu... Et Callie prend bientôt conscience que son corps n'a été loué que dans un seul but : exécuter un sinistre plan qu'elle devra contrecarrer à tout prix !

Le premier volet du thriller dystopique phénomène aux États-Unis.

« Les lecteurs de *Hunger Games* vont adorer ! », Kami Garcia, auteur de la série best-seller, *16 Lunes*.

Second volet à paraître début 2013

LA SÉLECTION

de Kiera Cass

35 candidates, 1 couronne, la compétition de leur vie.

Elles sont trente-cinq jeunes filles : la « Sélection » s'annonce comme l'opportunité de leur vie. L'unique chance pour elles de troquer un destin misérable contre un monde de paillettes. L'unique occasion d'habiter dans un palais et de conquérir le cœur du prince Maxon, l'héritier du trône. Mais pour America Singer, cette sélection relève plutôt du cauchemar. Cela signifie renoncer à son amour interdit avec Aspen, un soldat de la caste inférieure. Quitter sa famille. Entrer dans une compétition sans merci. Vivre jour et nuit sous l'œil des caméras... Puis America rencontre le Prince. Et tous les plans qu'elle avait échafaudés s'en trouvent bouleversés...

Le premier tome d'une trilogie pétillante, mêlant dystopie, téléréalité et conte de fées moderne.

Tome 2 à paraître en avril 2013

Night School

de C.J. Daugherty

Qui croire quand tout le monde vous ment ?

Allie Sheridan déteste son lycée. Son grand frère a disparu. Et elle vient d'être arrêtée. Une énième fois. C'en est trop pour ses parents, qui l'envoient dans un internat au règlement quasi militaire. Contre toute attente, Allie s'y plaît. Elle se fait des amis et rencontre Carter, un garçon solitaire, aussi fascinant que difficile à apprivoiser... Mais l'école privée Cimmeria n'a vraiment rien d'ordinaire. L'établissement est fréquenté par un fascinant mélange de surdoués, de rebelles et d'enfants de millionnaires. Plus étrange, certains élèves sont recrutés par la très discrète « Night School », dont les dangereuses activités et les rituels nocturnes demeurent un mystère pour qui n'y participe pas. Allie en est convaincue : ses camarades, ses professeurs, et peut-être ses parents, lui cachent d'inavouables secrets. Elle devra vite choisir à qui se fier, et surtout qui aimer...

Le premier tome de la série découverte par le prestigieux éditeur de *Twilight*, *La Maison de la nuit*, *Nightshade* et Scott Westerfeld en Angleterre.

Tome 2 à paraître en novembre 2012

Retrouvez tout l'univers de
Glitch
sur la page Facebook de la collection R :
www.facebook.com/collectionr

Vous souhaitez être tenu(e) informé(e)
des prochaines parutions de la collection R
et recevoir notre newsletter ?

Écrivez-nous à l'adresse suivante,
en nous indiquant votre adresse e-mail :
servicepresse@robert-laffont.fr

Cet ouvrage a été imprimé
en août 2012 par

FIRMIN-DIDOT

27650 Mesnil-sur-l'Estrée
N° d'édition : 52512/01
N° d'impression : 113511
Dépôt légal : septembre 2012

Imprimé en France

Composé par Nord Compo Multimédia
7, rue de Fives, 59650 Villeneuve-d'Ascq